Les Âmes croisées

Pierre Bottero

Les Âmes croisées

RAGEOT

Illustrations : Gilles Francescano.

ISBN : 978-2-7002-3877-8
ISSN : 1772-5771

L'OMBRE
DE LA LUNE CHAUDE

Prologue

Elle avait cinq ans la première fois qu'elle vit une Armure.

Comme à chaque nouvelle lune chaude, elle avait accompagné ses parents au palais pour le Symposium. Elle détestait ces interminables réunions durant lesquelles les Robes les plus influentes du royaume dissertaient sur l'avenir des douze cités mais sa mère se montrait inflexible quant à sa présence, et son père, indolent partisan du confort domestique, lui donnait toujours raison.

Ce jour-là toutefois, la duègne chargée de la surveiller s'était endormie sur sa chaise et elle avait réussi à se faufiler hors de la salle des Hypothèses sans que personne la remarque.

Elle avait emprunté un couloir aussi large que sa chambre, caressant les murs lambrissés de bois précieux, observant avec défiance les tableaux de femmes imposantes et d'hommes sévères, tous des Robes, qui y étaient accrochés, admirant les vitrines et les legs des Anciens qu'elles abritaient.

Un bruit de voix l'avait arrachée à la contemplation d'un cône métallique environné d'un nuage de particules bleutées en suspension.

Elle n'avait pas envie qu'un Cendre la raccompagne à ses parents, encore moins envie qu'une Robe l'interroge sur les raisons de sa présence en ce lieu. Elle s'était donc glissée dans un étroit corridor latéral puis, attirée par la lumière du jour à son extrémité, elle s'y était enfoncée.

Le corridor débouchait sur un balcon dissimulé dans la façade du palais de façon à ce que celui qui s'y tenait puisse voir sans être vu. Il surplombait une cour écrasée de soleil que balayaient, lune chaude oblige, des rafales de vent sec en provenance du désert.

La chaleur était oppressante et elle s'apprêtait à faire demi-tour lorsqu'un cavalier avait surgi dans la cour.

Elle s'était immobilisée, stupéfaite et déjà subjuguée. Les soldats royaux étaient nombreux à AnkNor et chaque maison importante, dont la sienne, possédait sa propre milice mais le guerrier était différent des soldats ou des gardes qu'elle avait eu jusqu'alors l'occasion de croiser.

Fin et élancé, tête droite malgré la fatigue qui pesait sur lui, il était couvert de poussière sans que cette poussière ne parvienne à masquer sa fière prestance ou à ternir l'éclat satiné de son armure.

L'armure.

Elle en avait entendu parler, jamais elle n'en avait vu.

Parfaitement ajustée, exemplaire unique créé pour un guerrier d'exception, coulée dans un métal légué par les Anciens, souple et plus résistante que l'acier, celui qui l'endossait devenait davantage qu'un combattant.

Il devenait un Armure.

Dans la cour, des Cendres s'étaient précipités. Trop tard. L'Armure avait bondi à terre. Une longue épée droite battant sa jambe, un fléau d'armes passé à sa ceinture, il s'était dirigé à grands pas vers le palais en détachant son heaume.

Il atteignait les premières marches du perron lorsqu'une cascade de cheveux blonds avait roulé sur ses épaules.

Tapie sur son balcon, elle avait tressailli. Imperceptiblement.

Le guerrier s'était immobilisé. Avait levé la tête.

La guerrière.

L'Armure était une femme. Visage émacié, peau pâle, lèvres fines et regard brûlant.

Leurs yeux s'étaient croisés une fraction de seconde, elle avait frémi, l'Armure s'était engouffrée dans le palais.

Elle avait cinq ans la première fois qu'elle vit une Armure.

Cette vision se grava en elle.

À jamais.

1

– Nawel Hélianthas !

Le bourdonnement chuchoté formant l'arrière-plan sonore du cours de magie appliquée à l'histoire ancienne s'éteignit, remplacé par un silence absolu.

Réputée pour son affabilité autant que pour son savoir, donna Courlis élevait rarement la voix mais lorsque c'était le cas, seuls les fous n'aspiraient pas à l'invisibilité.

La sélection était impitoyable chez les Aspirants, il n'y avait pas de fous dans leurs rangs et, comme l'invisibilité passait par une docilité un peu lâche, tous les regards se tournèrent vers Nawel. Cette dernière avait sursauté lorsque le cri de son professeur avait fait exploser la torpeur rêveuse dans laquelle elle baignait depuis…

Depuis combien de temps avait-elle cessé d'écouter ?

Elle jeta un coup d'œil inquiet autour d'elle, donna Courlis ne lui laissa pas l'opportunité de se ressaisir.

– Nawel Hélianthas, pouvez-vous me répéter ce que je viens de dire, à savoir les trois raisons communément admises expliquant la disparition des Anciens ?

Nawel n'hésita qu'une fraction de seconde.

– Non, je ne peux pas.

Elle avait répondu sans insolence mais sans crainte non plus, les épaules droites, ses yeux bleu pâle rivés dans ceux de donna Courlis.

– Pourquoi ?

– Parce que je n'ai pas prêté attention à votre cours.

Éclair furtif dans le regard de donna Courlis.

Nawel le vit, tenta de le décrypter... Colère ? Agacement ? Déception ? Amusement ? Fierté ? Peut-être ad...

– Vous passerez la nuit dans la tour Nord, déclara le professeur d'une voix où il eût été vain de chercher la moindre émotion. Un Cendre préviendra vos parents. Demain, à la première heure, vous me réciterez les trois segments initiaux de la *Complainte du savoir remarquable*.

Un frisson parcourut l'assemblée des Aspirants. La *Complainte du savoir remarquable* regroupait les fondements des dix castes dans leur intégralité. Les trois segments initiaux, pourtant gouttes d'eau dans l'océan de la *Complainte*, totalisaient plus de cinquante pages écrites dans une langue âpre et exigeante. Les étudier s'avérait complexe, les apprendre par cœur tutoyait l'impossible.

– Ergaïl Onchêne.

Donna Courlis s'était tournée vers un Aspirant assis près de la porte, un jeune homme blond, traits altiers et solides épaules, qui portait sur Nawel un regard chargé de sollicitude.

– Donna ?

– Ergaïl Onchêne, pouvez-vous indiquer à Nawel Hélianthas quelles sont les trois raisons communément admises expliquant la disparition des Anciens ?

– Oui, donna. La migration, la maladie et la catastrophe naturelle.

– Pourquoi aucune de ces explications n'est-elle satisfaisante ?

– La migration parce que les Anciens ont laissé derrière eux tout ce qu'un peuple migrant aurait emporté, la maladie parce que le fait qu'il n'y ait eu aucun survivant la rend improbable et que les connaissances médicales des Anciens les auraient en outre protégés, la catastrophe naturelle parce que les sites où ils ont vécu, à commencer par la cité interdite, n'en conservent aucune trace.

– Philla Caritian.

Ergaïl d'abord, et maintenant Philla. Nawel retint un soupir. Inutile de se leurrer. Ce n'était pas un hasard si donna Courlis, après l'avoir punie, interrogeait ses deux meilleurs amis.

Ses deux seuls amis.

– Oui, donna ?

Philla, douce et timide jeune fille aux longs cheveux de miel, avait répondu sans lever les yeux. Une ombre de sourire voltigea sur les lèvres du professeur.

– Si les trois raisons communément admises sont erronées, quelle explication peut-on donner à la disparition des Anciens ?

– Nous sommes pour l'instant incapables d'avancer une interprétation cohérente.

– Explicitez.

– Les Anciens ont, semble-t-il, disparu il y a mille deux cents ans, soit quatre siècles avant que nous, Jurilans, nous installions sur ces terres. Les incompréhensibles trésors qu'ils ont laissés derrière eux, l'agencement de leurs villes, les matériaux inconnus qu'ils utilisaient pour les construire, la complexité de leurs écrits, tendent à prouver qu'ils formaient une civilisation bien plus accomplie que la nôtre. Comprendre pourquoi ils ne sont plus est une des tâches prioritaires des neuf castes de Robes depuis qu'elles existent. Tout comme s'approprier leur savoir.

– Qu'en est-il des trois raisons communément admises ?

– Elles sont destinées à ne pas troubler inutilement les Cendres.

Le professeur acquiesça d'un hochement de tête.

– Ergaïl Onchêne.

De nouveau Ergaïl. La punition s'avérait-elle plus retorse que Nawel ne l'avait prévu ?

– Oui, donna ?

– Les neuf castes de Robes ont pour devoir de comprendre et de s'approprier. Quel rapport entretient la dixième caste avec les legs des Anciens ?

– Protéger.

– Explicitez.

– Les sites où vécurent les Anciens s'avèrent les zones les plus dangereuses du royaume. Leur cité principale l'est même tellement que son exploration a été interdite. Outre la sécurité des frontières et les guerres qui nous opposent aux barbares de l'Ouest, les Armures ont pour devoir de protéger leur peuple de tout péril lié aux Anciens.

– Est-il cohérent de considérer les Anciens comme le sommet disparu de la pyramide sociale jurilane ou, puisque nous ne les avons jamais côtoyés, comme sa base ?

Ergaïl prit le temps de réfléchir avant de répondre.

– Non, je ne pense pas. Les Jurilans sont scindés en deux groupes : les Cendres qui servent et les Perles qui commandent. Parmi les Perles,

les meilleurs ont la possibilité d'intégrer les dix castes, neuf castes de Robes et une caste d'Armures. Il y a un monde entre le plus humble des Cendres et un Robe influent, pourtant ils appartiennent à un seul et unique peuple. Les Anciens, pour importants qu'ils aient été, sont des étrangers, comme les barbares de l'Ouest, les pillards qaalins ou, de façon plus marquée encore puisqu'ils sont à moitié animaux, les Glauques.

Donna Courlis approuva d'un mouvement de tête.

– Bien, ce sera tout pour aujourd'hui. Gardez à l'esprit que vous annoncerez votre vœu à la prochaine lune chaude et, quoi qu'il arrive, ne relâchez pas vos efforts.

Elle s'inclina légèrement devant ses élèves et, tandis que ces derniers se levaient pour lui rendre son salut avec un respect appuyé, elle quitta la salle. Aussitôt, l'atmosphère parut s'alléger et des conversations animées s'engagèrent. Ergaïl et Philla s'approchèrent de Nawel.

– Mais qu'est-ce qui t'a pris ? s'emporta Ergaïl. À une lune de la cérémonie, alors que la moitié des Robes du royaume vénère donna Courlis et que l'autre moitié en a une peur bleue ! Même mon oncle hésite à la contrarier. Tu aurais voulu te suicider, tu n'aurais pas agi autrement !

– Par Kaïa, fiche-lui la paix, s'interposa Philla. Tu crois qu'apprendre par cœur les trois segments initiaux n'est pas une punition suffisante ? Il faut en plus que tu te mêles de lui faire la morale ?

Puis elle s'assit près de son amie.

– Le gardien Cendre de la tour Nord est le mari de mon ancienne duègne, lui souffla-t-elle. Je te ferai apporter de la nourriture.

Nawel secoua la crinière blonde qui lui tenait lieu de chevelure.

– Pas la peine.

– Mais si tu…

– Pas la peine, te dis-je. Tu courrais un risque inutile, j'ai décidé que je n'aurai pas faim.

– Tu as décidé que tu n'auras pas faim ? releva Ergaïl sans parvenir à dissimuler un sourire ironique. C'est possible, ça ?

– Bien sûr, rétorqua Nawel. Tout est possible quand on le veut vraiment.

2

La tour Nord de l'école des Aspirants, utilisée pour conserver les archives de l'établissement, n'était pas à proprement parler une prison mais elle était ceinte d'un profond fossé, ses fenêtres, sur la moitié de sa hauteur, étaient protégées par d'épais barreaux d'acier et la porte unique qui permettait d'y accéder, lourde et bardée de fer, était surveillée par un garde revêche qui avait tout d'un geôlier.

L'homme, un Cendre trapu portant une veste de cuir décorée de dents de fangs, ne manifesta aucune surprise lorsque Nawel se présenta devant lui.

– Alors c'est toi l'Aspirante qui va admirer le paysage de là-haut ? lui demanda-t-il avec un petit rire égrillard.

Il caressa des yeux la silhouette de Nawel, s'attardant sur sa poitrine et le galbe de ses hanches. La jeune fille serra les mâchoires tandis qu'un frisson de mauvais augure lui vrillait la nuque.

– Inquiète ? s'enquit le garde. Peur du noir ? Du froid, peut-être ? Il faut dire que les nuits sont fraîches et que j'ai reçu l'ordre de ne pas allumer de feu pour toi. En revanche...

Il exhiba deux rangées de chicots brunâtres en guise de sourire avant de poursuivre :

– ... je peux te proposer une méthode naturelle pour te réchauffer. Toi et moi, nous...

– Connais-tu le châtiment réservé aux Cendres qui posent leurs mains sur une Robe sans son accord ? le coupa Nawel d'une voix dure.

Du doigt, elle désigna l'entrejambe de l'homme qui lui faisait face.

– On leur sectionne les testicules et ils les portent en collier pendant douze lunes !

Le garde tressaillit. Blêmit. Tenta de se reprendre.

– Tu n'es pas une Robe, jeta-t-il sans réelle conviction. Tu n'es qu'une Aspirante.

Nawel le gratifia d'un regard méprisant.

– Qu'une Aspirante ? Étrange façon de s'exprimer pour un Cendre ! Tu as toutefois raison, je n'ai pas encore annoncé mon vœu. Si tu te risques à une quelconque privauté envers moi, je suis sûre que les magistrats se montreront indulgents et ne te condamneront à porter ton collier intime qu'une lune ou deux.

Ses yeux bleu pâle étincelèrent.

– Sache, Cendre puant, que, même si tu étais attaché, bâillonné et émasculé, je préférerais dormir nue dans la neige que partager ta couche. Maintenant, ouvre cette porte !

Le garde s'empourpra, serra les poings mais se contint. En poussant un grognement inintelligible, il obtempéra. Nawel passa devant lui comme s'il avait cessé d'appartenir à son univers et pénétra dans la tour.

Elle ne daigna pas sursauter lorsque la porte résonna dans son dos et que le verrou claqua sinistrement.

Une seule salle était ouverte. Au sommet de la tour.

Le mobilier se réduisait à une table, une chaise et une commode basse supportant le premier volume de la *Complainte du savoir remarquable*. Une bougie, pour l'instant éteinte, était posée sur la table, près d'un briquet métallique.

Nawel se tourna vers la cheminée. L'absence de bûche dans l'âtre doucha son maigre espoir d'allumer un feu. Elle haussa les épaules. Elle avait choisi de ne pas avoir faim, il lui suffisait de décider qu'elle n'aurait pas froid.

Elle s'empara du livre, grimaça en découvrant son poids, s'installa sur la chaise, caressa la couverture de cuir de l'épais volume puis l'ouvrit.

Une écriture serrée, presque illisible, courait de haut en bas de la première page. De chaque page. Nawel chassa d'un revers de volonté l'ombre de découragement qui se glissait en elle. Les segments initiaux avaient beau donner davantage l'envie de s'enfuir en courant que celle de les apprendre par cœur, il était hors de question qu'elle fléchisse.

D'autant plus hors de question qu'elle savait pourquoi elle avait cessé d'écouter le cours de donna Courlis et ne se pardonnait pas cette faiblesse.

Les premières phrases furent les plus difficiles à mémoriser. Nawel ne possédait ni l'incroyable mémoire de Philla ni la brillance intellectuelle d'Ergaïl, mais, si ses professeurs l'avaient rarement louée pour ses raisonnements ou sa finesse d'esprit, tous reconnaissaient sa ténacité. « Tu es aussi obstinée qu'un fang qui a senti une charogne », lui disait souvent Ergaïl. Elle hochait la tête, refusant de se vexer, consciente que sa volonté était sa seule véritable qualité.

Sa volonté. Inutile d'être intelligent pour apprendre par cœur un texte abscons, il suffisait d'être opiniâtre.

Elle l'était.

Méprisant la fatigue et refusant de céder devant l'ampleur de la tâche, elle se plongea dans son travail.

Il n'y avait pas de vitres aux fenêtres et, comme l'avait annoncé le garde, avec l'arrivée de la nuit, la température décrut rapidement.

Plusieurs fois, Nawel dut rallumer la bougie mouchée par une rafale de vent glacial et, alors que les heures s'écoulaient, elle sentit ses doigts puis ses mains s'engourdir tandis que son estomac, tordu par la faim, grognait de colère.

Elle ne leva pas les yeux de son livre.

Elle arrachait les mots un à un et les gravait dans sa mémoire avec l'acharnement qu'elle aurait mis à gravir un escalier infini.

Marche après marche.

Sans jamais s'arrêter.

Lorsque le ciel pâlit sur AnkNor, elle vacillait de froid et d'épuisement, ses gestes avaient perdu leur précision, son esprit sa pertinence, mais elle souriait.

Les trois segments initiaux de la *Complainte du savoir remarquable* lui appartenaient.

3

– Ergaïl a prévu d'aller chasser la gouse. Que dirais-tu de le rejoindre ? Tu as bien mérité de t'amuser un peu.

Une lueur s'alluma dans les yeux de Nawel. Les gouses étaient de petits volatiles retors et extrêmement méfiants. Qu'ils soient incapables de voler ne les rendait pas pour autant faciles à chasser et leur plumage délicat, employé pour orner les robes de cérémonie, valait son pesant d'or. Par tradition, les Aspirants fournissaient les couturiers des grandes maisons et un trophée était remis chaque année au meilleur chasseur d'entre eux. Que les gouses peuplent les mêmes contrées sauvages que les redoutables fangs ajoutait encore à leur gloire.

– Où ?

– Près des ruines d'Oncha.

Nawel grimaça.

Elle avait envisagé une promenade dans les rues de la ville Cendre avec Philla afin d'évacuer la tension de la journée, peut-être de seller leurs chevaux pour un bref galop, pas de gagner Oncha.

– Je ne suis pas certaine que mes parents apprécient.

Philla marqua un temps de surprise.

– Nous y sommes pourtant allées à de nombreuses reprises.

– Le problème ne tient pas tant à l'endroit qu'au temps qu'il nous faudra pour nous y rendre et pour en revenir.

– Tu plaisantes ? Les ruines d'Oncha ne sont qu'à une heure de cheval d'AnkNor.

Nawel s'arrêta net pour planter ses yeux dans ceux de son amie.

– Philla, mes parents savent que j'ai été punie et savent pourquoi j'ai été punie. Je ne doute pas qu'ils soient extrêmement mécontents et, lorsqu'ils rentreront, j'ai intérêt à être présente pour écouter leur sermon.

– Tu n'es pas la première à passer la nuit dans la tour Nord, la tempéra Philla. Ta faute était en outre minime et tu as si bien récité les trois segments initiaux que donna Courlis n'a pu faire autrement que te féliciter. Je suis certaine que tes parents se montreront indulgents.

Nawel secoua la tête.

– Pas à une lune de la cérémonie des vœux. Mes parents n'envisagent pas pour moi une autre robe que celle de Mage ou de Gouvernant, or la réprimande de donna Courlis compromet sérieusement mes chances. Qu'as-tu ?

Philla s'était figée, les yeux écarquillés par la stupeur.

– Nawel, je... tu... les Aspirants ne sont pas censés révéler la caste qu'ils ont choisie !

– Afin qu'ils n'aient aucun moyen de savoir s'ils seront acceptés, je sais. J'ai toutefois évoqué le désir de mes parents. Pas le mien !

– Que veux-tu dire ?

– Rien de plus que les mots que je viens de prononcer. Et rien de moins.

– Envisagerais-tu de ne pas suivre les recommandations de tes parents ? De t'opposer à leur choix ?

– Je n'ai jamais affirmé ça.

– Mais tu...

Nawel haussa les épaules.

– Tu me fatigues, Philla. Va tirer les gouses en compagnie d'Ergaïl et de la bande de flagorneurs qui le fréquentent parce qu'il est le neveu du roi. Sois une gentille petite Aspirante et fiche-moi la paix !

– Tu es injuste, protesta Philla, nous...

Elle se tut. Sans plus lui accorder la moindre attention, Nawel avait tourné les talons et s'éloignait.

Nawel marcha un long moment sans se préoccuper de l'endroit où elle allait. Philla était insupportable.

« Non, finit-elle par se corriger intérieurement. C'est moi qui suis insupportable. Philla est douce, tolérante, attentionnée. C'est ma meilleure amie. Pourquoi ne suis-je pas capable d'être gentille avec elle ? Pourquoi ne pas lui avoir simplement proposé de venir se balader avec moi ? Pourquoi suis-je toujours… »

– Le rêve est un joli chemin, jeune Hélianthas, mais il conduit souvent à une impasse.

Nawel tressaillit. Perdue dans ses pensées, elle n'avait pas remarqué l'homme qui, assis sur la margelle d'une fontaine, venait de l'interpeller. Ol Hil' Junil, le fou du roi. Âgé d'une trentaine d'années, il était vêtu, fonction oblige, d'atours colorés et ses cheveux, au contraire de ceux des Jurilans, étaient sombres, presque noirs.

Nawel s'immobilisa devant lui. Elle aimait bien le personnage et son impertinence, ses diatribes insensées qui dissimulaient de précieuses pépites de sagesse, son exubérance, sa joie de vivre et, à l'opposé, l'insondable détresse qui se lisait parfois dans ses yeux. Elle l'aimait bien, même si, souvent, il l'inquiétait un peu. Il n'était pas jurilan, nul ne savait d'où il venait, mais il s'était ménagé par la finesse de son esprit une place de choix dans la société pourtant cadenassée des Perles d'AnkNor.

– Alors, demoiselle ? En cette fin de journée, tes pas suivent-ils tes rêves ou te mènent-ils dans une autre direction ?

Nawel haussa les épaules.

« Hausser les épaules. La façon de sourire de Nawel Hélianthas », avait ironisé Ergaïl quelques jours plus tôt.

– Si la ville Cendre est une destination de rêve, alors mes pas suivent mes rêves puisque c'est là que je me rends.

– La ville Cendre, répéta Ol Hil' Junil l'air songeur. Dis-moi, jeune Hélianthas, t'es-tu déjà demandé pourquoi Cendres et Perles s'appellent ainsi ?

– Non, répondit Nawel, et je t'avoue que cela ne m'intéresse pas.

– Les Cendres sont multitude, expliqua le fou du roi sans tenir compte de la remarque. Pareils à ces grains impalpables qui s'accumulent dans les foyers de nos cheminées, ils se dispersent au moindre souffle, se balaient sans difficulté et n'ont aucune consistance, aucune véritable réalité. Pourtant…

– Pourtant ? demanda Nawel, attentive malgré elle.

– Lorsque l'on arrose la cendre, elle devient aussi dure que la pierre. L'inconscient qui ignore cela court le risque de voir son foyer se fendre.

– Il ne pleut pas souvent à AnkNor, ironisa Nawel, je doute que les Cendres changent un jour de nom pour devenir des Pierres.

– L'eau n'est pas le seul liquide disponible, rétorqua le fou. Il est possible d'obtenir le même résultat en arrosant la cendre avec de la sueur ou du sang.

Nawel fronça les sourcils. Sans qu'elle sache vraiment pourquoi, les paroles d'Ol Hil' Junil lui déplaisaient.

– Et les Perles ? s'enquit-elle néanmoins.

– Une perle est un miracle de la nature. Belle, fine, unique, elle repose dans son écrin, provoquant les regards émerveillés de ceux qui la contemplent. Pourtant...

– Pourtant ?

– Au cœur de chaque perle, il y a une impureté, un grain de sable, une souillure. La nacre, si admirable, n'est que le moyen utilisé par le coquillage pour se protéger de cette souillure.

– Dois-je entendre que le cœur des Perles est souillé ?

Nawel avait durci le ton, ce qui fit sourire le fou.

– Les Perles possèdent-ils un cœur ? La question, importante, l'est moins que savoir s'ils possèdent des oreilles. Un cœur pour aimer, des oreilles pour entendre. Possèdes-tu un cœur, Nawel Hélianthas ? Et des oreilles ?

Il sourit. Un sourire aussi lumineux que triste qui doucha la colère naissante de Nawel et la contraignit au silence.

– Je dois te quitter, demoiselle. J'ai rendez-vous avec la Dame.

– Toi, un rendez-vous ?

– Un rendez-vous imaginaire, il va sans dire.

– Je croyais que le chemin des rêves conduisait à une impasse.

– Ne confonds pas le rêve et l'Imagination. Si le premier vient à toi de son propre chef, c'est volontairement que tu décides d'arpenter la deuxième. Cela peut s'avérer périlleux, j'en ai fait l'amère expérience, mais les possibles sont trop nombreux pour que tous débouchent sur des impasses.

– Je ne comprends rien à tes divagations, Ol.

Nouveau sourire. Tristesse sans fond.

– Laisse les divagations au fou et préoccupe-toi de ton chemin, Nawel. La vie, comme les rêves, conduit souvent à des impasses. Garde-toi.

Il sauta souplement à terre. Alors qu'il s'éloignait à grandes enjambées, il entonna une chanson paillarde d'une voix volontairement dissonante qui fit se retourner les promeneurs sur son passage. Nawel le regarda disparaître puis haussa les épaules.

– Pauvre fou, murmura-t-elle en reprenant sa route.

4

Tandis que Nawel, après avoir descendu l'escalier des Mille, atteignait la ville Cendre, ses pensées revinrent se fixer sur Philla.

Nawel la savait éperdument amoureuse d'Ergaïl depuis des années. Or, après une longue période durant laquelle il avait volé de conquête en conquête, ce dernier portait désormais sur elle un regard qui ne laissait aucune place au doute. Nawel le connaissait bien, il n'attendait qu'une occasion pour déclarer sa flamme. Sauf que Philla ne lui offrait pas cette occasion. Timidité ou aveuglement, la situation, de cocasse, devenait franchement irritante.

Nawel souffla bruyamment avant de passer la main dans sa crinière blonde. Philla et Ergaïl avaient beau être ses amis, leur histoire d'amour qui n'en était pas une l'ennuyait. Pour être honnête, toutes les histoires d'amour l'ennuyaient. Surtout en ce moment.

Elle avait envie d'endosser la robe de Mage.

Cela seul importait.

Elle ignorait si elle en avait les capacités comme elle ignorait si les maîtres des castes ne se moqueraient pas d'elle lorsqu'elle annoncerait son vœu, mais devenir Mage lui paraissait la seule façon de gagner sa liberté.

Les Gouvernants possédaient davantage de pouvoir. Ils étaient toutefois prisonniers des règles complexes qui régissaient la vie des douze cités. Les Prêtres aussi étaient puissants, surtout ceux de Kaïa, la déesse-mère. Aussi puissants que leur religion était hermétique et rébarbative.

Nawel n'était pas attirée par la robe des Guérisseurs ou celle des Magistrats, encore moins par celle des Scribes ou des Ingénieurs, et, si elle éprouvait de la sympathie pour les Historiens et les Géographes, ces derniers étaient trop peu considérés pour qu'elle ait le moindre désir d'endosser leur robe.

Mage.

Elle devait devenir Mage.

Mage comme sa mère même si cette idée la troublait.

Mage comme donna Courlis.

Mage comme…

– Par Kaïa, fais attention espèce de maladroite !

L'imprécation tira Nawel de ses pensées. Elle se trouvait au cœur de la ville Cendre, dans une des artères odorantes et colorées qu'aimaient arpenter les Aspirants en quête de dépaysement facile.

Agenouillée à côté d'elle, une jeune femme ramassait les fruits que Nawel, en la bousculant, avait fait tomber. Beaucoup étaient abîmés et elle maugréait en les rangeant dans son panier.

– Comment m'as-tu appelée ?

Voyant que la jeune femme ne lui répondait pas, Nawel la poussa du bout de sa botte.

– Je t'ai posé une question, Cendre ! Comment m'as-tu appelée ?

La jeune femme leva vers elle un visage qu'avait déserté toute trace de colère. Remplacée par de la crainte.

– Je vous demande pardon, donna, murmura-t-elle d'une voix vacillante. Je... je devais vendre ces... ces fruits et je... j'ai...

– As-tu vraiment décidé de me contrarier ? la coupa Nawel. Je t'ai posé une question, j'attends une réponse !

Un attroupement commença à se former. Toujours agenouillée, la jeune femme jeta un regard éperdu autour d'elle. En vain. Le seul soutien qu'elle reçut fut le regard chargé de sollicitude d'une vieille marchande de fleurs.

Elle porta une main tremblante à sa bouche. La maigre somme que devait lui rapporter la vente de ses fruits était perdue mais elle s'en tirerait à bon compte si ses ennuis se limitaient à sauter un repas ou deux.

– Que se passe-t-il ici ?

Nawel leva les yeux vers l'homme qui fendait la foule.

Il était escorté d'une escouade de gardes en armes et portait les insignes qui indiquaient son statut d'officier.

– Cette Cendre m'a insultée, déclara Nawel.

– Et vous êtes ?

– Nawel Hélianthas, fille de Siméa et Dorfus Hélianthas.

L'officier, un Perle d'une modeste maison, ne pouvait ignorer qui étaient les Hélianthas. Il s'inclina avec respect.

– Quels sont vos ordres ? s'enquit-il.

Nawel jeta un regard méprisant à la jeune femme agenouillée à ses pieds.

– Fouettez-la.

Une brève inspiration puis :

– Maintenant.

L'officier tiqua mais, pris sous le feu des yeux pâles de Nawel, il se ressaisit très vite et adressa un signe de tête à un des gardes.

Ce dernier tirait un fouet de sa ceinture lorsqu'un homme bouscula les badauds et se précipita pour prendre dans ses bras la femme qui était toujours à terre.

– Non ! s'écria-t-il en la serrant contre lui. Elle se remet à peine de la naissance de notre enfant. Faites preuve de clémence, je vous en prie.

Sa voix était sourde et ses yeux, d'un vert inhabituel pour un Jurilan, brillaient d'angoisse.

L'officier se tourna vers Nawel.

– Ma Dame ?

Nawel serra les mâchoires. Elle avait conscience de s'être emportée. Trop vite. Trop fort. La jeune femme apeurée qui se blottissait contre son compagnon ne méritait pas sa colère.

Non, pas la jeune femme.

La jeune Cendre.

Et que lui importait une Cendre alors que ses chances de devenir une Robe Mage étaient compromises ? Que lui importait une Cendre alors qu'un effroyable mal de tête, conséquence d'une nuit entière passée sans dormir, broyait ses tempes ?

Que lui importait une Cendre ? Tout simplement.

– Ma Dame ? insista respectueusement l'officier.

Nawel haussa les épaules.

– Fouettez-les tous les deux, ordonna-t-elle.

5

Lorsque Nawel atteignit la dernière marche de l'escalier des Mille, et comme chaque fois qu'elle gagnait la ville Perle, elle s'arrêta et se retourna pour admirer la vue.

Le soleil atteignait l'horizon et ses rayons horizontaux transformaient les plaines vallonnées de l'Ouest en une succession de nappes de feu et de flaques d'ombre qui, dévorant la perspective, interdisait toute prise de repère.

À ses pieds, la ville Cendre et ses ruelles tortueuses négociaient leur reddition à la nuit, tandis qu'au sud l'océan lointain luttait encore, ourlant sa surface de reflets argentés qui diffractaient la lumière du jour moribond.

Le désert du Nord, dissimulé par les palais des grandes maisons, était invisible et l'est, à son habitude, demeurait lieu de mystère.

L'est et ses steppes arides, les créatures étranges les peuplant, la cité interdite quelque part à trois jours de cheval d'AnkNor puis, au-delà, les terres noires et, encore plus loin, les forêts maudites des Glauques.

Nawel se détourna pour pénétrer dans la ville Perle.

Si le labyrinthe de la ville Cendre, avec ses escaliers vertigineux, ses cours secrètes, ses venelles sinueuses, ses toits imbriqués, ses façades ventrues et décrépites, finissait par offrir au marcheur qui l'arpentait un surprenant sentiment d'unité, la ville Perle, une fois assimilée sa monolithique majesté, se révélait une sidérante mosaïque d'édifices hétéroclites.

La course aux legs des Anciens avait toujours fait rage entre les grandes maisons et lorsqu'elles avaient bâti leurs palais, elles avaient veillé à étaler leur puissance en y intégrant qui une coupole de diamant, qui une complexe sculpture de glace en guise de tour, un mur de verre noir ou des fenêtres musicales, qui encore une guirlande de sphères luminescentes enroulée autour d'un donjon de lapislazuli.

Autant de merveilles arrachées aux ruines émaillant les plaines.

Autant de preuves de la puissance des grandes maisons.

AnkNor était la plus belle des douze cités du royaume et le palais royal le plus beau des palais d'AnkNor. De là à affirmer que le palais royal d'AnkNor était la plus belle construction du monde connu était un pas que franchissaient allègrement la plupart des Jurilans qu'ils soient Perles ou Cendres.

Nawel faisait partie de ceux-là.

Elle se gaussait lorsque Ol Hil' Junil évoquait l'univers chimérique dont il était, selon lui, natif et elle s'était gaussée de la même façon lorsque don Elder, un Géographe chargé de cours, avait tenté de décrire à ses élèves la magnificence des cités de toile des peuples barbares de l'Ouest.

Elle s'était gaussée aussi, intérieurement, lorsque donna Courlis avait évoqué l'hypothèse selon laquelle la civilisation jurilane ayant crû à l'ombre des Anciens, elle avait développé une incapacité à évoluer de façon autonome.

Que donna Courlis, une Robe Mage aussi influente, puisse proférer de pareilles stupidités la dépassait. Peu importait qu'elle ait cherché par là à faire réfléchir ses élèves. Une Robe Mage n'avait aucun besoin des Anciens pour jouer avec les arcanes de son art, elle aurait dû s'abstenir.

« Il faut que cette Robe me soit accordée, songea Nawel. Il le faut à tout prix ! »

Elle contourna le jardin de Glace, passa sous les jambes du colosse d'airain qui montait la garde à l'entrée de l'avenue des Douze Fleurs, salua avec courtoisie donna Purila qui passait dans sa calèche tirée par quatre superbes alezans des steppes, puis pénétra dans le parc qui ceignait la demeure des Hélianthas.

Ruilp, le responsable de la milice qui gardait les lieux, un Cendre musculeux d'une cinquantaine d'années au visage couturé de cicatrices, s'inclina devant elle sans qu'elle daigne lui accorder en retour la moindre attention. Il avait participé à la dernière guerre digne de ce nom contre les barbares de l'Ouest et en était revenu couvert d'honneurs, ce qui lui avait permis, cinq ans plus tôt, d'entrer au service des Hélianthas. Combattant aguerri, prompt à la bagarre, il s'était forgé auprès des gardes des autres maisons une redoutable réputation de cogneur sans merci qui n'avait d'égale que sa totale loyauté envers ceux qui l'employaient.

C'était avec lui que Nawel révisait les leçons d'escrime prodiguées aux Aspirants par don Zayo. Avait révisé aurait été plus juste. Trois mois plus tôt, Ruilp s'était cru autorisé à critiquer l'enseignement de don Zayo, allant jusqu'à le qualifier d'inefficace et prétentieux. Nawel en avait été outrée mais son indignation avait atteint son paroxysme lorsque son père avait refusé de punir Ruilp, éclatant même de rire lorsque les paroles du garde lui avaient été rapportées.

– Il n'a pas tort ! s'était-il exclamé. Si ce brave Zayo effectue des prouesses dans les assemblées de Robes, je crains que sur un champ de bataille il ne vaille pas grand-chose.

– Ruilp est un Cendre ! s'était offusquée Nawel. Il n'a pas le droit de parler ainsi d'un Perle !

Son père lui avait gentiment ébouriffé les cheveux.

– Du calme, jeune tigresse. La seule chose qui compte, c'est que Ruilp nous soit loyal et il l'est. Il mourrait pour te protéger, tu le sais n'est-ce pas ? Cela vaut bien ma mansuétude, non ?

– Non ! avait décrété Nawel en tournant les talons.

De ce jour-là, elle n'avait plus croisé le fer avec Ruilp. Ni échangé la moindre parole avec lui.

Elle pénétra dans le hall qui desservait les pièces principales de la demeure et s'y arrêta un instant pour jeter un coup d'œil critique au reflet que lui renvoyait, du mur auquel il était accroché, l'immense diamant poli utilisé comme miroir.

Si l'aspect général lui convenait, silhouette élancée, jambes fines et allure altière, elle préférait ne pas s'attarder sur les détails. Son visage, en particulier, lui semblait disgracieux avec ses pommettes trop hautes, ses joues trop rondes, sa bouche trop large.

Elle secoua la tête, faisant voltiger ses longs cheveux blonds, et sourit. Tant qu'elle posséderait pareille crinière, ses défauts physiques demeureraient accessoires.

Elle gravit d'un pas alerte l'escalier de pierre rouge conduisant à l'étage, caressa au passage le clavier du cristal à eau trônant à son sommet, et gagna sa chambre.

Malgré la fatigue qui pesait sur ses épaules, elle se contenta de jeter un coup d'œil intraitable à son lit, se déshabilla, jeta ses vêtements dans un coin où la Cendre de service – comment s'appelait-elle déjà ? – les ramasserait, puis prit une longue douche brûlante.

Elle en sortit revigorée, sécha soigneusement ses cheveux, enfila une robe aux reflets moirés et quitta sa chambre.

Sa mère l'attendait dans le petit salon. Debout, les mains croisées dans le dos. Elle regarda entrer sa fille sans que la moindre expression altère la noblesse teintée d'indifférence qu'elle avait mis des années à modeler sur ses traits.

Nawel serra les mâchoires.

Le visage de sa mère n'exprimait que les rares émotions qu'elle choisissait d'exposer au grand jour mais cet extraordinaire contrôle avait ses limites. Donna Hélianthas ne parvenait pas à imposer le silence à ses yeux.

Pas encore.

Et ses yeux, du même bleu pâle que ceux de sa fille, criaient colère et déception.

6

« La meilleure défense reste l'attaque. »

C'était en entendant cette maxime, énoncée par don Zayo et rapportée par Nawel, que Ruilp avait franchi les limites invisibles mais imperméables séparant les Perles des Cendres.

– Cet abruti ne s'est jamais trouvé face à un barbare de l'Ouest pour proférer pareille ineptie, s'était-il emporté. A-t-il seulement un jour affronté un adversaire digne de ce nom décidé à l'éventrer ?

Don Zayo ? Un abruti ? De l'avis d'un... Cendre ! Nawel, ulcérée, avait quitté la salle d'armes sur-le-champ, jurant de ne plus jamais s'y trouver en même temps que Ruilp.

Elle avait tenu sa promesse et la phrase qui avait provoqué sa colère s'était gravée dans sa mémoire. Indélébile.

Face à sa mère, cette phrase prit tout à coup un relief nouveau.

La meilleure défense reste l'attaque.

– Nawel, tu as agi sans penser aux conséquences de tes actes. Ceci est...

La meilleure défense reste l'attaque.

– Une nuit dans la tour Nord ne représente en rien une flétrissure infligée à ma réputation ou à celle de notre maison, la coupa Nawel. J'ai d'ailleurs appris par tante Ornalia que si vous étiez une remarquable Aspirante, vous aviez vous-même été sanctionnée trois fois pendant vos études dont deux...

Donna Hélianthas leva la main. Geste empreint d'une telle assurance, d'une telle autorité que la pugnacité de Nawel se désagrégea. La meilleure défense restait l'attaque mais personne n'attaquait impunément donna Hélianthas.

Non, personne n'attaquait donna Hélianthas.

Tout simplement.

– ... inacceptable, acheva donna Hélianthas sans se donner la peine de commenter la piètre tentative de sa fille de lui voler la parole.

Elle fit un pas avant de poursuivre.

Un pas tranquille, glissé et, soudain, l'évidence s'imposa à Nawel avec la violence d'un coup de poing assené au creux de l'estomac : la meilleure attaque était l'attaque !

Et sa mère maîtrisait l'attaque à la perfection.

– Être l'héritière d'une des plus grandes maisons d'AnkNor offre une multitude d'avantages mais comporte également quelques obligations et exige un minimum de réflexion.

– Je...

Cette fois, donna Hélianthas n'eut pas besoin de lever la main pour que sa fille se taise. Un simple regard suffit.

– L'équilibre entre la ville Perle et la ville Cendre est stable depuis trois siècles. Les Perles dirigent, les Cendres obéissent et chacun est satisfait. Cela n'a cependant pas toujours été le cas, et notre histoire est jalonnée d'affrontements sanglants que seuls les imbéciles ont gommés de leur mémoire. Tu n'es pas une imbécile, n'est-ce pas ?

Signe de dénégation. Presque timide. Si Nawel ne saisissait pas où sa mère voulait en venir, elle ne se sentait pas le courage de lui demander des éclaircissements. Pas encore.

– Les Cendres sont mille fois plus nombreux que nous, reprit donna Hélianthas. Considère-les, l'image est juste, comme un troupeau de moutons paisibles dont tu aurais la garde, mais n'oublie jamais que, lorsque le troupeau s'affole, le meilleur des gardiens est impuissant à le calmer. Que dire alors du gardien qui, volontairement ou par bêtise, affole son troupeau ?

– Je... je ne comprends pas, balbutia Nawel.

– Je ne t'ai pas demandé de comprendre mais de répondre à ma question.

– Cela m'est impossible, je ne...

– Nawel !

Un mot, pareil à une gifle, bien que donna Hélianthas n'ait pas haussé le ton. Nawel blêmit, tressaillit puis, dans un sursaut de cette volonté inflexible qui l'animait, elle se reprit.

– Le gardien qui affole son troupeau et se montre ensuite incapable de le calmer est un sot.

Profitant de ce que sa voix n'avait pas tremblé, elle poursuivit :

– Je dois néanmoins vous aviser que, si j'ai répondu à votre question, j'ignore ce qui l'a motivée.

Elle avait redressé les épaules et planté ses yeux dans ceux de sa mère, ce qui lui permit de discerner la lueur de fierté qui y brilla fugacement. Réprimant son étonnement, elle voulut profiter de cette infime ouverture. Y puiser de la confiance pour affermir sa position.

– Donna Courlis m'a punie et je me garderais bien de contester cette punition mais je...

– Nawel, cette punition n'a aucune importance !

– Aucune imp... Mais...

– Je sais exactement ce qui s'est passé hier, Iathana m'a tout raconté...

Iathana. Le prénom de donna Courlis !

Nawel avait oublié à quel point les deux Robes Mages étaient liées. Si elles se voyaient peu au quotidien, elles avaient effectué leurs études ensemble et siégeaient côte à côte dans la salle des Hypothèses chaque fois que se réunissait le Symposium.

Des amies.

Pour autant que le mot amies ait un sens lorsque l'on s'appelait Iathana Courlis ou Siméa Hélianthas.

– ... et si j'aurais évidemment préféré que tu n'attires pas ainsi l'attention sur notre nom et notre maison, je ne peux te tenir rigueur de cette incartade. D'autant que, selon Iathana, tu as retourné la punition à ton avantage avec brio.

– Je... Merci. Je...

Inspiration.

– Je suis désolée, mère, mais si la nuit que j'ai passée dans la tour Nord n'a pas provoqué votre colère, si vous qualifiez mon comportement de simple incartade, si vous trouvez que je m'en suis tirée avec les honneurs, alors...

Nouvelle inspiration.

– ... je ne comprends rien à ce que vous racontez.

Donna Hélianthas poussa un léger soupir.

– Très bien, je vais me montrer plus claire.

Elle fit un nouveau pas en avant, ce qui l'amena tout près de sa fille.

– Il y a un peu plus d'une heure, tu te promenais dans la ville Cendre, articula-t-elle d'une voix tranquille. Ne te fige pas dans cette attitude défensive, c'est ton droit et je ne le remets pas en cause. Il est en revanche de mon devoir de mère de savoir où se trouve ma fille et ce qu'elle fait. Tu n'es pas d'accord ?

Nawel esquissa un sourire crispé.

– Je suppose que je n'ai pas le choix.

– En effet. Si cela peut te rassurer, sache que j'ai d'autres devoirs que celui qui me pousse à m'intéresser à tes activités. Il m'appartient, par exemple, d'être au courant du moindre problème survenant dans la ville Cendre.

– Comme un gardien de moutons ?

Donna Hélianthas ne se formalisa pas de la tentative d'ironie.

– Exactement. Comme un gardien de moutons. Les informateurs qui travaillent pour moi m'ont rapporté l'incident qui t'a opposée à cette jeune Cendre.

– Incident est un mot excessif, commença Nawel. J'ai juste...

Elle se tut, pétrifiée par les yeux de sa mère.

Des yeux devenus deux puits de glace.

– Un gardien qui affole son troupeau est plus qu'un sot, Nawel, c'est un irresponsable !

– Mais...

– Tais-toi !

C'était la première fois que donna Hélianthas élevait le ton devant sa fille. Le silence qui suivit son cri fut terrible.

Rompu par une phrase plus terrible encore.

– La jeune Cendre que tu as fait fouetter est morte.

7

Nawel s'assoit brusquement dans son lit.

Son souffle est court et un filet de sueur brûlante coule le long de sa tempe, effrayant contrepoint au frisson glacé qui l'a tirée du sommeil.

Un cauchemar.

C'est un cauchemar !

De retour chez elle après sa promenade dans la ville Cendre, et alors qu'elle avait prévu de prendre une douche et de ne pas céder au sommeil, elle s'est effondrée sur son lit et s'est endormie.

Elle a rêvé que sa mère lui annonçait la mort de la jeune Cendre qu'elle a fait fouetter. Ses mots résonnent encore dans son esprit, impitoyables…

« Tu l'as tuée, Nawel ! Elle venait d'avoir un enfant et tu l'as tuée ! Tu l'as bousculée, elle est tombée, a perdu ses fruits, son argent et toi, jeune Perle aussi écervelée que dépourvue d'humanité, incapable d'admettre que tu étais fautive, tu as ordonné qu'elle soit fouettée. Elle en est morte ! »

Nawel se mord les lèvres pour ne pas crier.

Se force à inspirer profondément.

À expirer.

Longuement.

Les tremblements qui agitent ses mains se calment peu à peu mais son souffle reste court.

Un cauchemar.

Jamais elle n'en a fait d'aussi réaliste. D'aussi terrible. Effrayant. Doit-elle le considérer comme un signe du destin ? Un avertissement des dieux ? De Kaïa en personne ? Se pourrait-il qu'elle soit cette Nawel vaine et prétentieuse découverte dans son cauchemar ?

Elle frissonne.

Un frisson moins glacé que celui qui l'a réveillée mais plus long, plus profond. Un frisson de l'âme.

Elle a réellement ordonné que cette jeune Cendre soit fouettée.

Sans véritable raison.

Non.

Sans aucune raison.

Et si le drame qui en a découlé n'est que le fruit de son imagination, il aurait tout aussi bien pu survenir.

Comment aurait-elle réagi si la jeune femme avait réellement succombé à la correction qu'elle a subie ? Elle, Nawel, aurait-elle été capable de continuer à vivre ? La culpabilité ne l'aurait-elle pas tuée avec plus d'efficacité que mille coups de fouet ?

Elle passe une main encore brûlante sur sa nuque poisseuse de transpiration, lisse une longue mèche de cheveux humides.

Ne pas exagérer.

Ne pas se tourmenter inutilement.

La jeune Cendre n'est pas morte.

Nawel s'allonge, goûte la fraîcheur des draps sur son corps bouillant, sourit à l'avenir qui l'attend.

Elle passe une main apaisée sur la soie de son oreiller.

Sourit encore.

Puis, doucement, elle…

… se réveille.

8

Un hurlement.

Terrible.

Qui lui déchira les cordes vocales en jaillissant de sa gorge, rebondit sur les murs de sa chambre, s'engouffra dans le couloir avant de répandre ses échos agonisants dans la maison entière.

Elle avait rêvé qu'elle avait rêvé.

Tandis que la réalité la heurtait de plein fouet, première secousse d'une série à venir qu'elle savait croissante et infinie, tandis que la demeure des Hélianthas s'emplissait du bruissement des serviteurs alertés par son cri, tandis qu'un voile rouge se déposait sur sa vie, Nawel se recroquevilla sur son lit, muscles tétanisés.

Elle avait rêvé qu'elle avait rêvé.

Elle sentit à peine la fraîcheur du linge humide qu'un Cendre inquiet pressait sur son front, le verre d'eau qu'un autre approchait de ses lèvres, les sels qu'un troisième tentait de lui faire respirer.

Elle avait rêvé qu'elle avait rêvé.

Les mots de sa mère envahirent sa mémoire, acide sur blessure béante.

« La jeune Cendre que tu as fait fouetter est morte… »

9

– La jeune Cendre que tu as fait fouetter est morte.

Nawel mit quelques secondes à comprendre. Le cri de sa mère l'avait abasourdie et ses mots, proférés d'une voix sourde, n'avaient aucun sens.

– Que… que dites-vous ?

– Il y a une heure de cela, dans la ville Cendre, une Cendre t'a manqué de respect ou tu as cru qu'elle te manquait de respect, ce qui ne change pas grand-chose, et tu as demandé à l'officier chargé de régler l'incident de la fouetter.

– Je…

– Tu lui as également demandé de fouetter le mari qui implorait ta clémence. Il a résisté à la punition, elle non, même si les gardes l'ont, de leur propre aveu, appliquée avec légèreté.

– … ne…

– Vois-tu, Nawel, cette Cendre était de constitution fragile et, pour ne rien arranger, elle se relevait juste d'une fièvre maligne. Un bon gardien de moutons aurait remarqué cela et en aurait tenu compte.

– ... vous...

– Entendons-nous bien, je ne porte aucun jugement sur ce qui a motivé ta décision mais je me dois d'être très critique envers ton manque de réflexion.

– ... crois...

– La punition idéale sert à ceux qui observent autant qu'à celui ou celle qui la reçoit. Bien dosée, elle joue à merveille son rôle formateur. Excessive, elle peut générer un sentiment de colère difficile à maîtriser.

– ... pas !

– Tu ne me crois pas ? Tu as tort, Nawel. Empêcher la situation de dégénérer dans la ville Cendre après cet incident m'a demandé beaucoup de travail et des prises de décision peu agréables.

Nawel ferma les yeux. Les rouvrit pour fixer ses mains.

Pourquoi donc tremblaient-elles autant ?

– Que... quelles décisions ?

– Calmer les Cendres qui ont assisté à la scène, faire enfermer les plus excités, donner une fausse rumeur en pâture à la foule afin d'offrir un exutoire à son ressentiment, confier le mari au collège des Robes Mages.

Ce n'étaient plus seulement les mains de Nawel qui tremblaient, mais ses bras tout entiers.

– Les Robes Mages ? répéta-t-elle sans réfléchir.

Voix blanche, souffle vacillant.

– Oui. C'était cela ou le réduire définitivement au silence, ce qui aurait été dommage. Nous avons besoin de soldats pour garder nos frontières. Débarrassé de ses souvenirs, cet homme fera un excellent combattant.

Nawel n'était plus qu'un seul et unique tremblement.

– Et l'enfant ? Leur… bébé ? Que va-t-il devenir ?

Donna Hélianthas offrit à sa fille un regard chargé de tendresse.

– Ne t'inquiète pas à son sujet, Nawel. Je me suis occupée de lui. Je te promets qu'il n'est pas malheureux.

– Il…

– Tu devrais aller dormir, Nawel. Tu manques de sommeil et j'ai été dure avec toi. Tu es encore jeune, je suis certaine que tu apprendras vite à te comporter avec les Cendres. N'accorde pas à cet incident une importance qu'il ne mérite pas. D'accord ?

– Mais je…

– Va te coucher, Nawel. Je passerai t'embrasser tout à l'heure.

10

Nawel ne conserva aucun souvenir des trois jours qui suivirent.

Comme si le hurlement jailli de sa gorge lorsque son cauchemar avait volé en éclats avait soufflé sa conscience.

Muette, le regard vide, elle se laissait guider sans réagir par les Cendres qui se relayaient à son chevet, ne répondait à aucune sollicitation de sa mère ou de son père et demeura immobile et prostrée lorsque don Éridou, un Robe Guérisseur de talent, déploya sur elle les arcanes complexes de son art.

– Elle va mourir, chuchotaient les serviteurs de la maison, lorsqu'ils étaient certains que personne ne les entendait. L'œil noir de Kaïa s'est braqué sur elle. Elle va s'éteindre comme une chandelle usée.

La Cendre qui la veillait poussa donc un cri où la surprise le disputait à la frayeur lorsque, au matin du quatrième jour, elle se dressa brusquement sur son lit.

Si elle avait le teint livide, les yeux injectés de sang, son regard avait perdu sa fixité et retrouvé sa lumière.

Lumière triste, insondable mais lumière.

Donna Hélianthas et don Éridou, le Guérisseur, en pénétrant dans la chambre, la trouvèrent debout en train de se dévêtir.

– Que fais-tu ? s'inquiéta sa mère.

– Je vais me laver, répondit Nawel, d'une voix où il aurait été vain de chercher une trace de doute ou de faiblesse.

– Te laver ?

– Oui, me laver. C'est un acte d'hygiène assez courant qui, dans mon cas, possède un véritable caractère d'urgence.

Nawel avait assorti sa tirade d'un plissement de narines éloquent et donna Hélianthas tressaillit. Elle sentait qu'un événement important était en train de se jouer et, pour la première fois de sa vie, ne comprenait pas lequel.

Son cœur accéléra sans qu'elle parvienne à le calmer. Jamais elle n'avait senti le cours des choses se dérober ainsi sous ses pas. Elle lança un coup d'œil à don Éridou qui s'avança.

Nawel l'arrêta d'un geste.

– Je me porte tout à fait bien, affirma-t-elle. Je vais me laver, m'habiller, prendre le temps de manger et aller en cours. Suon m'a appris combien de temps j'étais restée… inconsciente. Je doute que mes professeurs aient arrêté leurs cours pour moi et je n'ai plus de temps à perdre.

– Suon ? bafouilla donna Hélianthas.

Nawel lui retourna un regard vide d'émotion.

– Suon, une des Cendres qui m'ont veillée.

Donna Hélianthas prit une profonde inspiration.

– Nawel, tu as été malade et si je suis heureuse que tu paraisses rétablie, tu ne dois prendre aucun risque. Tu vas…

– Mère.

Un mot. Pareil à une intimation au silence.

Donna Hélianthas se tut.

– Mère, reprit Nawel, une ombre de sourire étirant ses lèvres, j'ai été malade, certes, mais n'accordez pas à cet incident une importance qu'il ne mérite pas, d'accord ?

– Nawel !

Accompagnée par les regards de tous les Aspirants présents, Philla traversa en courant la salle des Hommages en direction de son amie. Elle évita habilement un groupe de professeurs et Nawel n'eut que le temps d'ouvrir les bras pour accueillir maladroitement son étreinte.

– Je t'ai donc tant manqué que ça ? ironisa-t-elle pour juguler l'émotion qui pointait.

– J'étais rongée d'inquiétude, lui répondit Philla en reculant d'un pas sans pour autant lui lâcher les mains. J'ai appris que tu avais eu un malaise mais personne n'a pu ou voulu m'en apprendre davantage.

– Tu sais où j'habite, non ?

– Je me suis précipitée chez toi dès qu'Ergaïl m'a annoncé la nouvelle. La demeure des Hélianthas m'est restée aussi inaccessible que la ville Perle à une Cendre ! Que t'est-il arrivé ?

– Un coup de fatigue.

– Un coup de fatigue ? s'étonna Philla sans paraître remarquer que Nawel s'était rembrunie. Ergaïl a pourtant appris par sa sœur qui le tenait d'une Robe travaillant avec donna Courlis que tu as perdu connaissance et que le meilleur guérisseur d'AnkNor n'a pas réussi à te ranimer.

Par un immense effort de volonté, Nawel parvint à se contrôler.

– Il ne faut jamais prêter oreille aux ragots, Philla. Ta grand-mère ne t'a pas enseigné cela ?

En son temps, la grand-mère de Philla avait été une des Robes Gouvernantes les plus influentes des douze cités. Elle n'était plus qu'une vieille femme s'enfonçant peu à peu dans la sénilité, et ses divagations moralisatrices, rapportées par Philla, étaient au cœur de mémorables imitations jouées avec Nawel.

– Tu as raison ! s'exclama Philla. Ergaïl est aussi cancanier qu'un vendeur de gouses, j'aurais dû me méfier.

– Attention, jeune Philla, fit mine de la morigéner Nawel, même s'il est séduit, ce n'est pas en l'insultant que tu pousseras le garçon dont tu rêves à se déclarer.

– On parle de moi, les filles ? En termes élogieux, j'espère…

Nawel et Philla se tournèrent vers Ergaïl qui approchait.

À son habitude, il était vêtu avec faste et arborait la contenance pleine d'assurance, presque de suffisance, de celui qui se sait admiré et n'a aucun doute sur le bien-fondé de cette admiration.

– Pourquoi riez-vous ? s'enquit-il en souriant, incapable de concevoir qu'elles se moquent de lui.

Philla se chargea de lui ôter ses illusions.

– Parce que tes vêtements sont dignes du neveu de notre monarque.

– Mais… justement… le roi est mon oncle.

– Le roi, oncle d'un vendeur de gouses ? Impossible, très cher. Parfaitement impossible !

Les deux jeunes filles échangèrent un coup d'œil complice avant de tourner les talons sous le regard stupéfait d'Ergaïl.

11

– Tu es sûre que ça va ?

Avec un long soupir, Nawel s'arrêta pour ficher ses yeux bleu pâle dans ceux d'Ergaïl, presque aussi clairs que les siens.

– Oui, je vais parfaitement bien.

– Alors marchons.

Il passa familièrement un bras sous celui de son amie afin de l'entraîner à la suite des Aspirants qui se hâtaient autour d'eux. Le cours dispensé par don Thufil, Historien réputé pour son manque de ponctualité autant que pour son savoir, avait duré plus longtemps qu'il n'aurait dû mais il était fort peu probable que donna Courlis accepte pareil argument comme excuse à un retard.

– Tu sais, Nawel, je doute que tu ailles aussi bien que tu le prétends.

– Tu te répètes, Ergaïl, c'est mauvais signe…

– Inutile de le prendre sur ce ton, rétorqua-t-il en souriant. J'ai de bonnes raisons de m'inquiéter pour ta santé.

– Tu fais allusion à ces ragots sur ma prétendue maladie ?

– Tu sais comme moi qu'il ne s'agit pas de ragots mais je ne pensais pas à cela.

– À quoi alors ?

– Tu étais tellement absente pendant l'exposé de ce brave Thufil que je suis étonné que tu ne te sois pas dématérialisée. De toute évidence, tu ne brigues pas la Robe d'Historienne.

Un rictus dédaigneux étira les lèvres de Nawel.

– Ni celle de Géographe ou d'Ingénieur. Tu peux également tirer un trait sur la Robe de…

– Tsss, tsss, l'interrompit Ergaïl. Un Aspirant ne révèle jamais la caste qu'il a choisie. Tu connais la règle, non ?

– Une règle que toi-même ne respectes pas. Il est de notoriété publique que tu deviendras un Gouvernant.

– Parce que je suis le neveu du roi et que le roi n'a pas de fils, ce qui fait de moi le probable héritier des douze cités et m'ôte la possibilité de choisir ma caste. Mais nous nous éloignons du sujet, me semble-t-il.

– Quel sujet ?

– Tu as changé. Tu parais préoccupée. Tu…

– Ergaïl ?

– Oui ?

– Fiche-moi la paix, veux-tu.

Ergaïl écarquilla les yeux.

– Que dis-tu ?

– Tu m'as parfaitement entendue. Tu me demandes si je vais bien, je te réponds que oui et tu insistes, prouvant ainsi que ma réponse n'a aucune valeur pour toi. Comment voudrais-tu que je réagisse ?

Ergaïl hésita une seconde puis hocha la tête.

– D'accord, capitula-t-il. Tu vas bien et je suis désolé de m'être montré aussi insistant. Ça te convient ?

Nawel l'observa avec attention. Elle le connaissait depuis longtemps, depuis toujours en fait, et elle n'avait aucune envie de se disputer avec lui.

Depuis leur plus tendre enfance, Ergaïl avait joué le rôle du grand frère dont l'enfant unique qu'elle était avait été privée et si leur relation privilégiée lui attirait nombre de regards jaloux, elle la savait dépourvue de la moindre équivoque.

Ergaïl était son ami et c'était à ce titre qu'il s'acharnait sur elle. Elle ne pouvait lui en vouloir, d'autant que s'acharner était un mot bien fort pour qualifier la sollicitude qu'il manifestait à son égard. Une sollicitude dont elle se serait même réjouie, intérieurement, si elle n'avait pas utilisé l'ensemble de ses forces à se protéger des souvenirs sombres rôdant à la périphérie de son esprit.

– Ça me va, répondit-elle enfin, et je suis désolée de t'avoir parlé aussi rudement. On fait la paix ?

– On fait la paix.

Avant qu'elle ait pu réagir, il tendit la main et ébouriffa ses longues boucles. Elle se dégagea d'un mouvement vif.

– Par Kaïa ! s'exclama-t-elle. Tu sais que je déteste ça !

Ergaïl éclata de rire.

– C'était juste un moyen de m'assurer que tu allais vraiment bien.

Il évita sans mal le coup maladroit que tentait de lui asséner son amie, bloqua son poing d'une main assurée avant de lui adresser un clin d'œil.

– Allez, on fonce. J'ai entendu dire que donna Courlis était de mauvaise humeur aujourd'hui et je n'ai aucune envie de passer la nuit dans la tour Nord, fût-ce avec toi.

Renonçant à feindre la colère, Nawel lui emboîta le pas.

Sans qu'il ait lâché sa main.

L'école des Aspirants était une immense construction aux murs de verre polychrome. Se diriger dans le dédale de couloirs qui s'entrecroisaient sur douze niveaux était la première épreuve qui attendait les jeunes Aspirants lorsque, âgés de douze à quatorze ans, ils y pénétraient pour la première fois. Personne n'était chargé de les guider et personne ne s'y serait risqué.

« Endosser une robe ou une armure suppose de savoir qui on est et où l'on va », avait coutume d'affirmer don Granitis, le directeur de l'école et cette maxime, prise à la lettre, était à l'origine de bien des errements des Aspirants novices.

Un puits circulaire de vingt mètres de diamètre traversait le centre de l'école sur toute sa hauteur. Legs des Anciens dont l'installation avait nécessité, selon les Historiens, la force de cent mille Cendres et trois ans de labeur, il annihilait l'effet de la pesanteur. Quiconque trouvait le courage de s'y jeter pouvait ainsi passer en flottant d'un étage à un autre.

Sauter dans le puits était la deuxième épreuve d'importance pour les nouveaux. Une épreuve jeu qui n'effrayait que les plus timorés d'entre eux.

Ni Ergaïl ni Nawel n'étaient timorés, et ils fréquentaient l'école depuis assez longtemps pour que le puits ait perdu tout caractère intimidant. Ils se tinrent une seconde face au vide puis, d'un coup de talon précis, se propulsèrent vers le haut.

Leur élan, dosé à la perfection, leur permit d'atteindre le dixième étage.

Donna Courlis enseignait là, dans un somptueux amphithéâtre d'obsidienne dont les sièges, à défaut d'être confortables, étaient décorés avec faste, leurs accoudoirs sculptés représentant des animaux du bestiaire légendaire des douze cités.

Nawel et Ergaïl se glissèrent à leur place juste avant que donna Courlis ne frappe dans ses mains, geste bien connu signifiant le début de son cours et l'interdiction à un éventuel retardataire de pénétrer dans la salle.

– Jeunes gens, commença-t-elle dans le silence total qui s'était installé, dans quelques jours vous annoncerez vos vœux. Selon la coutume, chacun des professeurs qui vous a accompagnés durant vos études va utiliser ces quelques jours pour vous dévoiler les principes premiers de sa caste.

Elle s'autorisa un léger sourire.

– L'objet de ces derniers cours n'est pas, vous le concevez, de vous permettre de comprendre ces principes, encore moins de vous apprendre à les maîtriser. Non. Notre but est simplement de faciliter votre choix en vous débarrassant de vos dernières incertitudes. Oui, Ergaïl ?

Ergaïl avait levé la main.

– Ne sommes-nous pas censés être d'ores et déjà fixés sur le vœu que nous présenterons à la prochaine lune chaude ?

– Certes, répondit donna Courlis. La plupart d'entre vous savent depuis longtemps quelle robe ils souhaitent endosser. Certains, en revanche, hésitent encore, et d'autres, enfin, se leurrent, ce qui est plus grave. Présenter son vœu, je vous le rappelle, ne signifie pas être accepté dans une caste. La stabilité du royaume et sa prospérité reposent sur la parfaite adéquation entre les spécificités d'une robe et les compétences de ceux qui la revêtent. Les maîtres qui entendront vos vœux et vous accepteront, ou pas, en apprentissage se montreront inflexibles sur les critères de leur décision et la lumière que chacun de vos professeurs portera sur ces derniers cours servira, nous l'espérons, à vous éviter l'amertume d'un échec. D'ailleurs...

Elle se tut un instant, balaya du regard l'assemblée des Aspirants suspendus à ses lèvres, puis reprit d'une voix forte :

– ... puisqu'il est question de lumière...

Elle tendit le bras vers la coupole d'obsidienne, prononça un mot aux improbables consonances gutturales et l'amphithéâtre fut soudain plongé dans le noir.

Un noir total.

Absolu.

12

Le murmure de crainte qui parcourut les rangs des Aspirants ne dura qu'un bref instant. Il s'éteignit dès que la voix de donna Courlis s'éleva à nouveau, douce, tranquille et pourtant emplie d'une telle force, qu'elle insufflait calme et écoute.

– Je vous ai expliqué la fonction essentielle des Robes Mages dans l'équilibre des douze cités. Je vous ai enseigné les rapports étroits qu'ils entretiennent avec les autres castes, leurs différences et leurs particularités. J'ai évoqué à de nombreuses reprises le rôle primordial joué par les Anciens et leurs legs dans le développement des arcanes. Je vous ai imposé de multiples exercices développant les qualités requises pour devenir une Robe Mage et décrit les pièges guettant ceux qui n'étaient pas prêts. Je vous ai exposé les devoirs inhérents au port de cette robe, les responsabilités qu'il générait et les limites précises qui encadraient l'utilisation des arcanes…

Le noir régnait toujours mais la voix de donna Courlis était lumière. Personne ne bougeait dans l'amphithéâtre.

– Aujourd'hui, je vais vous entraîner au cœur de ces arcanes afin que vous compreniez le lien profond qui les unit à l'essence des êtres et des choses.

Elle se tut.

Si longtemps que Nawel, immobile et silencieuse à l'instar des autres Aspirants, se demanda soudain si elle n'était pas en train de rêver. Se pouvait-il que donna Courlis ait…

– Chaque objet, chaque plante, chaque rocher, chaque homme, chaque animal, chaque grain de poussière, porte un nom. Un nom qui lui est propre, qui n'a rien à voir avec celui que nous utilisons pour l'évoquer. Un nom qui est l'écho de sa nature profonde, une fenêtre sur la réalité de son monde clos.

La voix de donna Courlis prit de l'ampleur sans gagner en volume. Envoûtante.

– L'univers, loin de la représentation imagée et déficiente que nous en avons, est constitué par cette infinité de noms et par les fils invisibles qui les lient les uns aux autres. Les arcanes des Robes Mages sont tissés avec ces fils. C'est en connaissant le nom de l'obscurité et celui de la lumière, le nom de cette salle, le nom des fenêtres qui percent ses murs et celui du soleil qui brille à l'extérieur, en connaissant la multitude de liens qui unissent ces noms entre eux et à tout ce qui les entoure, que je peux effleurer un fil, prononcer un mot...

De nouveau le silence. Compact. Intense.

Puis un mot. Formulé par donna Courlis. Un mot inintelligible. Impossible à mémoriser. Inconcevable. Un mot.

Un nom.

Une sphère de lumière, douce et chatoyante, se déploya autour de la Robe Mage, soulignant son sourire serein et ses traits paisibles.

Un geste de la main, un nouveau mot, murmuré celui-là, et la sphère de lumière se déplaça vers les gradins. Son halo se réduisit, gagnant en éclat ce qu'il perdait en ampleur, et se promena de visage en visage, faisant cligner les yeux stupéfaits des Aspirants pris dans son aura.

Lorsque vint son tour, Nawel eut le sentiment d'être devenue la cible de mille regards acérés. Sentiment déplaisant. Intimidant. Écrasant. Son premier réflexe fut de s'écarter. Elle demeura immobile.

Son sentiment avait mué, remplacé par la sensation de se trouver au centre d'un monde de clarté cerné par un univers de ténèbres.

La lumière.

Chaude. Intense. Vibrante.

Soudain rien d'autre ne comptait que la lumière et le sentiment d'exister uniquement par elle. Elle sentit son rythme cardiaque accélérer tandis qu'un long frisson tiède se promenait dans son dos.

La lumière.

Puis la sphère lumineuse s'éloigna pour caresser le visage d'une autre Aspirante. Nawel tressaillit, comme s'éveillant d'un rêve si prégnant que la réalité peinait à se remettre en place.

Pas de déception pourtant. Pas de regrets ou de remords.

Simplement de la sérénité.

Une sérénité qui devint étonnement lorsque donna Courlis prononça une série de mots étranges et que la sphère lumineuse fila comme une flèche vers le plafond d'obsidienne.

Un étonnement qui se mua en émerveillement lorsque la sphère explosa en une myriade d'éclats brillants et qu'une pluie de couleurs nimba l'amphithéâtre d'une clarté surnaturelle.

– Les arcanes, les noms et les fils, répéta donna Courlis lorsque la pluie se fut tarie et que l'amphithéâtre eut retrouvé l'obscurité. Les Robes Mages passent leur vie à les étudier, conscients que le savoir est infini et que, dans le meilleur des cas, seule une infime partie leur sera accessible.

Elle articula un mot et la lumière du soleil pénétra de nouveau à flots dans l'amphithéâtre.

Les Aspirants tressaillirent et plusieurs furent incapables de retenir un cri de surprise.

– Allez, leur dit donna Courlis en souriant. Utilisez les semaines qui vous restent à réfléchir, à peser vos envies, vos rêves et vos motivations. Rappelez-vous qu'il n'y a pas de bonnes ou de mauvaises robes mais simplement la robe qui est faite pour vous.

Elle s'inclina et, réaction aussi inhabituelle que spontanée, une salve d'applaudissements emportés répondit à son salut.

Elle balaya les gradins du regard, salua une deuxième fois puis quitta l'amphithéâtre.

Nawel prit une profonde inspiration et se leva.

Elle avait eu l'impression que les yeux du professeur s'étaient arrêtés sur elle une seconde de plus que sur les autres. Était-ce une illusion ou une réalité ?

Et dans ce cas, que devait-elle en déduire ?

13

– La prestation de donna Courlis a été la plus impressionnante, déclara Ergaïl en traversant la salle des Hommages en compagnie de Nawel et Philla.

– J'ai apprécié celle de don Elder, rétorqua cette dernière.

– C'est vrai. Pour un Géographe, il s'en est bien tiré. Donna Juvina s'est en revanche montrée peu convaincante lors de sa présentation des mystères de Kaïa. Je m'attendais à mieux. Surtout d'une Robe comme elle. Qu'en penses-tu, Nawel ?

Nawel haussa les épaules.

– Je n'ai jamais été attirée par les discours des Robes Prêtres. Je ne vois pas pourquoi cela changerait aujourd'hui.

Ergaïl lui lança un regard amusé.

– Tu es encore de bonne humeur, toi !

Nouveau haussement d'épaules, assorti d'une grimace en guise de sourire.

– Mon humeur n'a rien à voir là-dedans. Je dis ce que je pense, c'est tout. Crois-tu qu'un Armure viendra nous parler avant que nous annoncions nos vœux ?

Ergaïl ne réfléchit qu'une seconde avant de répondre :

– Ça m'étonnerait. Je n'ai jamais entendu dire qu'un Armure ait mis les pieds à l'école des Aspirants.

– Pourquoi ? Pourquoi aucun Armure ne nous forme-t-il ? Pourquoi aucun Armure ne nous explique-t-il ce qu'il fait, à quoi il sert ?

– Nous suivons des cours d'escrime.

– Je te parle des Armures, Ergaïl ! Ils constituent la dixième caste et nous n'en voyons jamais aucun. Tout ce que nous savons à leur sujet, nous le tenons de nos professeurs.

Philla intervint d'une voix douce :

– Lors d'un cours sur les origines des douze cités, don Thufil a expliqué que la dixième caste était la seule qu'un Aspirant ne pouvait choisir.

– Tiens donc ! s'exclama Ergaïl. J'ai dû rater un virage pendant son cours. Comment ce cher Thufil explique-t-il cela ? Si nous n'avons aucune certitude qu'il soit accepté, chacun de nous a le droit de présenter le vœu qu'il souhaite !

Philla ne se laissa pas démonter par l'emphase outrée de son ami.

– L'Aspirant ne choisit pas l'armure, poursuivit-elle, c'est l'armure qui choisit l'Aspirant. Voilà, en tout cas, ce qu'a exposé don Thufil. Ce qui fait la particularité de la dixième caste et explique, peut-être, qu'aucun Armure ne soit chargé de cours à l'école.

– N'importe quoi ! s'emporta Ergaïl. Je...

– Tu es mal placé pour t'indigner, le coupa Nawel. Tu es le neveu du roi, son probable héritier, raison pour laquelle, tu me le rappelais tout à l'heure, tu es le seul d'entre nous à avoir le droit d'évoquer ton choix. Et quand je dis ton choix, je fais fausse route. Ce choix est celui de ta maison, non le tien.

Ergaïl fronça les sourcils.

– Pour être sincère, je ne suis pas certain d'apprécier le tour que prend cette conversation, lâcha-t-il sur un ton revêche.

– Alors changeons-en, proposa Philla en posant une main légère sur son bras.

Elle portait sur lui un regard si chargé de tendresse qu'à tout autre moment il aurait capitulé, pourtant il se dégagea. Sans brusquerie mais avec détermination.

– Non, déclara-t-il. Pas avant que vous ayez répondu à ma question. Il est vrai que la robe de Gouvernant a été choisie pour moi. Mais vous estimez-vous réellement libres de vos choix ?

– Que veux-tu dire ? lui demanda Nawel.

– Exactement ce que je viens de dire. Pouvez-vous affirmer que le vœu que vous annoncerez à la prochaine lune chaude ne sera lié qu'à vos désirs propres ?

Nawel et Philla échangèrent un regard surpris.

– Bien sûr, répondirent-elles ensemble.

Ergaïl leur renvoya un sourire où l'ironie le disputait à la tristesse.

– Vous êtes donc bien plus prisonnières que moi, affirma-t-il.

– Pourquoi ?

– Parce que moi, je sais où sont mes barreaux.

Il passa une main devant son visage, utilisant la fraction de seconde où elle masqua ses traits pour leur rendre l'expression enjouée qui était d'ordinaire la leur, puis s'inclina avec panache.

– Je vous laisse, demoiselles. Le devoir m'appelle.

Nawel et Philla le regardèrent s'éloigner à grands pas.

– Tu as compris quelque chose à ses paroles ? s'enquit Philla.

– Disons que ce que j'ai compris ne m'a pas paru convaincant. Je suis libre et le vœu que j'annoncerai sera le mien. Le mien et celui de nulle autre. Pas toi ?

Philla se tendit légèrement.
– Oui, bien sûr. Enfin… je crois.
– Tu crois ?
Philla prit son amie par la main pour l'entraîner vers la sortie de l'école.
– Oublie ça, lança-t-elle avec verve. Nous sommes trop jeunes pour nous fatiguer à réfléchir ainsi sur des problèmes qui n'en sont pas ! Tu viens jouer du cristal à eau avec moi ? Mon père m'a offert une partition à quatre mains qui n'attend que nous.
Nawel secoua la tête.
– Une autre fois, d'accord ? J'ai prévu de gagner la ville Cendre.
– Je t'accompagne.
– Non.
Nawel s'était exprimée avec sécheresse. Notant la surprise attristée peinte sur le visage de Philla, elle reprit d'un ton plus amène :
– Ce que j'ai à faire en bas est… personnel, c'est important que j'y aille seule. Si je ne remonte pas trop tard, je passerai chez toi et nous jetterons un œil sur ta partition. Ça te va ?
– Bien sûr, acquiesça Philla. Tu me raconteras pour la ville Cendre ?
– Non.

14

L'escalier des Mille ne comptait pas mille marches mais mille trois cent trente-deux.

Mille trois cent trente-deux marches que Nawel, comme tous les enfants de la ville Perle, avait comptées plusieurs fois, espérant, comme tous les enfants de la ville Perle, être celle qui découvrirait la mille trois cent trente-troisième.

Elle se souvenait parfaitement de l'après-midi où ce jeu, soudain, avait cessé de l'intéresser.

Elle comptait à voix haute avec Ergaïl.

– Six cent quarante-six.

Il était censé annoncer six cent quarante-sept puisqu'elle avait la charge des nombres pairs, et lui celle des impairs.

– Six cent quarante-six, avait-elle répété, avant de lever les yeux vers lui, étonnée par son silence.

Il l'observait avec attention, la tête penchée sur le côté, le regard brillant.

– Qu'est-ce que tu fiches ? lui avait-elle demandé. Tu ne…

– Est-ce vrai que lorsque nous serons grands, tu te marieras avec moi ?

La surprise l'avait rendue muette.

Quelques secondes.

– Aucune chance ! Je ne me marierai jamais.

– Pourquoi ?

– Parce que les garçons sont nuls et idiots.

– Même moi ?

Nouvelle hésitation, puis :

– Non. Pas toi. Mais toi, tu es mon ami et on ne se marie pas avec ses amis.

– T'es sûre ?

– Certaine.

Il avait souri, comme rasséréné par l'assurance de Nawel.

– Ça me va, avait-il décrété. Tu es mon amie et moi non plus je n'ai pas envie de me marier avec toi. Tu viens ?

Il lui avait tendu la main, elle l'avait saisie et ils avaient dévalé en courant le reste de l'escalier des Mille.

Plus jamais ils n'avaient compté ses marches.

Alors qu'elle descendait vers la ville Cendre, Nawel songeait à cette lointaine matinée d'été. Si elle avait changé d'avis à propos des garçons – ils n'étaient pas tous nuls et idiots – elle continuait à n'éprouver aucun intérêt pour le mariage. Elle avait pourtant dix-sept ans, l'âge où, selon sa mère, beauté et fraîcheur devaient se mettre au service de l'ambition puisque les unes ne duraient pas alors que l'autre était l'un des moteurs essentiels de la vie.

– L'amour est une donnée qu'il nous appartient de contrôler, avait-elle affirmé à sa fille. Une simple donnée et non ce courant irrésistible que se plaisent à décrire les poètes et qui n'emporte que les imbéciles et les faibles.

Sans véritable avis sur la question, Nawel avait choisi de ne pas réagir. Plus facile et moins dangereux.

Elle atteignit la dernière marche et emprunta l'avenue curviligne qui, prolongeant l'escalier des Mille, s'enfonçait dans la ville Cendre. Elle ne se rappelait pas vraiment où l'avaient conduite ses pas la dernière fois qu'elle était descendue jusqu'ici, mais elle gardait un souvenir précis de l'endroit où s'était déroulée l'altercation et était certaine de le retrouver.

Elle y parvint plus facilement encore qu'elle ne l'escomptait. Une placette coincée entre un bâtiment bedonnant et une tour basse, d'où partaient deux artères commerçantes et un faisceau de ruelles. C'était là qu'elle avait heurté la jeune femme, fait choir ses fruits et déclenché le drame.

Nawel jeta un coup d'œil circulaire.

La placette, encombrée de petits étals sur roulettes, de vendeurs à la sauvette et de rabatteurs pour les boutiques avoisinantes, grouillait de Cendres affairés et d'enfants courant dans tous les sens. L'ensemble dégageait un brouhaha assourdissant et un étonnant mélange d'odeurs d'où émergeaient en notes fortes celles des épices, du cuir et de la transpiration.

Pour la première fois de son existence, Nawel prit conscience de la bulle de vide qui l'entourait. Sur la placette, la promiscuité était telle qu'il était impossible de faire un pas sans toucher quelqu'un, voire le bousculer, pourtant, dans un rayon d'un mètre autour d'elle, il n'y avait personne.

Les Cendres l'évitaient, préférant effectuer un large détour ou se presser contre leurs voisins, plutôt que s'approcher trop près d'elle.

Elle se remémora la comparaison de sa mère : « Considère-les comme un troupeau de moutons paisibles dont tu aurais la garde. »

Plus que des gardiens, les Perles n'étaient-ils pas des loups ? Les moutons n'ont pas peur de s'approcher de leurs gardiens. En revanche, ils se tiennent loin des loups. Simple question de survie.

Nawel serra les mâchoires et traversa la placette en direction d'un marchand de foulards qui semblait installé à demeure.

– Bonjour.

L'homme, la cinquantaine sèche et tannée, lui sourit.

– Bonjour donna. Vous êtes intéressée par un de ces magnifiques foulards ? Si c'est le cas, je peux vous faire une offre exceptionnelle. De la soie de RinkJar. Traitée dans les meilleurs ateliers des douze cités. Tissée par…

– J'ai besoin d'un renseignement.

Le marchand réussit l'exploit de continuer à sourire de façon avenante tandis que son regard prenait de la distance et devenait froid.

– Vous aider ferait de moi le plus heureux des hommes, donna. En quoi puis-je vous être utile ?

Feignant d'être dupe de cette amabilité factice, Nawel caressa distraitement un foulard écarlate.

– Il y a eu un… incident ici, il y a… trois jours.

– Un incident, donna ?

– Oui, une algarade entre une jeune Cendre et… une Perle. La milice est intervenue pour régler le problème.

– Et ?

La voix du marchand s'était tendue et Nawel se demanda s'il l'avait reconnue. C'était possible mais, même si c'était le cas, il se garderait du moindre commentaire. Elle devait simplement formuler sa question de façon à ce qu'il soit obligé d'y répondre.

– J'ai besoin de savoir qui est cette jeune femme et où elle habite.

Elle se mordit les lèvres. Il lui avait été impossible de parler à l'imparfait.

Le marchand se gratta le crâne.

– Quand dites-vous, donna, que cet incident a eu lieu ? Il y a trois jours ?

Il secoua la tête.

– Je suis désolé, donna. Il y a trois jours, ma fille était malade et je suis resté à la maison pour veiller sur elle. Je n'ai pas connaissance de l'incident dont vous parlez et je ne sais pas qui est la jeune femme que vous recherchez.

Nawel braqua ses yeux bleu pâle dans ceux du marchand. Il mentait, c'était évident, mais lui jeter cette certitude à la figure ne servirait qu'à causer une nouvelle altercation.

Elle haussa les épaules.

– Tant pis, fit-elle. Merci d'avoir essayé.

– Je vous en prie, donna. Désolé de ne pas vous avoir été plus utile.

Elle se détourna pour s'approcher d'un autre marchand qui proposait des œufs de gouses dans des paniers d'osier. Il l'accueillit avec la même courtoisie que son voisin et lui offrit une réponse similaire : il n'était pas là trois jours plus tôt et ignorait tout du drame qui s'était déroulé sur la placette.

Un troisième commerçant puis un quatrième réagirent de façon identique.

Nawel sentit les prémices de la colère prendre vie en elle. Elle se contraignit à respirer à fond. Qu'espérait-elle ? Que quelqu'un lui…

– Donna ?

Une main tavelée par l'âge s'était refermée sur sa manche. Nawel se retourna avec vivacité. Une vieille femme se tenait à côté d'elle. Minuscule et fripée, elle avait quitté son étal de fleurs pour s'approcher de la jeune fille.

– Que veux-tu ? lui demanda Nawel en dégageant son bras d'un mouvement brusque.

– Je sais ce qui s'est passé il y a trois jours, donna. Je sais ce qui s'est passé quand vous étiez là et je sais ce qui s'est passé après.

Nawel sentit sa gorge se nouer.

– Raconte.

La vieille femme secoua la tête.

– Pas ici, donna. Ici, il ne fait pas bon se souvenir. Si vous voulez que je vous raconte, il va falloir me suivre.

15

Sans plus se préoccuper de Nawel, la vieille marchande de fleurs tourna les talons. Elle traversa la placette avec une agilité étonnante avant de s'enfoncer dans une ruelle si étroite qu'en écartant les bras elle aurait pu toucher les murs opposés.

Nawel hésita un instant puis se décida. Elle n'avait rien à perdre à suivre cette vieillarde, sinon son temps, et elle disposait de tout son temps. À son tour, elle traversa la placette et pénétra dans la ruelle.

La vieille femme l'attendait à l'angle d'une venelle plus étroite encore.

– Bien, bien, marmonna-t-elle, en la voyant arriver. Suivez-moi, donna.

Nawel n'avait jamais mis les pieds dans cette partie de la ville Cendre. Elle doutait d'ailleurs qu'un Perle, à l'exception des officiers miliciens, s'y soit risqué avant elle. Sans y prendre garde, elle retint son souffle.

Sous ses pieds, le sol n'était plus pavé mais en terre battue, une petite rigole chargée d'eau boueuse y serpentait mollement tandis que les façades vétustes des maisons avoisinantes y avaient abandonné des lambeaux de torchis et des fragments de briques sombres. L'odeur dominante, celle de l'humidité, se mêlait à celle, âcre, de la fumée qui s'échappait des trous percés dans les murs et servant de cheminées.

La vieille filait d'un bon pas et Nawel, le cœur battant plus vite que la normale, la suivait en silence.

Plus loin, la venelle redevint une rue et elle se remit à respirer librement.

Sans former la foule dense des artères commerçantes, les Cendres étaient nombreux dans cette partie de la ville et les regards chargés de surprise qu'ils portaient sur Nawel rendaient leur présence encore plus prégnante.

« Les Cendres sont mille fois plus nombreux que nous », avait dit donna Hélianthas.

Une phrase que Nawel avait entendue à de multiples reprises et qu'elle ne comprenait vraiment qu'aujourd'hui.

Que faisaient tous ces gens ?

À quoi… servaient-ils ?

Elle se morigéna intérieurement. Elle devait cesser de raisonner ainsi. Elle se l'était promis. La question n'était pas de savoir à quoi servaient ces Cendres mais à quoi ressemblait leur vie.

La plupart d'entre eux étaient pauvrement vêtus, même s'ils semblaient manger à leur faim et être en bonne santé. Quelques-uns, assez rares, étaient aussi vieux que son guide mais la majorité étaient des hommes et des femmes dans la force de l'âge, entourés d'un essaim d'enfants. Si beaucoup portaient des tenues ou des outils qui auraient dû la renseigner sur leur profession, Nawel ne parvenait pas à faire coïncider la réalité qu'elle avait sous les yeux avec les images que les cours de ses professeurs avaient générées.

Elle ne savait rien des Cendres.

Cette prise de conscience la cueillit comme un coup sur la nuque asséné par surprise.

Elle ne savait rien des Cendres.

Ils étaient mille fois plus nombreux que les Robes de la ville Perle et elle ne savait rien d'eux. Aucun professeur, à l'école des Aspirants, n'avait jamais évoqué leur vie, expliqué les relations qui les liaient aux Robes autrement qu'en termes de rentabilité, mis en avant leur statut d'êtres humains. Elle n'avait jamais parlé des Cendres avec Ergaïl ou Philla pour qui ils étaient aussi translucides que pour elle.

Elle ne savait rien d'eux.

Aveuglement des grandes maisons ou tromperie à l'échelle des douze cités ?

Perdue dans ses pensées, elle faillit percuter la vieille femme qui s'était arrêtée devant elle.

– Nous sommes arrivées, donna.

– Arrivées ?

La rue s'évasait autour d'un arbre noueux à l'écorce blanche et lisse qui parvenait à survivre en dépit de l'aridité et des cicatrices causées par les jeux des enfants. La place oblongue qui résultait de cet évasement était plus coquette que le labyrinthe que venait de traverser Nawel. Plus lumineuse, mieux entretenue. Les portes des maisons étaient peintes de couleurs vives et la plupart des fenêtres garnies de rideaux.

La vieille femme montra du doigt une table sombre dressée sous une de ces fenêtres. Un bouquet de tulipes jaunes, la fleur de Kaïa, y était posé à côté d'une bougie parfumée au safran et d'une coupelle contenant des piécettes de cuivre. Un autel en l'honneur de la déesse-mère.

Nawel fronça les sourcils.

– Qu'est-ce que ça veut dire ? s'enquit-elle.

La vieille femme n'ayant apparemment pas l'intention de répondre, elle s'approcha de la table. Une poignée de minuscules coquillages et d'éclats de verre poli avait été disposée sur la table de façon à dessiner une double spirale.

Un autel mortuaire.

Il s'agissait d'un autel mortuaire.

Nawel sentit son souffle accélérer et, soudain, elle eut envie d'être loin. De n'avoir jamais décidé de savoir. De n'être pas venue jusqu'ici.

Elle ferma les yeux une seconde, le temps que les battements de son cœur s'apaisent, puis elle tendit la main et saisit le parchemin blond glissé sous le bouquet de tulipes. Quelques lignes y étaient tracées à l'encre dorée.

Nawel les parcourut en tremblant.

Sylia.

La jeune femme qui était morte sous les coups de fouet de la milice s'appelait Sylia.

Elle avait vingt et un ans.

L'hommage funéraire retraçait sa vie en peu de mots, une vie simple et courageuse, dominée par l'envie de parvenir au bonheur malgré les difficultés auxquelles elle était confrontée, mais il ne donnait aucun détail sur les circonstances de son décès. Pas une seconde pourtant, Nawel ne douta qu'il s'agissait de la jeune femme qu'elle avait bousculée trois jours plus tôt.

Et condamnée.

À mort.

« Que Kaïa l'accueille parmi les siens », concluait le texte.

Avant de poursuivre sur un deuxième hommage funéraire.

Un poignard glacial s'enfonça dans les entrailles de Nawel.

Oum.

Le fils de Sylia s'appelait Oum.

Il avait trois mois lorsqu'un accès de fièvre foudroyant l'avait emporté.

Le même jour que sa mère.

16

Nawel demeura droite et immobile, les yeux secs.

« Je ne pleurerai plus jamais », songea-t-elle, sans savoir s'il s'agissait d'un constat ou d'un choix.

Puis elle se retourna lentement. La vieille femme n'avait pas bougé et l'observait, ses yeux pareils à deux billes d'azur dans son visage sillonné de rides.

– Il y a beaucoup d'enfants dans la ville Cendre, déclara-t-elle alors que Nawel s'approchait à pas lents. Certains disent trop. Celui-ci est peut-être mieux là où il se trouve désormais.

– Et son père ? murmura Nawel.

« Confier le mari au collège des Robes Mages... »

Les mots de sa mère hantaient sa mémoire.

« Débarrassé de ses souvenirs, cet homme fera un excellent combattant. »

– C'était un bon charpentier mais il a quitté AnkNor, répondit la vieille. Ses voisins prétendent que la douleur l'a rendu fou et qu'il a oublié jusqu'à son nom.

Nawel hocha la tête doucement.

– Et le bébé ? Emporté par la fièvre, c'est ça ?

Alors même qu'elle posait sa question, la duplicité de sa mère embrasa sa mémoire. Poison acide sur plaie ouverte. « Ne t'inquiète pas à son sujet, Nawel. Je me suis occupée de lui. Je te promets qu'il n'est pas malheureux. »

À son tour la vieille hocha la tête. Sans la quitter du regard. Un regard froid et brûlant à la fois. Impitoyable d'acuité.

– Oui, la fièvre.

– Quel genre de fièvre ?

Rire bref. Sans âme.

– Qu'en sais-je ? Une fièvre maligne, une fièvre virale peut-être. Ou alors la pire de toutes, la fièvre des hommes.

– La fièvre des hommes ?

– Oui, cette fièvre qui monte à la tête de ceux qui possèdent le pouvoir et les conduit à commettre des atrocités sous couvert de justice, de paix, d'équilibre, d'honnêteté et autres grands mots. Cette fièvre terrible qui cause des ravages parmi les innocents. Uniquement parmi les innocents.

– Je... je... parle plus clairement.

– Vous trouvez que je ne m'exprime pas bien, donna ? Pour une Cendre, j'entends.

– Je... si, bien sûr, mais... je... je ne comprends pas.

– Il n'y a pourtant pas grand-chose à comprendre, donna. Sylia et Oum sont morts. Une jeune femme et son bébé. Deux Cendres. Deux simples Cendres. C'est tout et ce n'est rien.

Nawel ferma les yeux très fort.

– Pourquoi m'avez-vous conduite ici ?

Un sourire amer étira les lèvres de la vieille.

– Vous ne me tutoyez plus, donna ?

Sans donner à Nawel le temps de répondre, elle poursuivit :

– Je vous ai conduite ici parce que vous désiriez savoir et que vous méritez de savoir.

– Je mérite ?

La vieille femme avança jusqu'à se camper sous le nez de Nawel.

Elle était minuscule, voûtée, vêtue d'habits couleur poussière, abîmée par les intempéries de l'existence, pourtant elle paraissait aussi solide que l'arbre qui se dressait près d'elle.

– Je vais vous dire, donna. Au risque que vous me fassiez fouetter. Je vais vous dire, non parce que je suis courageuse mais parce que je me moque de ce risque.

Elle prit une inspiration sifflante.

– Je vous exècre, donna. Je vous exècre plus encore que j'exècre les Perles en général et les Robes en particulier. Je connaissais Sylia. Je l'aimais. Je l'aimais comme la vieillesse aime la jeunesse, les rides aiment la fraîcheur et l'inéluctable aime le champ ouvert des possibles. Je l'aimais et je vous exècre. Je vous exècre pour la mort de Sylia et celle d'Oum. Je vous exècre pour votre suffisance, votre mépris, votre égoïsme et votre ignorance. Je vous exècre surtout pour votre incommensurable bêtise.

Chacun de ses mots avait atteint Nawel au centre de sa vie. Elle sentit son âme se racornir, sa vitalité s'enfuir, ses certitudes s'effondrer.

Elle aurait voulu se rouler en boule sur le sol, disparaître, cesser d'exister...

Elle parvint à murmurer :

– Pourquoi alors me... me parler plutôt que... chercher à vous venger ?

La vieille femme lui lança un regard pareil à une lame de glace.

– Parce qu'offrir le savoir peut s'avérer la plus terrible des vengeances.

Elle sourit. Un sourire effrayant de dureté.

– Vous savez maintenant, donna.

17

– Tenir droite, tenir droite, tenir droite, tenir…

Litanie chuchotée qui accompagna Nawel tout au long des mille trois cent trente-deux marches de l'escalier des Mille.

– Tenir droite…

Elle atteignit l'esplanade de Kaïa, repoussa le désir de se retourner pour contempler la ville Cendre et pénétra dans le jardin des Glaces. Un bref instant, elle faillit se mettre à la recherche d'Ol Hil' Junil qui, souvent, hantait les lieux. Malgré sa folie ou peut-être à cause d'elle, Nawel l'estimait capable de la comprendre. Comprendre le gouffre qui existait entre ce qu'elle ressentait et ce qu'elle exprimait, entre ses pensées et ses mots, ses envies et ses actes.

Elle renonça. La culpabilité n'était pas un fardeau qui se partageait. Même avec un fou.

– Tenir droite. Trop facile de s'effondrer. Tenir droite…

Elle était responsable de la mort de Sylia. L'était-elle aussi de celle de son bébé ? Et de l'exil de son mari ? Et du chagrin de leur famille ? Et de celui de la vieille fleuriste ?

La responsabilité était-elle une chaîne sans fin ? Le fait que Siméa Hélianthas, sa mère, ait ordonné en secret l'assassinat du bébé la dédouanait-elle ?

L'esprit vibrant de questions, elle prenait pied sur l'avenue des Douze Fleurs lorsqu'une voix bien connue la héla :

– Nawel !

Elle se retourna. Ergaïl et Philla avançaient à grands pas dans sa direction.

Un instant, elle fut tentée de s'enfuir. Courir jusqu'à chez elle, s'enfermer, ne plus parler à personne. Jamais.

Tenir droite.

Elle s'immobilisa et attendit ses amis.

– Nous arrivons de chez toi, lui apprit Ergaïl. J'ai réussi à arracher Philla à son cristal à eau et nous te cherchions pour t'entraîner à Oncha. Un des Cendres chargés de l'entretien du parc m'a dit qu'une harde de gouses a été repérée là-bas. Personne n'est au courant pour l'instant. Tu es partante ?

– Non.

Ergaïl lui jeta un regard surpris.

– Non ?

– Non.
– Mais… pourquoi ?
– Je suis… fatiguée.
Philla posa une main douce sur son épaule.
– Veux-tu que nous rentrions toutes les deux ? Nous pourrions boire une infusion de doussamère, parler un peu, nous…
– Ah non ! s'exclama Ergaïl. Ne vous avisez pas de me faire faux bond ! Le temps est superbe, nous avons plus de quatre heures de jour avant que le soleil se couche, des gouses en perspective, vous allez vous bouger un peu, les filles ! Nawel, je suis sûr qu'une bonne balade à cheval chassera ta fatigue, quelle qu'en soit l'origine.
Philla se tourna vers Nawel.
« C'est toi qui choisis », déclarèrent ses yeux.
Nawel passa les doigts dans sa crinière blonde. Elle n'avait aucune envie de chasser les gouses mais elle s'était juré de tenir droite. Fuir ses amis constituait un premier pas vers le renoncement. Elle fit néanmoins une ultime tentative pour se défiler.
– Vous n'avez pas envie de profiter de l'occasion pour vous retrouver tous les deux ? demanda-t-elle. Vous avez beaucoup de choses à vous dire, et depuis longtemps. Il faudrait peut-être songer à les aborder, non ?
C'était la première fois qu'elle évoquait aussi abruptement et devant ses deux amis réunis le sentiment, de jour en jour plus manifeste, qui les unissait.

Philla s'empourpra et Ergaïl lui-même, malgré son aplomb coutumier, parut déconcerté.

– Tu as raison, déclara-t-il néanmoins, mais à chaque événement son moment. Aujourd'hui nous chasserons à trois.

Avec un soupir, Nawel capitula.

– Uniquement nous trois ?

– Uniquement nous trois, répondit-il avec un large sourire.

– Les sangsues qui te courtisent parce que tu es l'héritier du trône ne seront pas là ?

– L'héritier possible, corrigea-t-il. Et non, les sangsues, comme tu les appelles peu obligeamment, ne seront pas là.

– D'accord, décida-t-elle. On y va.

La rampe, une passerelle rectiligne de cinquante mètres de large, construite avec de colossaux blocs de pierre rose parfaitement ajustés, s'élançait de la ville Perle, passait au-dessus de la ville Cendre et atteignait la prairie au-delà des remparts.

Moyen pratique de quitter AnkNor sans avoir à se frayer un passage dans les ruelles tortueuses de la ville Cendre, la rampe était interdite aux Cendres dépourvus d'une autorisation et était gardée jour et nuit par un bataillon de soldats armés jusqu'aux dents.

Les grandes maisons possédaient leurs écuries personnelles au sommet de la rampe et il n'était pas rare que les jeunes héritiers provoquent une joyeuse panique en la dévalant au galop au risque de percuter une calèche, un bataillon de miliciens ou un chariot accrédité conduit par un Cendre.

Ergaïl guida ses amies vers les écuries de la maison Onchêne.

– Nous gagnerons du temps en choisissant nos chevaux au même endroit, avait-il rétorqué à Philla lorsqu'elle avait émis le souhait de monter Iana, sa jument favorite. Tu auras d'autres occasions de chevaucher ton canasson.

– Iana n'est pas un canasson, s'était emportée Philla d'ordinaire calme et conciliante. Elle vaut mieux que tous les étalons des Onchêne. Je te rappelle d'ailleurs que tu as perdu chaque fois que nous avons fait la course. Je t'interdis de parler d'elle ainsi !

Ergaïl s'était excusé en riant, avait juré de ne plus jamais critiquer Iana, et Philla, incapable de la moindre rancune, avait ri avec lui. Incident clos.

Ils choisirent trois alezans à la robe soyeuse, se munirent d'arcs et de flèches et, en quelques minutes, quittèrent AnkNor.

Une fois dans la prairie, ils piquèrent des deux.

Ergaïl avait dit vrai.

Le galop sauvage faisait voler la chevelure de Nawel, sollicitait les muscles de ses cuisses et de ses bras, l'obligeait à se coucher sur l'encolure de son cheval mais il ne se limitait pas à ces sensations.

Peu à peu, sans qu'elle en ait réellement conscience, il se glissa dans son esprit, pur et vivant, et entreprit de le nettoyer. Lorsqu'ils ralentirent enfin, soucieux de ne pas épuiser leurs montures, AnkNor n'était plus qu'un souvenir dans leur dos et Nawel se sentait…

Ni bien. Ni mieux.

Apaisée.

Elle se sentait apaisée.

Légèrement apaisée.

Ils chevauchèrent une heure avant d'atteindre les ruines d'Oncha. Une heure durant laquelle ils parlèrent peu et uniquement de futilités.

De temps à autre, Philla jetait un coup d'œil furtif à Nawel mais elle ne lui posa aucune question, ni sur sa fatigue ni sur la mystérieuse raison qui l'avait poussée à se rendre seule dans la ville Cendre.

Ergaïl, d'ordinaire bavard, se taisait et souriait tandis que Nawel goûtait le plaisir simple de ne penser à rien.

Oncha avait été une cité des Anciens, ou, compte tenu de sa petite taille, plus vraisemblablement un de leurs avant-postes. Pillée par les Jurilans, prise d'assaut par les vents violents soufflant sur la plaine, malmenée par une série de séismes un siècle plus tôt, elle n'était plus qu'un labyrinthe de ruines où il aurait été vain de chercher trace de son passé glorieux. Don Thufil affirmait même que dans dix ans, Oncha, revendiquée par les forces de la nature, ne serait plus qu'un souvenir.

Les trois amis attachèrent leurs chevaux à un demi-portique enseveli sous le lierre et s'avancèrent à pas mesurés entre les ruines. Les gouses aimaient s'y réfugier pour pondre ou s'abriter des prédateurs et l'endroit avait donné lieu à des chasses devenues légendaires.

Ergaïl marchait en tête, Philla à sa droite, Nawel à sa gauche. Chacun d'eux avait encoché une flèche et se tenait prêt à tirer.

Ils contournèrent une coupole effondrée, se glissèrent sous les branches d'un des rares arbres à avoir réussi l'exploit de hisser son faîte à plus de trois mètres, longèrent un mur taillé dans une seule et unique pierre aux reflets bleutés…

Ergaïl se figea.

Intima l'immobilité à ses amies d'un geste avant de tourner vers elles un visage tendu par l'inquiétude.

– Des pillards, chuchota-t-il en désignant du menton une cour qu'il était le seul à pouvoir discerner.

– Qu'est-ce qu'on fait ? murmura Philla en retour.

Ce ne fut pas Ergaïl qui lui répondit mais une voix juste au-dessus d'eux.

Une voix à la dureté ciselée par une ironie glaciale.

– Ce que vous faites ? Vous posez vos arcs et vous avancez gentiment.

Une seconde de silence puis :

– Ou alors vous choisissez de mourir. Ici et maintenant.

18

Ils étaient quatre.

Cinq en comptant l'archer qui les avait surpris et n'était pas descendu de son perchoir.

Quatre hommes vêtus de longs manteaux gris, le front ceint d'un turban de la même couleur, sourcils broussailleux, épaisses barbes noires, un cimeterre glissé dans leur large ceinture de cuir pour deux d'entre eux, à la main pour les autres.

Ils s'étaient levés avec vivacité lorsque les trois jeunes Jurilans avaient surgi et, rassurés par leur apparence inoffensive, les toisaient maintenant avec morgue et dédain.

– Louée soit Eshialop ! s'exclama l'un d'entre eux. Trois prises alors que nous n'avons pas encore commencé à chasser.

Nawel jeta un coup d'œil derrière elle.

Elle avait posé son arc au sol lorsque le pillard embusqué le leur avait demandé, calquant ainsi avec réticence son attitude sur celle d'Ergaïl et Philla.

Elle regrettait sa pusillanimité. Le tireur était seul. Il ne pouvait décocher qu'une unique flèche. Même s'il se trouvait avantagé par sa position en hauteur, il n'aurait eu aucune chance s'ils avaient décidé de riposter.

Il était trop tard désormais.

– Nous sommes des Qaalins, déclara celui qui semblait être le chef, ceux que vous, Jurilans, appelez les pirates des prairies, spécialisés dans la prise d'otages et la demande de rançon. Considérez-vous comme à notre merci, soyez raisonnables, obéissants et vous vous tirerez sans trop de mal de cette… rencontre.

Il les jaugea du regard avant de poursuivre :

– Le tarif habituel est de mille pièces d'or par otage. C'est ce que nous demandons chaque fois que nous capturons un Perle et ce que nous récoltons la plupart du temps.

Il haussa les épaules avec fatalisme.

– Parfois, bien sûr, les familles refusent de payer et tentent de faire intervenir les soldats ou leurs milices privées. Lorsque cela arrive, nous n'insistons pas et leur rendons les otages sans rien exiger en échange.

Il sourit.

– Égorgés. Dans le meilleur des cas.

Ergaïl tressaillit tandis que Philla retenait à grand-peine un gémissement terrifié.

– Nous allons garder les deux filles ici, toi, le blondinet, tu vas retourner à AnkNor afin de collecter les rançons.

– Je vous interdis de les approcher ! cracha Ergaïl en se portant en avant.

Il avait posé la main sur le manche de son poignard mais son attitude belliqueuse n'impressionna pas les Qaalins qui éclatèrent de rire.

– Réaction stupide mais courageuse, déclara le chef. Peu originale aussi, je dois te l'avouer. Comprends que tu n'as rien à interdire, rien à exiger. Tu ne te trouves pas à l'abri des remparts d'AnkNor et, serais-tu le fils du roi en personne, tu n'as pas d'autre choix que m'obéir.

Ergaïl se figea.

Le Qaalin ignorait à qui il avait affaire. Sa famille serait prête à débourser bien plus de mille pièces d'or pour le libérer, tout comme celle de Nawel et, dans une moindre mesure, celle de Philla. Dans ces conditions, n'était-il pas plus sage d'obtempérer, ne pas courir le risque d'aggraver leur situation ?

Il avait déjà entendu parler des Qaalins, un fléau qu'aucune expédition militaire n'avait réussi à éradiquer. S'ils s'approchaient peu des cités et n'affrontaient jamais de face l'armée jurilane, ils pillaient les convois chaque fois qu'ils en avaient l'occasion et se livraient à des raids sauvages contre les villages isolés. Si les prises d'otages étaient rares, d'après ce qu'en savait Ergaïl, la plupart du temps, elles finissaient bien.

Avec un grognement de frustration, il relâcha sa prise sur le manche de son poignard.

Le chef qaalin hocha la tête pour marquer son approbation.

– Voilà qui est raisonnable, ironisa-t-il.

Nawel était tendue comme la corde d'un arc.

« La meilleure défense reste l'attaque », avait répété à l'envi don Zayo.

Elle comprenait à cet instant, avec une douloureuse acuité, à quel point le professeur d'escrime se leurrait et à quel point Ruilp était dans le vrai en le traitant de prétentieux incapable.

Philla, Ergaïl et elle possédaient chacun une lame. Ils avaient appris à se battre et étaient censés pouvoir se débrouiller face à des pillards.

Étaient censés.

Les Qaalins dégageaient une écrasante impression de violence contenue. Grands, solides, tout en eux clamait les guerriers aux réflexes forgés dans la douleur et le sang par une existence dure et impitoyable. Ils n'avaient pas appris l'escrime sur le plancher verni d'une salle d'armes mais au péril de leur vie dans de féroces combats à l'issue incertaine.

« La meilleure défense reste l'attaque. »

Ridicule !

Les jeunes Jurilans n'avaient aucune chance. Même à trois contre un seul de ces hommes. C'était évident.

Frustrant, vexant, rageant mais évident !

Nawel serra les mâchoires. Elle détestait l'impuissance surtout lorsque, comme dans le cas présent, elle était générée par l'incompétence et la peur.

Le chef qaalin se méprit sur le sens de sa grimace.

– Tu crains pour ton honneur, jeune fille ? Tu crains que nous arrachions tes vêtements et ceux de ton amie pour nous repaître de vos corps ?

Sourire veule.

– Tu le crains ou tu le désires ? Tu ne...

Sifflement aigu.

Presque inaudible.

Le Qaalin juché au sommet du mur bascula dans le vide et s'écrasa dans l'herbe, un carreau d'arbalète saillant de la poitrine.

Un deuxième sifflement retentit.

Avant que quiconque ait pu réagir.

Le chef des pillards fut projeté en arrière et s'effondra, un carreau fiché au milieu du front.

Les Qaalins survivants se précipitèrent à l'abri du mur, cimeterres au clair, en jetant des regards éperdus autour d'eux. Ergaïl fit volte-face.

– On court ! cria-t-il à ses amies.

Elles n'eurent pas le temps d'obtempérer.

Une silhouette venait d'apparaître.

La silhouette d'un homme grand et bien découplé, le corps protégé par une peau de métal souple et satiné, parfaitement ajustée, miracle de résistance et de fluidité.

– Ne bougez pas, ordonna-t-il d'une voix claire.

Sans prendre la peine de tirer l'épée qui pendait à son côté, il se tourna vers les trois Qaalins qui s'étaient placés en position de combat.

Il les jaugea du regard puis, d'un pas tranquille, il s'avança vers eux.

– Un Armure, chuchota Ergaïl.

19

Le combat fut bref et effrayant.

Les trois Qaalins étaient des combattants aguerris. Ils savaient que, leur nombre constituant un avantage déterminant, ils affronteraient ensemble leur adversaire. Sauf que cet adversaire ne tenait aucune arme à la main et n'avait pas pris la peine de se placer en position de combat. L'un des pillards crut déceler dans cette attitude une chance à saisir et se précipita en avant.

– Non ! hurla un de ses compagnons.

Trop tard.

Le Qaalin avait déjà franchi la distance le séparant de l'Armure et abattu son arme dans un puissant mouvement oblique destiné à l'éventrer.

L'Armure leva le bras droit. La lame du cimeterre glissa sur le métal souple gainant son corps, incapable ne serait-ce que de le rayer. Dans le même temps, il frappa du poing. À la gorge. Un coup terrible par sa violence et sa précision. La mort fut instantanée.

Avant que le Qaalin ne soit tombé, l'Armure s'était emparé du cimeterre et passait à l'attaque.

Aussitôt, les deux pillards survivants furent submergés. Leur adversaire était trop rapide, trop puissant, trop maître de lui. Sa lame volait, tourbillonnait, il virevoltait, son armure pareille à une onde de métal liquide autour de lui alors qu'elle était parfaitement ajustée à son corps.

Au moment précis où ils comprenaient qu'ils n'avaient aucune chance, le premier s'effondra, mortellement atteint. Le second recula d'un pas.

– Attends ! cria-t-il en baissant son arme. Je…

Vingt centimètres d'acier s'enfoncèrent dans son cœur.

L'Armure lâcha le cimeterre et, sans plus accorder un regard aux corps gisant dans l'herbe rase, reporta son attention sur les trois jeunes Jurilans, pétrifiés par la rapidité et la brutalité des événements.

Ergaïl fut le premier à se ressaisir.

– Je vous remercie, déclara-t-il en s'inclinant. Vous nous avez sauvé la vie. Je suis Ergaïl Onchêne, neveu du roi, et, sur mon honneur, je veillerai à ce que vous soyez récompensé. Me ferez-vous l'estime de m'offrir votre nom afin que je le communique à qui de droit ?

En guise de réponse, l'Armure tourna la tête vers Philla et Nawel. Son heaume dissimulait totalement son visage, ne laissant filtrer, par deux fentes obliques, que la lumière bleu ciel de son regard. Nawel eut l'impression que ce regard lisait son âme aussi facilement qu'elle lisait une partition de cristal à eau et, à son tressaillement, elle comprit que Philla ressentait la même chose. Malgré elle, elle retint son souffle.

L'examen dura une seconde millénaire puis les yeux de l'Armure relâchèrent leur pression. Nawel se remit à respirer normalement.

– Vous auriez dû tirer lorsque le Qaalin embusqué vous a ordonné de déposer vos arcs, observa l'Armure. Il était mal placé, sa voix vous l'indiquait, et aucun archer ne peut abattre trois adversaires avec une seule flèche.

– Vous estimez que l'un d'entre nous aurait dû se sacrifier ? s'étonna Philla.

– Il n'y aurait pas eu de sacrifice, répondit l'Armure d'une voix paisible. Combattre c'est avant tout se mettre à la place de son ennemi. Dans le cas qui vous concerne, le Qaalin n'aurait pas tiré puisqu'en tirant il tuait l'un de vous mais mourait dans la même seconde. Vous auriez eu le temps ensuite de remonter à cheval et de fuir.

– Comment savez-vous que ce pillard nous menaçait de son arc ? intervint Nawel. Comment avez-vous entendu ce qu'il nous a dit ? Comment avez-vous pu intervenir juste au bon moment ?

– Je suis ces cinq Qaalins depuis une semaine, répondit l'Armure. Ce matin, j'ai compris qu'ils ne me conduiraient pas jusqu'à leur camp et j'ai décidé de les éliminer. Le reste n'est que coïncidence.

– Vous souhaitiez qu'ils vous guident jusqu'à leur camp ? releva Ergaïl, vexé que son statut d'héritier royal ne lui ait pas valu plus de considération. Qu'auriez-vous fait si cela s'était produit ? Qu'auriez-vous fait en vous retrouvant devant cinquante de ces pillards ?

L'Armure pivota lentement dans sa direction. Sans en avoir conscience, Ergaïl recula d'un pas. Le soleil déclinant tissait des reflets satinés dans la peau de métal du guerrier, soulignant les lignes courbes d'une musculature fine tournée vers l'efficacité. Et il y avait la facilité avec laquelle il s'était débarrassé des pillards. Difficile de jouer les matamores face à un homme pareil. Sans doute même dangereux.

– J'aurais alors tué cinquante Qaalins, articula l'Armure avec lenteur.

Proférés par n'importe qui d'autre, ces mots auraient suscité un éclat de rire général et leur auteur aurait perdu toute crédibilité.

N'importe qui d'autre.

Aucun des trois jeunes Jurilans n'éprouva l'envie ne serait-ce que de sourire. Dans la bouche de l'Armure, ces mots avaient résonné avec l'accent de la certitude.

Combattre et vaincre cinquante pillards étaient à sa portée.

– Vous pouvez reprendre votre chasse aux gouses, poursuivit-il. Aucun danger ne vous menace dans un rayon de vingt kilomètres. Je me charge des chevaux des Qaalins.

Un bref hochement de tête et il se détourna.

– Attendez ! s'écria Ergaïl. Vous ne nous avez pas donné votre nom !

L'Armure s'immobilisa.

– Mon nom n'a ni importance ni intérêt, jeune homme.

– Mais…

– Je suis un Armure. Seuls mes actes comptent, don Onchêne. Vous le comprendrez bientôt…

Nawel eut l'impression que ses yeux bleus derrière le heaume lançaient un éclair.

Amusement ?

Avertissement ?

– … peut-être, conclut l'Armure.

20

Alors qu'ils observaient l'Armure s'éloigner, puis disparaître derrière un pan de mur écroulé, les trois jeunes Jurilans s'enfoncèrent dans un profond silence.

Un silence qui se prolongea sans qu'ils éprouvent le besoin ou le désir de se regarder. Juste se taire. Penser.

Un silence qu'ils rompirent pourtant.

Au même instant.

– Je voudrais rentrer.

– On reprend notre chasse ?

– On aurait dû tirer.

Ils échangèrent un sourire. Tendu pour Philla, embarrassé pour Ergaïl, distant pour Nawel.

– Je voudrais vraiment rentrer, insista Philla en désignant du menton les corps des Qaalins.

Désolée, je… je n'ai plus du tout envie de… chasser. J'ai peur de me trouver mal si… je reste ici.

Ergaïl et Nawel acquiescèrent d'un hochement de tête. Philla était livide.

– D'accord, firent-ils ensemble.

Nouveau sourire.

Plus détendu.

– Puisque tel est ton désir, on rentre mais tu ne t'évanouis pas et si, en chemin, on aperçoit des gouses, on tire, négocia Ergaïl. Ça te paraît correct ?

– Correct, répondit Philla.

Elle frissonna en passant près d'un Qaalin gisant dans l'herbe, détourna les yeux, mais garda la tête haute et s'abstint de tout commentaire.

Ils ramassèrent leurs arcs puis rejoignirent leurs chevaux. Alors qu'ils s'apprêtaient à se mettre en selle, Philla s'immobilisa.

– Que vont-ils devenir ?

– Qui ? s'étonna Ergaïl.

– Eux. Les Qaalins.

– Que veux-tu qu'ils deviennent, Philla ? Ils sont morts !

– Justement. Que vont devenir leurs dépouilles ? Si on les laisse là, ils seront dévorés par les fangs.

Ergaïl soupira.

– Je suppose que lorsque nous raconterons notre aventure, nos maisons enverront des gardes et je suppose que si on le leur demande, ces gardes se chargeront des corps, mais je…

– On se moque de leurs corps ! intervint Nawel d'une voix étranglée.

Philla secoua la tête.

– Tu n'as pas le droit de parler ainsi, s'emporta-t-elle. Même s'ils cherchaient à nous rançonner, ils…

– À nous rançonner et à abuser de vous, la coupa Ergaïl d'une voix dure.

Philla blêmit.

– Peu importe, répliqua-t-elle néanmoins. Ce sont des hommes qui…

Ergaïl haussa le ton pour l'interrompre une deuxième fois :

– Ce sont des hommes qui t'auraient jetée dans l'herbe comme une vulgaire catin, auraient arraché tes vêtements, posé leurs mains sales sur toi, Philla ! Tu veux que je te dise ce qu'ils t'auraient fait après ? Tu veux vraiment que je te le dise ?

Philla tressaillit.

– Je… je…

– Laisse Philla tranquille ! cracha Nawel.

– Pourquoi ? rétorqua-t-il, les yeux furibonds. Elle se soucie de ces pillards alors qu'ils ne méritent pas d'être considérés comme des hommes. N'as-tu d'ailleurs pas déclaré qu'on se moquait de leurs corps ?

– Oui, on s'en moque, répliqua Nawel, mais pas parce qu'ils ont voulu nous rançonner ou nous violer.

Un rire qui sonnait faux s'échappa de la gorge d'Ergaïl.

– Tiens donc, railla-t-il. Et accepterais-tu de te montrer plus explicite, Nawel Hélianthas ?

Nawel haussa les épaules et se hissa sur sa selle avant de répondre.

– On s'en fiche parce qu'ils sont morts. Uniquement parce qu'ils sont morts. Ce qu'ils étaient avant de mourir n'a plus aucune importance.

À son tour, Philla monta en selle. Elle respirait avec difficulté.

– Tu ne crois donc pas que nous devons le respect à leurs dépouilles ? À leur mort, terrible ?

Nawel secoua la tête.

– Non.

– Non ?

– Non.

– Mais…

– C'est à la vie que nous devons le respect, Philla. À la vie, pas à la mort.

Le retour, chaud et morose, baigna dans le soleil et le silence.

Ergaïl chevauchait devant, veillant à conserver les épaules droites et un port de tête altier. Incapable pourtant, malgré ses efforts, de dissimuler son malaise.

« Il est blessé, songeait Nawel. Lui qui obtient depuis des années les félicitations de ses maîtres d'armes, lui qui vise la plus haute fonction du royaume, a plié devant des pillards qaalins. Il n'a pas sorti son poignard, n'a pas combattu, ne nous a pas défendues, Philla et moi. Il n'a pas lutté pour la fille qu'il aime. Combien de temps avant qu'il se pardonne cette lâcheté qui n'en est pas une ? »

À plusieurs reprises, elle faillit se porter à son niveau pour lui parler, lui dire que…

Que pouvait-elle lui dire ?

Ses mots ne risquaient-ils pas de peser sur son ami plutôt que de le soulager ?

Philla, elle, ne parvenait pas à s'extraire de la scène de massacre à laquelle elle avait assisté. Car c'était bien un massacre qui s'était déroulé à Oncha et non un combat. Les cinq Qaalins n'avaient eu aucune chance, l'Armure les avait exécutés. Philla voyait et revoyait l'archer tomber, le carreau d'arbalète se ficher dans le front du chef, le sang jaillir, les corps s'effondrer…

« Tendre Philla, songeait Nawel en l'observant du coin de l'œil. Généreuse jusqu'à l'utopie. Jusqu'à l'aveuglement. Si fragile. »

Elle avait envie de la prendre dans ses bras, envie de lui murmurer des paroles rassurantes à l'oreille. Elle s'en savait incapable. Philla était la personne qui se rapprochait le plus d'une véritable amie et pourtant le mur entre elles était haut et lisse.

Entre elles ou en elle.

Nawel jeta un dernier regard au dos d'Ergaïl, au visage tourmenté de Philla puis elle ferma les yeux et se laissa bercer par le pas de son cheval.

Tenir droite !

21

Nawel avait prévu d'affronter sa mère le soir même.

Exiger d'elle des explications sur la mort du bébé et la disparition de son père, hurler sa désapprobation, revendiquer sa liberté de pensée en attendant d'obtenir sa liberté de vie…

Les événements d'Oncha lui ôtèrent cette possibilité.

Elle avait cru que l'incident avec les Qaalins, ce n'était après tout qu'un incident, aurait des répercussions limitées.

Elle se trompait.

Ses parents, et pas seulement sa mère, la bombardèrent de questions angoissées :

– Combien étaient les Qaalins ?

– Quelles étaient leurs exigences ?

– Y avait-il des Glauques avec eux ?
– Vous ont-ils violentés ?
– Où, exactement, l'agression a-t-elle eu lieu ?
– Vous guettaient-ils en particulier ?
– Ont-ils attenté à votre honneur ?
– Comment a réagi Ergaïl ?
– Qui est l'Armure qui vous a sauvés ?

Nawel, abasourdie, leur répondit de son mieux avant de profiter d'un silence pour demander des éclaircissements.

– Je comprends que vous soyez inquiets, commença-t-elle, mais n'êtes-vous pas un peu excessifs ? Les pillards n'ont...

– Je file au palais, déclara donna Hélianthas comme si sa fille avait été absente.

– J'envoie Ruilp et une dizaine de gardes à Oncha, répliqua son mari.

– Dis-leur de partir sur-le-champ et de ne pas ménager leurs montures. L'idéal serait que nous soyons les premiers mais, à défaut d'arriver avant les Onchêne, nous devons au moins prendre les Caritian de vitesse.

Nawel fronça les sourcils et se passa la main dans les cheveux.

L'attitude de ses parents la laissait perplexe. Elle concevait que sa mère souhaite recueillir des informations au palais mais il n'y avait aucune urgence à cela. Plus singulier encore, en quoi était-il important que Ruilp et ses hommes atteignent les ruines les premiers ? C'était ridicule !

Elle saisit le bras de son père alors qu'il s'apprêtait à quitter la pièce à la suite de son épouse.

– Attendez ! lui lança-t-elle. Expliquez-moi ce qui se passe.

Il lui renvoya un regard surpris.

– De quoi parles-tu ?

– De quoi je parle ? De la réaction de mère et de la vôtre. J'ai d'abord cru que vous vous inquiétiez pour moi. Une inquiétude rétrospective, exagérée mais compréhensible. Je découvre qu'il n'en est rien. Mère court au palais, c'est à peine si elle m'a regardée, et vous envoyez Ruilp à Oncha alors qu'il n'y a plus rien à faire là-bas. J'ai l'impression d'avoir basculé dans un mauvais rêve.

Dorfus Hélianthas se dégagea, gentiment mais avec fermeté.

– Ton étonnement est curieux, déclara-t-il. J'aurais pensé qu'à quelques jours de la cérémonie des vœux ta formation serait plus complète mais je vais répondre à tes questions. Dès que j'aurai donné mes ordres à Ruilp. Attends-moi ici.

Il tourna les talons et sortit, laissant Nawel éberluée plantée au milieu de la pièce.

Elle n'eut pas à patienter longtemps.

Dorfus Hélianthas revint très vite, accompagné de Ruilp.

Le chef de la milice s'inclina et attendit un geste de Dorfus pour prendre la parole :

– Pouvez-vous me préciser quel type d'armes portaient les Qaalins, donna ?

Nawel hésita à peine.

Elle s'était certes juré de ne plus lui adresser la parole mais les événements récents, tous les événements, avaient fait voler ses certitudes en éclats. Derrière les certitudes brisées, sa prétention apparaissait désormais parée d'un éclat insupportable. Elle devait répondre à Ruilp.

– Des cimeterres et, pour l'un d'entre eux au moins, un arc.

– Comment étaient-ils habillés et de quelle couleur étaient leurs vêtements, donna ?

– Ils étaient vêtus de longs manteaux gris et de turbans de la même couleur.

– Avez-vous remarqué des tatouages sur leurs bras ou leurs épaules ?

Nawel secoua la tête.

– Non, mais cela ne signifie pas qu'ils n'en avaient pas. Je n'ai pas fait attention.

Ruilp s'inclina à nouveau.

– Je vous remercie, donna.

Il se retirait lorsque Nawel le héla :

– Ruilp ?

Le chef de la milice se retourna.

– Oui, donna ?

– Tu avais raison. Prétendre que l'attaque est la meilleure des défenses est aussi ridicule que prétentieux.

Un léger sourire étira les lèvres de Ruilp, éclairant son visage couturé de cicatrices. Il posa la main droite sur son cœur de façon à montrer l'importance qu'il accordait à cette déclaration puis il sortit à grands pas.

Dorfus Hélianthas attendit qu'il ait disparu pour prendre la parole.

– De toute évidence, il s'agissait bien de Qaalins. Ruilp avait toutefois besoin de tes réponses pour s'en assurer.

– Mais pourquoi ?

D'un geste, Dorfus invita sa fille à s'asseoir sur un canapé puis il s'installa face à elle sur un fauteuil de cuir et d'acier.

– Nous ne devons négliger aucune hypothèse, déclara-t-il. La mort d'Ergaïl Onchêne et, dans une mesure différente, la tienne, serviraient trop d'intérêts pour que nous acceptions sans nous interroger ce qui vous est arrivé.

– Que voulez-vous dire ? À qui profiterait la mort d'Ergaïl ?

Le regard de Dorfus se fit pénétrant.

– Le roi est vieux, fatigué et n'a pas d'héritier direct. Ergaïl Onchêne sera certainement amené à lui succéder sur le trône.

– Justement ! Tous nos professeurs s'accordent à dire que la stabilité du royaume est la principale préoccupation des grandes maisons. Or rien de plus efficace pour mettre cette stabilité en péril qu'assassiner l'héritier potentiel. C'est cela que vous évoquez à demi-mot, non ?

Dorfus sourit, visiblement heureux de la perspicacité de sa fille.

– Tes professeurs ont raison. L'unité du royaume est essentielle et aucune maison ne prendrait le risque de la briser. Qu'Ergaïl Onchêne périsse sous une flèche qaaline constituerait un regrettable accident, non un assassinat, et l'unité du royaume exigerait la désignation d'un nouvel héritier. Les candidats, tous motivés par la stabilité des douze cités bien sûr, seraient nombreux, crois-moi.

Nawel grimaça.

– Vous pensez qu'une maison a des visées sur le trône et a manigancé une fausse attaque de pillards ?

– Je ne le pense pas, je prends juste en compte cette éventualité. On ne se hisse pas à la position des Hélianthas en faisant preuve de naïveté.

– D'accord, acquiesça Nawel. Mère est au palais afin d'en apprendre davantage et Ruilp est en route pour Oncha afin de vérifier si ce sont bien des Qaalins qui nous ont attaqués.

– C'est cela même.

Nawel se pencha en avant. Planta son regard dans celui de son père.

– Et en quoi suis-je concernée ? La mort d'Ergaïl servirait sans doute les intérêts de maisons sans honneur, mais la mienne ? Aucun Hélianthas ne figure sur la liste des prétendants au trône, à ce que je sache. Or vous avez déclaré que ma disparition pouvait avoir été souhaitée.

– Je n'ai jamais déclaré une chose pareille, se défendit Dorfus.

La crinière blonde de Nawel voltigea alors qu'elle secouait la tête pour marquer son désaccord.

– Si, père ! « La mort d'Ergaïl Onchêne et, dans une mesure différente, la tienne, serviraient trop d'intérêts pour que nous acceptions sans nous interroger ce qui vous est arrivé. » Ce sont vos propres mots et vous les avez prononcés il y a moins d'une minute. Vous l'avez dit vous-même, j'annonce mon vœu dans quelques jours, vous ne pouvez continuer à me dissimuler la vérité comme à une enfant.

Dorfus poussa un long soupir.

– Disons que les intérêts des Onchêne et des Hélianthas sont liés.

– Soyez plus explicite, père. S'il vous plaît.

Nouveau soupir.

– Imaginons que la maison sans honneur que tu évoquais tout à l'heure ait un garçon. C'est le trône, rien de moins, que ses parents chercheront à lui procurer, y compris par la trahison ou l'assassinat. Mais s'ils n'ont qu'un enfant et que cet enfant est une fille ?

– Je ne comprends pas votre question.

– Seul un homme peut prétendre au trône des douze cités, Nawel. L'unique moyen pour une fille de devenir reine consiste à épouser le roi.

Nawel haussa les épaules.

– La maison sans honneur en question aurait manigancé mon assassinat pour ouvrir la voie du trône à sa fille ? C'est ridicule ! Je n'ai aucun désir de devenir reine et il n'y a rien d'autre entre Ergaïl et moi qu'une amitié dépourvue de la moindre ambiguïté.

Elle leva les yeux vers son père.

– Vous en avez conscience, n'est-ce pas ? Ergaïl est mon ami. Seulement mon ami !

Dorfus détourna le regard.

– Les intérêts des Onchêne et ceux des Hélianthas sont liés, répéta-t-il. Plus que tu ne le penses. Intimement liés.

22

Une multitude de gardes patrouillant dans son parc, des archers postés sur ses toits, la demeure des Onchêne n'aurait pas été mieux gardée si elle avait été en état de siège et Nawel, bien que traitée avec les plus grands égards, ne fut pas admise à y pénétrer.

Rage au ventre, elle dut se résoudre à rentrer chez elle.

Elle avait eu beau insister, son père n'avait pas voulu lui en apprendre davantage sur ces fameux liens, ces liens intimes, entre les Onchêne et les Hélianthas et quand elle lui avait annoncé son intention d'interroger Ergaïl pour obtenir des éclaircissements, il le lui avait interdit.

Formellement.

– Il est hors de question que tu te risques à l'extérieur tant que nous n'aurons pas l'absolue certitude que ceux qui vous ont agressés étaient bien des Qaalins.

– Mais…

– Il n'y a pas de mais qui tienne, Nawel ! Tu obéiras, un point c'est tout, dussé-je pour cela te faire enfermer !

Mâchoires serrées, Nawel avait quitté le salon, claqué la porte derrière elle, grimpé en courant l'escalier conduisant à l'étage et s'était claquemurée dans sa chambre.

Elle avait attendu cinq minutes puis elle était sortie par la fenêtre.

Lorsqu'elle rentra, Nawel ne chercha pas à se montrer discrète. Elle ignora les gardes affolés qui se précipitaient vers elle, ouvrit avec fracas la porte de la demeure Hélianthas, traversa le hall à grands pas…

– Nawel ! Viens ici !

L'ordre maternel avait claqué.

Impérieux.

Dorfus et Siméa Hélianthas, assis autour d'une table basse, foudroyaient leur fille du regard.

Nawel se campa devant eux.

La crainte respectueuse qu'elle avait toujours éprouvée pour ses parents, plus particulièrement pour sa mère, avait disparu, remplacée par une colère froide. Terrible. Pareille à une vague irrésistible qui, montant du plus profond de son être, déferlait sur son présent.

– Oui ?

Difficile de placer davantage d'insolence dans un seul mot.

– Je t'avais interdit de sortir ! articula Dorfus d'une voix sévère.

– Je veux savoir ce que vous entendez par liens intimes entre la maison Onchêne et la nôtre, rétorqua Nawel.

Les yeux pâles de Siméa étincelèrent.

– Tu n'as rien à exiger, Nawel ! Tout ce que nous faisons, nous le faisons pour toi, pour ton bien, ton avenir, mais cela ne te donne aucun droit de regard sur nos actes et nos décisions.

– Sauf si ces actes et ces décisions m'engagent ou visent à déterminer mon avenir !

– Qui te dit que c'est le cas ?

– Si ça ne l'était pas, pourquoi refuseriez-vous de répondre à ma question ?

Siméa Hélianthas laissa échapper un soupir.

– D'accord. Nous t'expliquerons ce que tu veux savoir, nous avions prévu de le faire, mais pas maintenant.

– Pourquoi ?

– Parce qu'il est tard et que, même s'il semble désormais acquis que les hommes qui vous ont attaqués étaient bien des pillards qaalins agissant pour leur propre compte, ton père et moi avons encore beaucoup de choses à régler avant que cette affaire soit classée de façon définitive.

– Très bien. Bonne nuit.

La surprise qui se peignit sur le visage de sa mère fit l'effet d'un baume sur l'exaspération de Nawel.

– Bonne nuit ? Mais… tu n'as pas mangé. Tu…

– Je n'ai pas faim.

– Nous avons à parler, Nawel. La cérémonie des vœux approche et j'aimerais savoir si tu…

– Je crains que ce ne soit pas le moment, mère. Vous avez du travail, une affaire importante à classer. Je ne voudrais pas abuser de votre temps en répondant à vos questions alors que vous êtes dans l'impossibilité de répondre aux miennes.

Nawel s'inclina dans une parodie de salut, presque aussi insolente que le oui qui avait engagé la discussion.

Une esquisse de sourire étira ses lèvres lorsqu'en se redressant elle découvrit Dorfus et Siméa Hélianthas pétrifiés par leur incapacité inédite à avoir le dernier mot face à leur fille.

Nawel quitta la pièce d'un pas léger avec l'impression euphorisante d'avoir remporté une bataille.

Puis, alors qu'elle se dirigeait vers sa chambre, cette impression s'obscurcit.

Une bataille ?

Cela signifiait-il qu'elle était en guerre ?

Contre ses propres parents ?

Elle eut soudain envie de faire demi-tour. De retourner vers eux. Leur parler. Se blottir dans leurs bras. Pleurer peut-être.

Elle continua à avancer.

Tenir droite.

23

Nawel s'était attendue à ne pas fermer l'œil, elle dormit d'un sommeil profond et réparateur. Lorsqu'elle s'éveilla, elle éprouva l'étrange sentiment que ce qu'elle avait vécu ces derniers jours avait trouvé une place en elle.

Tout n'était pas compris, assimilé, digéré, loin de là, mais tout était rangé. Elle ne parvenait pas à trouver d'autre mot pour l'exprimer.

Rangé.

Elle prit une douche glacée, passa une robe légère puisque, la lune chaude approchant, la température était montée de plusieurs degrés, brossa avec soin sa longue chevelure blonde, souligna ses yeux bleu pâle d'un trait de crayon turquoise et quitta sa chambre.

Elle ne croisa pas ses parents, ce qu'elle considéra comme un amical coup de pouce du destin, prit un rapide petit-déjeuner de fruits et quitta la demeure des Hélianthas pour l'école des Aspirants.

En chemin elle croisa Ol Hil' Junil. À son habitude, il errait entre les demeures des grandes maisons, déclamant des poèmes insensés où il était question de voyage d'un monde à l'autre, de dessin et d'imagination.

Elle faillit s'arrêter pour lui parler, mais l'envie qui la tenaillait la veille s'était dissipée. Si Ol Hil' Junil possédait une intelligence brillante et savait être un interlocuteur charmant, il était versatile et lorsqu'il basculait dans son délire d'univers parallèle, il devenait insupportable. Nawel préféra ne pas courir le risque d'une conversation déstabilisante et poursuivit sa route.

Ergaïl était déjà arrivé mais il était entouré de sa cour habituelle, ceux que Nawel appelait les sangsues, et elle renonça à lui parler pour se mettre en quête de Philla.

Elle comprit vite qu'elle n'avait aucune chance de la trouver.

Nawel ne fut pas surprise outre mesure que Philla soit absente. Elle avait été la plus perturbée par le drame de la veille et à supposer que sa famille l'ait accueillie à la façon des Hélianthas, elle devait se trouver dans un état émotionnel catastrophique.

Nawel se promit de lui rendre visite en fin de journée et se dirigea vers l'amphithéâtre de donna Courlis.

Cette dernière avait décidé d'illustrer son cours par une deuxième et impressionnante démonstration du pouvoir des arcanes.

Après une brève description de ce qu'elle s'apprêtait à réaliser, elle s'immobilisa devant un bassin plein d'eau que des assistants avaient installé sur une estrade. Elle se concentra puis proféra une série de mots rugueux, dépourvus de voyelles. Incompréhensibles. La surface du bassin se troubla tandis qu'une rafale de vent surgie du néant balayait l'amphithéâtre.

L'eau.

L'air.

Donna Courlis leva les mains au-dessus de sa tête, prononça un ultime mot.

Intense. Incisif. Insensé.

Les arcanes lièrent les éléments jusqu'à ce qu'un tentacule d'eau se dresse au-dessus de l'estrade. Mouvant. Scintillant. Peut-être vivant.

Par la force de sa volonté, donna Courlis le déploya en direction des gradins puis le fit onduler devant le visage des Aspirants subjugués. Cette danse envoûtante s'étira en circonvolutions aériennes sur un temps frôlant l'infini puis le tentacule liquide se rétracta lentement.

– Des quatre éléments, l'eau est un des plus complexes à manier, expliqua-t-elle lorsqu'elle l'eut, d'un seul mot rauque, renvoyé au bassin dont il était issu. Sa douceur et sa propension à l'horizontalité limitent les liens qui l'unissent aux autres constituants de l'univers.

Elle passa une main lasse sur son visage.

– Complexe et fatigant, ajouta-t-elle en souriant. Ceux d'entre vous qui opteront pour la robe des Mages le découvriront bientôt.

Des bancs du fond s'élevèrent de timides applaudissements qui prirent très vite de l'ampleur et déferlèrent sur l'ensemble de l'amphithéâtre. Donna Courlis s'inclina profondément devant ses élèves qui s'étaient levés pour lui témoigner leur respect et leur enthousiasme.

– Que Kaïa veille sur vous, jeunes gens, leur dit-elle. Vous annoncerez vos vœux dans dix jours. Je prie pour qu'ils soient en phase avec vos aspirations profondes et trouvent un écho dans les certitudes de ceux qui les entérineront.

Le souffle de Nawel était court.

Robe Mage. Elle voulait devenir Robe Mage !

Elle quitta l'amphithéâtre en imaginant que, capable de maîtriser les complexes arcanes de l'art, elle jouait avec les éléments jusqu'à marier l'eau et le feu.

Alors qu'elle s'approchait du puits, une main se posa sur son épaule, la faisant sursauter et lui tirant presque un cri.

– Du calme, demoiselle, lui lança Ergaïl en souriant. Ce n'est que moi.

Nawel le repoussa.

– Tu m'as fait peur, imbécile !

– Moi aussi, je suis content de te voir, Nawel, rétorqua-t-il en souriant. Dis-moi, suis-je aussi effrayant que ta réaction l'insinue ?

– Un fang serait moins repoussant que toi. Et sentirait moins fort !

Ergaïl éclata de rire.

– D'humeur poète, Nawel ?

Elle cessa de feindre la colère et lui emboîta le pas.

– Les Onchêne ont-ils réagi comme les Hélianthas hier soir ? s'enquit-elle.

Il grimaça.

– Je l'ignore mais si les Hélianthas ont réagi comme les Onchêne, leur réaction a dû te paraître démesurée.

– Démesurée et incompréhensible.

– Un peu stupide aussi.

– Totalement stupide.

Ils échangèrent un regard de connivence.

– Tentative d'assassinat ? murmura Ergaïl d'une voix de conspirateur.

– Déstabilisation des douze cités ? renchérit Nawel sur le même ton.

– Convoitise et manigance ?

– Doute et trahison ?

Ergaïl haussa les épaules.

– La moitié de la milice de la maison Onchêne est partie en expédition nocturne à Oncha, accompagnée de deux Guérisseurs alors que je leur avais pourtant signifié que les Qaalins étaient on ne peut plus morts. Ils ont eu beau cravacher leurs chevaux, ils sont arrivés après Ruilp et ses hommes. Heureusement, ils ont distancé la milice des Caritian de presque une heure, ce qui leur a permis de sauver la face.

– La famille de Philla partage donc l'inquiétude des nôtres ?

– Oui, mais à un degré moindre d'après ce que j'ai compris. Pour les parents de Philla, il s'agissait davantage de montrer leur force et leur détermination que de mener une véritable enquête.

– Cela signifie que personne n'est censé assassiner Philla ?

– Personne, non plus, n'était censé nous assassiner toi et moi, répliqua Ergaïl. Si nos maisons avaient eu le moindre doute à ce sujet, jamais nous ne jouirions de la liberté qui est la nôtre aujourd'hui, sois-en certaine.

Nawel laissa échapper un rire amer.

– Pour des gens n'éprouvant aucun doute, ils ont eu une réaction sacrément rapide !

– L'habitude de la cour sans doute.

Ils étaient arrivés au puits.

Dans un parfait ensemble, ils y sautèrent, jambes tendues, bras plaqués contre le corps, et flottèrent sur trois étages avant d'atteindre le palier desservant la salle des Gouvernants. Noyés au milieu d'un flot d'Aspirants, ils s'engagèrent dans un large couloir aux murs de verre bleuté.

– Aucune envie de suivre ce cours, ronchonna Ergaïl. Don Granitis a beau être le directeur de l'école, je le trouve aussi soporifique que…

– Ergaïl ?

Une intonation dans la voix de Nawel le poussa à s'arrêter.

Le flot des Aspirants s'écoula autour d'eux. Ils étaient devenus une île.

– Oui ?

– Les pillards qui nous ont attaqués étaient de véritables Qaalins et non des assassins, mais nos familles l'ignoraient, tu es l'héritier du trône et il est normal que tes parents aient pensé que quelqu'un voulait te faire disparaître. Ce que je ne comprends pas, c'est pourquoi les miens ont envisagé la même chose à mon sujet.

Ergaïl passa la main dans ses cheveux.

– Je ne sais pas, moi. Parce qu'ils sont particulièrement inquiets ou bien parce qu'ils...

– Ergaïl !

Elle avait braqué son regard pâle sur lui et le dévisageait comme si son visage avait été un manuscrit à déchiffrer.

– Lorsque je l'ai interrogé, reprit-elle, mon père a évoqué la seule façon pour une fille de devenir reine et les liens unissant nos deux maisons. Des liens qu'il a qualifiés d'intimes.

Une seconde de silence puis :

– Que sais-tu de ces liens ?

Ergaïl éclata de rire.

– Par Kaïa, tu m'as effrayé avec ton air grave. Tu te fais des nœuds au cerveau pour rien, Nawel. Tes parents et les miens sont liés parce qu'à elles deux, nos maisons totalisent le quart de la fortune circulant à AnkNor et la moitié des pouvoirs qui s'y entremêlent. Rien de plus, rien de moins. Je ne suis pas encore roi et, à ma connaissance, tu n'es pas censée devenir reine ailleurs que dans un concours de beauté ou de mauvais caractère !

Il la prit par la main.

– Allez viens. Don Granitis est un puissant somnifère mais il n'apprécie pas plus les retardataires que donna Courlis.

Elle ne réfléchit qu'un bref instant.

– D'accord.

Elle le suivit en s'imposant une décontraction qu'elle était loin de ressentir. Elle connaissait Ergaïl depuis des années. Depuis leur plus tendre enfance. Son aplomb pouvait leurrer les autres, pas elle.

Pourquoi lui dissimulait-il la vérité ?

24

Nawel passa la journée à chercher un moyen de réengager la conversation avec Ergaïl mais ce fut lui qui revint vers elle.

Le dernier cours de la journée, un exposé de don Thufil sur les répercussions économiques des guerres contre les barbares de l'Ouest, venait de s'achever et les Aspirants, assommés par la faconde de l'Historien, se dispersaient avec lenteur dans les couloirs de l'école.

Nawel franchissait la porte de la salle lorsque la haute silhouette d'Ergaïl se glissa à ses côtés.

– Pressée ? lui demanda-t-il sur un ton badin.

– Pas vraiment. J'ai prévu de passer chez Philla pour prendre de ses nouvelles mais il n'y a pas d'urgence. Pourquoi ?

– J'avais envie de te proposer une chasse à la gouse dans les ruines d'Oncha. Tu es partante ?

Nawel réalisa qu'il plaisantait lorsqu'un immense sourire fendit son visage.

– C'est malin, grommela-t-elle avant de sourire à son tour.

Il la prit par les épaules.

– D'accord, pas de chasse à la gouse aujourd'hui. En revanche, je te propose…

– Attends ! le coupa Nawel. Si tu envisages que nous comptions le nombre de marches de l'escalier des Mille, je te préviens immédiatement que c'est non !

– Je pensais davantage à un sorbet aux esprits, déclara-t-il comme si de rien n'était.

– Un sorbet aux esprits ?

– Oui.

– Au sommet de la tour Bleue ?

– Chez Scirilla, oui.

– Sans les sangsues ?

– Uniquement toi et moi.

Nawel fit mine de réfléchir puis, devant la mine goguenarde d'Ergaïl, renonça à lui dissimuler que sa proposition l'enchantait.

– D'accord, lança-t-elle. Idée géniale. On y va.

Ils se mirent en route côte à côte en devisant gaiement.

Ergaïl n'avait pas ôté son bras des épaules de Nawel.

La tour Bleue se dressait à l'extrémité de l'avenue des Douze Fleurs, vertigineux édifice hélicoïdal au sommet duquel se tenait un des restaurants les plus prestigieux des douze cités.

Cinq années plus tôt, donna Scirilla avait provoqué un séisme dans la ville Perle en abandonnant sa robe de Mage afin de se consacrer à sa passion pour la cuisine.

De mémoire d'Historien, c'était la première fois qu'une Robe renonçait à ses fonctions et les grandes maisons d'AnkNor avaient marqué leur plus vive désapprobation. Que donna Scirilla ait choisi une activité traditionnellement réservée aux Perles de petite fortune avait encore compliqué les choses et, pendant plusieurs mois, son restaurant avait subi de vives critiques.

Et n'avait pas accueilli le moindre client.

Puis, peu à peu, des rumeurs avaient circulé, vantant l'extraordinaire originalité des mets que proposait donna Scirilla, la magnificence de son établissement et les qualités du personnel trié sur le volet qui y travaillait.

Les clients avaient commencé à affluer, sans cesse plus nombreux, le restaurant était devenu un des endroits les plus courus d'AnkNor et donna Scirilla la personne à côtoyer absolument.

– Je ne voudrais pas jouer l'oiseau de mauvais augure, déclara Nawel alors qu'ils pénétraient dans la tour Bleue, mais sans avoir réservé, il y a peu de chances que nous trouvions une table libre.

– Qui te dit qu'une table ne nous est pas réservée ? s'enquit Ergaïl en s'effaçant pour la laisser entrer la première dans le puits ascensionnel permettant d'accéder au restaurant.

Elle lui jeta un regard surpris.

– Tu as réservé ?

– Oui. J'adore les sorbets aux esprits mais les déguster debout est une hérésie.

– Comment savais-tu que j'accepterais de t'accompagner ?

Il lui retourna un sourire étincelant.

– Je ne le savais pas. Je me contentais de l'espérer.

D'un coup de talon vigoureux, ils se propulsèrent vers le haut. La tour Bleue culminait à plus de trois cents mètres et le trajet leur prit presque une minute. Alors qu'ils atteignaient son sommet, Ergaïl ajouta :

– Et puis nous avons une conversation en cours, non ?

25

Les sorbets aux esprits avaient compté pour beaucoup dans l'accession de donna Scirilla à la notoriété et il n'était pas rare de rencontrer chez elle des gourmets ayant effectué le voyage depuis une lointaine cité du royaume dans l'unique but d'en déguster un.

Nul ne savait quels ingrédients entraient dans la composition de ces délicats entremets et donna Scirilla préservait jalousement le secret, s'enfermant pour les réaliser dans une partie de la cuisine réservée à son seul usage, renvoyant sans appel quiconque parmi ses employés se risquait à y pénétrer. Les mauvaises langues prétendaient même qu'elle avait tué à plusieurs reprises pour éviter que la recette soit divulguée, et donna Scirilla, bien entendu au fait de ces commérages, ne les avait jamais infirmés.

Nawel et Ergaïl s'installèrent à une table placée face à une baie vitrée dominant l'est de la ville Perle, une bonne partie de la ville Cendre et offrant une vue dégagée sur les ondulations des steppes orientales.

Un serveur vêtu d'une toge couleur safran prit leur commande. Tandis qu'il s'éloignait en direction des cuisines, Ergaïl se pencha vers son amie.

– Alors ? Remise de nos aventures d'hier ?

Nawel fit la moue.

– Disons que ça va. Et toi ?

– En me couchant, je me suis juré de prendre des cours de combat rapproché avec le chef de la milice Onchêne, ce qui ne m'enchantait pas mais, ce matin, mes parents m'ont annoncé que désormais une escouade de gardes me suivrait dès que je quitterais AnkNor. Tout va donc pour le mieux.

– Tu ne te poses pas plus de questions que ça ?

– Des questions ?

Il sourit.

Avant de reprendre :

– Des questions ? Bien sûr. Je me demande…

Nouveau sourire.

– Je me demande si tu…

Il se tut, peinant visiblement à trouver ses mots.

Nawel lui jeta un regard surpris qu'il évita en tournant la tête en direction de la baie vitrée.

– Mes parents s'inquiétaient de l'éventuelle présence de Glauques lors de l'attaque des Qaalins, déclara-t-il comme si le sujet avait soudain acquis une importance cruciale.

Il désigna l'horizon du doigt.

– C'est stupide. Les Glauques vivent dans les forêts, loin à l'est de la cité des Anciens. Qu'auraient-ils fabriqué avec une bande de pillards qaalins ?

– Mes parents aussi m'ont questionnée à ce sujet, lui apprit Nawel. Peut-être le Consortium craint-il une invasion...

– La dernière guerre qui nous a opposés à ces monstres date de plus d'un siècle et s'est soldée par un sanglant statu quo. Un statu quo qui a perduré jusqu'à aujourd'hui et n'a aucune chance d'évoluer. Les Glauques seraient massacrés par nos troupes s'ils se risquaient hors de leur forêt maudite et...

– ... nos hommes taillés en pièces s'ils pénétraient dans la forêt, acheva Nawel. La plupart de nos professeurs nous ont expliqué cela. Une douzaine de fois chacun. Mais ce n'est pas pour me proposer des cours particuliers d'histoire que tu m'as invitée, non ?

Ergaïl se trémoussa sur son fauteuil puis se racla la gorge. Il ouvrit la bouche, la referma... Jamais Nawel ne l'avait vu aussi mal à l'aise.

Elle s'apprêtait à s'enquérir des causes de cette gêne lorsque le serveur fit diversion en déposant leur commande sur la table.

Donna Scirilla s'était surpassée.

Présentés dans des coupes évasées en cristal inclusif, les sorbets étaient magnifiques. Des volutes bleutées ondulaient au-dessus d'une mousse crépitante flottant sur une gelée irisée qui donnait l'étrange impression d'être en mouvement. Des pépites écarlates ressortaient en éclats vifs sur le bleu moiré du sorbet tandis que de fines lamelles de fruit et des pétales de fleurs parachevaient la composition.

Nawel se pencha pour humer le parfum qui se dégageait de son sorbet. Elle ferma les yeux, se laissant envahir par un extraordinaire sentiment de paix.

Dans les premiers temps, des détracteurs avaient accusé donna Scirilla d'incorporer à ses sorbets des drogues dont abusaient les barbares de l'Ouest, mais une enquête diligentée par la caste des Gouvernants avait prouvé qu'il n'en était rien. Les sorbets aux esprits de donna Scirilla étaient parfaitement naturels. Les sensations qui déferlaient sur ceux qui les goûtaient n'étaient dues qu'à la prodigieuse alchimie des ingrédients qu'elle utilisait.

Nawel s'abandonna aux fragrances montant de sa coupe. Devenue pure pensée olfactive, enfin libre, elle s'élança au-dessus d'une étendue onirique tissée d'arômes acidulés et de senteurs épicées, décrivit une série d'arabesques odorantes, se...

– Nawel, tu m'écoutes ?

Elle ouvrit les yeux.

Ergaïl la regardait, l'air un peu froissé.

Elle lui sourit.

– Non, désolée, j'étais ailleurs. Que disais-tu ?

Il sourit à son tour

– Quelque chose d'important.

– Que tu ne vas pas répéter ? Ce serait dommage.

Ergaïl la caressa du regard. Plus rien ne subsistait de la gêne qu'elle avait sentie un peu plus tôt. Il était de nouveau tel qu'elle l'avait toujours connu, débordant d'audace et de confiance en lui.

– Nous nous côtoyons depuis longtemps toi et moi, commença-t-il, et je pensais que tu devinerais seule l'étendue des sentiments que je te porte mais notre conversation de ce matin m'a permis de comprendre que je devais me montrer plus explicite. Nawel, j'ignore si...

Elle l'arrêta d'un geste.

– L'étendue des sentiments que tu me portes ? Quel est ce délire, Ergaïl ?

– Cela n'a rien d'un délire, Nawel. Je te le garantis.

Elle serra les mâchoires.

– Alors explique-toi !

– C'est ce que je m'apprêtais à faire.

Il planta ses yeux dans les siens.

– Nawel, nous sommes amis depuis notre plus tendre enfance mais les sentiments évoluent et, aujourd'hui, ce n'est plus de l'amitié que j'éprouve pour toi. Aujourd'hui…

– Aujourd'hui ?

Elle n'avait pu empêcher sa voix de trembler.

– Aujourd'hui je t'aime, Nawel, et c'est important que tu l'entendes.

26

Un visage et un mot.

Ils s'imprimèrent côte à côte dans l'esprit de Nawel, occultant tout le reste.

Un visage.

Celui de Philla.

Un mot.

Qu'elle cracha avant de prendre conscience qu'elle avait ouvert la bouche :

– Menteur !

Ergaïl tressaillit, blêmit, tenta de se ressaisir.

– Je… je ne m'attendais pas à cette… réaction.

Il prit une profonde inspiration, souffla.

Longuement.

Reprit d'une voix rendue grave par l'émotion :

– Je me suis sans doute montré maladroit, Nawel, je te prie de me pardonner.

Elle n'avait pas bougé, mâchoires crispées, épaules raides. Il se pencha vers elle et saisit avec douceur une de ses mains avant de reprendre :

– Tu ne peux toutefois mettre en doute ma sincérité. Ce que je ressens est si fort que…

– Tais-toi !

Nawel avait poussé un cri rauque qui fit sursauter Ergaïl et se retourner les convives attablés autour d'eux. Alors qu'il leur adressait un sourire contrit, elle ne leur accorda aucune attention.

Seuls comptaient les mots prononcés par Ergaïl, l'effet pétrifiant qu'ils avaient eu sur elle et la certitude qui en avait jailli : il mentait !

Elle aurait été incapable d'expliquer comment et pourquoi elle le savait. Elle le savait, là résidait l'essentiel. Ergaïl mentait.

– Tais-toi, répéta-t-elle dans un souffle.

– Mais…

Les yeux bleu pâle de Nawel étincelèrent tandis qu'elle fermait les poings.

Ergaïl se tut.

– J'ignore, pour l'instant, à quoi tu joues, déclara-t-elle d'une voix basse et dure, mais si tu ne veux pas que notre amitié se brise, ici et maintenant, tu dois cesser.

– Nawel, je…

– Tu ne m'aimes pas, Ergaïl. Quoique tu aies tenté de me le faire croire avec ta pathétique déclaration. En revanche, en me mentant, tu m'insultes gravement, tu insultes Philla et tu te manques de respect. Il faut que tu choisisses entre t'expliquer ou persister, entre sauver notre amitié ou la perdre. Définitivement.

Ergaïl lâcha la main de Nawel comme si elle l'avait soudain brûlé.

– Je… Pourquoi parles-tu ainsi ? Pourquoi te montres-tu aussi sévère ?

Un sourire, presque un rictus, tordit la bouche de Nawel. Il avait dit sévère et non injuste, façon implicite d'admettre qu'elle était dans le vrai. Elle décida de se radoucir. Non pour le ménager mais pour se donner une chance de comprendre ce qui se passait. Tout en caressant l'espoir qu'Ergaïl ne l'ait pas totalement trahie.

– Nous nous côtoyons depuis notre plus tendre enfance, fit-elle, tu l'as rappelé à l'instant. Lorsque les filles ont commencé à t'intéresser, et elles t'ont intéressé tôt, j'étais ton amie depuis des années déjà. J'ai assisté, de près ou de loin, à chacune de tes conquêtes et j'ai appris à reconnaître cette petite flamme qui s'allume dans tes yeux quand tu es amoureux. Il y a quelques mois de cela, elle s'est mise à briller pour Philla. À briller plus intensément que je ne l'avais jamais vue briller.

– Je…

– Non, Ergaïl, laisse-moi finir. Je ne cherche pas à t'extorquer des confidences amoureuses au sujet de Philla, je veux juste que tu réalises que je te connais. Je te connais trop bien pour penser que tu éprouves pour moi autre chose qu'une solide et sincère amitié.

Elle s'attendait à ce qu'Ergaïl se répande en excuses ou, au contraire, se perde en dénégations, il se contenta de sourire. Un sourire pareil à celui du plongeur en eaux profondes lorsqu'il regagne la surface.

Un sourire soulagé.

– En revanche, poursuivit-elle, je ne comprends pas pourquoi tu t'es lancé dans cette grossière tentative de séduction ou alors j'ai peur de le comprendre, ce qui revient au même. Tu dois t'expliquer, Ergaïl, mais avant…

Elle se pencha vers lui.

– Mais avant, reprit-elle, tu vas me regarder dans les yeux et me dire exactement ce que tu ressens pour moi.

Ergaïl hésita puis secoua la tête.

– Non, Nawel.

– Non ?

– Non. D'abord nous ne disposons pas du temps nécessaire, ensuite tu as compris l'essentiel.

– L'essentiel ?

– Tu as raison, Nawel, je ne suis pas amoureux de toi. Tu es mon amie, sans doute ma meilleure amie, mais je ne suis pas amoureux de toi.

Nawel eut l'impression qu'un poids énorme quittait ses épaules.

Elle plongea sa cuillère dans son sorbet, prit le temps de déguster une bouchée au goût de fleur et de rêve puis se décida :

– D’accord. Connaître dans le détail ce que tu ressens pour moi n’est finalement pas si important. En revanche je veux savoir le reste. Tout le reste.

À son tour Ergaïl prit une cuillerée de sorbet. Il se renversa ensuite en arrière et commença à raconter :

– Ta maison et la mienne ont des liens intimes, disais-tu ?

27

La lumière du jour avait rosi pour annoncer le soir qui approchait puis avait commencé à décliner. Les ombres complexes des arbres et celles plus massives des grandes demeures s'allongeaient tandis que les premiers réverbères s'éveillaient, lentement, presque à regret.

Insensible à la beauté vespérale de la ville Perle, Nawel marchait à grands pas en faisant jouer les articulations de ses phalanges, un échauffement qu'imposait don Zayo à ses élèves avant tout assaut d'escrime.

Elle avait beau mépriser don Zayo, elle avait pris l'habitude d'agir ainsi lorsqu'elle s'apprêtait à combattre et, si aucun coup d'épée ne serait porté, c'était un véritable combat qui l'attendait.

Elle pénétra dans le parc des Hélianthas, rendit leur salut aux deux gardes en faction devant la maison, remercia d'un hochement de tête celui qui lui ouvrait la porte et s'engouffra à l'intérieur.

Elle trouva sa mère dans son bureau, affairée à classer une pile de documents estampillés du sceau royal.

– Mère ?

Donna Hélianthas leva la tête.

– Oui ?

– Je dois vous parler.

– Je suis occupée, Nawel. Attends-moi en bas. Dès que…

– Non, mère. Je dois vous parler. Maintenant.

Son dernier mot avait claqué avec suffisamment de force pour que sa mère se redresse et la dévisage.

– Que se passe-t-il ? s'enquit-elle sur la défensive.

Nawel prit conscience avec bonheur que son cœur n'avait pas accéléré et que ses mains ne tremblaient pas.

– Je viens d'avoir une longue conversation avec Ergaïl.

Le sourire qui éclaira fugitivement le visage de donna Hélianthas valait tous les aveux du monde et la détermination de Nawel durcit d'un cran.

– Il a commencé par me faire une magnifique déclaration d'amour…

Nouveau sourire. Plus marqué. Presque jubilatoire.

– ... me décrivant l'intensité de ses sentiments et la puissance de son désir...

Renonçant à dissimuler sa joie, donna Hélianthas hocha la tête avec satisfaction.

– ... avant de m'avouer que ce n'était qu'une mystification ! Une tromperie ! Un mensonge !

Aurait-elle bu un plein verre de fiel à la place du nectar auquel elle s'attendait, donna Hélianthas ne se serait pas comportée autrement. Ses traits d'ordinaire si lisses et indéchiffrables se déformèrent sous l'effet de la surprise et de la colère, elle se leva à moitié, ouvrit la bouche pour une cinglante contre-attaque...

Nawel ne lui offrit pas l'opportunité de la placer.

– Avez-vous donc une aussi piètre opinion de mon intelligence que vous m'estimiez si facile à duper ? s'enquit-elle d'un ton glacial. Ergaïl, il faut lui reconnaître cette qualité, a joué avec application le rôle que vous attendiez de lui mais il n'avait aucune chance et, une fois sa duplicité mise à jour, ou plutôt votre duplicité et celle de ses parents, il m'a avoué la vérité. Ainsi les maisons Onchêne et Hélianthas ont des projets pour leurs enfants ? Des projets suffisamment importants pour que leur réalisation supplante le droit de ces enfants à formuler leur opinion ? Leur droit à avoir une opinion ?

Donna Hélianthas ferma les yeux.

Quand elle les rouvrit, toute trace de contrariété avait disparu de ses traits. Elle se leva, chassa d'une main assurée une boucle blonde qui avait roulé sur son front et ce fut d'une voix sereine qu'elle prit la parole.

– Ni moi ni ton père n'avons jamais eu le moindre doute sur ton intelligence, Nawel. Nous sommes en revanche informés d'événements dont tu n'as pas encore connaissance et qui nous obligent à prendre des décisions qui peuvent te paraître... surprenantes mais que nous prenons uniquement pour ton bien.

– Des décisions surprenantes ? railla Nawel. Pousser un ami d'enfance à renier ses sentiments afin qu'il me déclare un amour factice ? Projeter que, naïve, j'accepte de l'épouser ? Prévoir que je bâtisse ainsi ma vie sur un mensonge ? Surprenantes décisions en effet !

– Tout est question de point de vue, Nawel, et j'ai la prétention de croire que si le mien est objectif, le tien manque de hauteur.

– Vraiment ?

Nawel avait craché sa question.

– Vraiment, répondit sa mère sans se démonter. Ergaïl Onchêne est certes un ami d'enfance mais c'est également un jeune homme plein d'avenir qui saura rendre heureuse celle qu'il épousera. Sa déclaration est en outre loin d'être aussi factice que tu l'affirmes, tant la frontière est ténue entre l'amitié et l'amour. Surtout à vos âges. Quant à ta vie bâtie sur un mensonge, il s'agit d'une curieuse façon de considérer la possibilité qui t'est offerte de devenir reine.

Nawel secoua la tête, faisant voler ses longs cheveux blonds.

– Vos arguments me répugnent. Tout entiers tournés vers le calcul et l'ambition, ils ne laissent aucune place aux sentiments. Ils me répugnent mais, surtout, ils me révoltent. Si vous pensez réellement cela, si vous croyez réellement ce que vous dites, pourquoi ne m'en avez-vous pas parlé ? Pourquoi n'avez-vous pas tenté de me convaincre du bien-fondé de votre entreprise ?

Donna Hélianthas sourit comme elle aurait souri, attendrie, devant la naïveté d'un enfant.

– Parce que tu n'étais pas prête à entendre, Nawel, et que la situation requérait des décisions rapides. Ergaïl sera couronné roi, seuls les naïfs en doutent encore. Il est intelligent et charismatique, la robe des Gouvernants lui siéra à merveille mais, pour lui donner la stature d'un véritable monarque, il a besoin d'une reine à ses côtés. Belle, intelligente, portant la robe respectée des Mages, capable de… Qu'as-tu ?

Nawel avait tressailli, comme piquée par une guêpe.

Ou mordue par un serpent.

– Qu'avez-vous dit ?

– J'ai dit qu'Ergaïl était…

– Non. Après. Au sujet de la future reine et de sa robe.

Donna Hélianthas se mordit les lèvres, trop fine pour ne pas comprendre qu'elle avait commis une erreur.

– C'était une image, fit-elle. Je…

– Comment savez-vous que je compte solliciter la robe de Mage ? la coupa Nawel. Et comment pouvez-vous être certaine que je l'obtiendrai ?

28

Cela dura une volée de secondes.

Mère et fille se dévisageaient, silencieuses, tandis que la volée de secondes s'effilochait en lambeaux d'éternité.

Mère et fille.

Proches et aussi lointaines que si elles ne s'étaient pas trouvées sur la même planète.

Nawel fut la première à parler.

D'une voix étrangement calme.

– Lorsque j'ai compris qu'Ergaïl trichait, qu'il avait accepté de sacrifier notre amitié et la confiance qui en découlait au profit de je ne sais quel accord politique, je lui ai proposé de sauver ce qui pouvait l'être en cessant de mentir. En ne m'offrant plus que la vérité.

Elle vrilla ses yeux bleu pâle dans ceux, identiques, de sa mère.

– Je vous fais la même offre. Cessez de me mentir, cessez de manigancer, que ce soit pour mon bien ou le vôtre, cessez de me considérer comme un pion dans le jeu de vos ambitions. Cessez, afin de sauver ce qui peut l'être de notre relation. Si quelque chose peut encore être sauvé.

Un bref instant, Nawel crut que le miracle s'accomplirait, que donna Hélianthas allait laisser tomber le masque des apparences pour devenir ce qu'elle n'avait jamais vraiment été, une mère aimante, une mère uniquement préoccupée par le bonheur de sa fille, une mère capable de tous les sacrifices, une mère qui…

– Tu es ridicule, Nawel ! C'est toi qui devrais cesser. Cesser de te comporter comme une enfant. Cesser d'exiger des autres une attitude que tu n'es pas capable d'assumer toi-même. Cesser de croire que le monde se divise entre le bien et le mal. Cesser, surtout, de t'imaginer dans le rôle de la noble et généreuse jeune fille tandis que tous ceux qui ne pensent pas comme toi endossent le costume des ignominieux calculateurs.

Nawel sentit distinctement son ventre se nouer tandis qu'une boule amère naissait dans sa gorge, l'obstruant et la forçant à se concentrer sur sa respiration pour ne pas suffoquer.

– Nous avons sans doute eu le tort, j'ai eu le tort, reprit Siméa Hélianthas, de trop te protéger, de te laisser grandir dans un cocon de paresse intellectuelle qui a nui à ton discernement. La vie n'est pas un pré verdoyant dans lequel il fait bon se promener, Nawel. La vie est une jungle impitoyable où seuls survivent et avancent les plus forts, les plus intelligents, les plus prévoyants. Alors oui...

Elle haussa le ton pour poursuivre :

– Alors oui, Nawel, je savais que tu demanderais à porter la robe des Mages. Je le savais parce que j'ai tout fait pour qu'il en soit ainsi. Je t'ai éduquée dans ce sens parce que cette robe est celle qui te permettra d'acquérir un véritable pouvoir, non sur les arcanes mais sur les hommes. J'ai infusé cette envie en toi parce que la future reine sera une Robe Mage et que tu dois devenir cette reine. Tel est ton destin. Le destin que j'ai mis en place pour toi.

Ses lèvres se plissèrent pour former un sourire condescendant.

– Quant à la cérémonie des vœux... Redescends sur terre, Nawel ! Les désirs des Aspirants n'ont rien de secret, puisque ce ne sont pas leurs désirs mais ceux de leurs parents, du Consortium, des maisons influentes. La robe qu'ils porteront est choisie pour eux avant qu'ils intègrent l'école. Parfois même avant leur naissance.

Elle posa une main aussi forte que froide sur l'épaule de sa fille.

– Le seul choix qui t'appartient, Nawel, est celui du camp que tu veux rejoindre. Le camp des innombrables qui suivent, obéissent, acceptent ou celui des rares élus qui mènent, commandent et choisissent ? Prends de la hauteur, ne te laisse pas aveugler par les mesquines préoccupations des médiocres. Qu'importe la robe que tu porteras ou la façon dont tu l'auras obtenue. Qui veux-tu être, Nawel ? C'est la seule question qui mérite d'être posée !

– Qui je veux être ?

La voix de Nawel avait résonné comme si elle s'était trouvée au milieu d'une caverne.

– Oui. Qui veux-tu être ?

– Une Robe influente, une Mage jouant avec les fils qui contrôlent les hommes autant qu'avec ceux qui lient les arcanes, une femme capable de faire assassiner un bébé pour éviter qu'un grain de sable se glisse dans les rouages huilés de son plan de vie ou alors une médiocre, une suiveuse, une misérable incapable de définir un cap à son existence ? Est-ce bien là le choix que vous me proposez ?

Donna Hélianthas secoua la tête.

– Je te sens blessée, Nawel, et cela me navre. Je t'aime plus que tout et tu dois me croire lorsque je te dis que le moindre de mes actes, la plus infime de mes décisions, visent ton bonheur.

– Très bien, mère. Considérez que je ne suis plus blessée et que je vais maintenant m'employer à réfléchir à votre question.

– Ma question ?

– Oui. Ne m'avez-vous pas demandé qui je souhaitais être ?

Elle sourit.

Un sourire dur. Dépourvu de la plus petite trace de tendresse.

– Lorsque j'aurai découvert qui je veux être, je le deviendrai, mère, et, qu'elle vous plaise ou non, il faudra vous satisfaire de cette décision parce que, voyez-vous, plus jamais je ne vous laisserai choisir à ma place !

29

Le printemps débutait à peine mais la proximité de la lune chaude écrasait AnkNor sous une étouffante chape de chaleur qui donnait l'impression que l'été, dans toute sa virulence, était déjà là et avait entrepris la conquête du royaume. Le vent du désert soufflait sans discontinuer, charriant une poussière ocre pulvérulente qui s'infiltrait dans le moindre interstice, le moindre pli de vêtement et transformait la ville en une étrange sculpture minérale monochrome.

Fatalisme ou sagesse, rares étaient les Jurilans à se plaindre. Le vent du désert régnerait en maître jusqu'à ce que la lune bascule, entame son déclin et que les nuages de pluie remontent du sud pour laver ses exactions. Il en avait toujours été ainsi, et colère ou lamentations n'y changeraient rien. Il suffisait d'éviter de sortir, de calfeutrer portes et fenêtres et d'attendre.

Seul îlot de vie apparente au sein d'une ville plongée dans la léthargie, l'école des Aspirants était en effervescence.

Depuis une semaine, la tension avait crû jusqu'à devenir presque palpable et, à moins d'une heure de la cérémonie des vœux, l'air était aussi chargé d'électricité que si un monstrueux orage s'était déployé dans les couloirs et s'apprêtait à éclater.

À plusieurs reprises, une simple anicroche entre Aspirants avait failli s'envenimer et dégénérer en pugilat ; cris et heurts étaient devenus courants et, la veille, Philla avait fondu en larmes lorsque donna Courlis lui avait adressé un regard vaguement réprobateur.

Ergaïl et Nawel semblaient étrangers à cette tempête d'émotions soufflant sur l'école. L'un et l'autre offraient des traits sereins et une étonnante constance qui leur attiraient l'incompréhension et donc l'inimitié de leurs pairs, ce dont ils se moquaient absolument.

Tous les efforts d'Ergaïl pour renouer avec Nawel s'étaient avérés vains et, après un ultime rabrouement, incisif et sans appel, il avait renoncé. Ils ne s'adressaient plus la parole depuis trois jours.

– Je ne comprends toujours pas ce qui vous arrive, déclara Philla alors qu'elle se dirigeait avec Nawel vers les loges qui leur avaient été réservées pour qu'elles revêtent leur tenue de cérémonie.

– Rien qui mérite que nous l'évoquions maintenant, lui répondit Nawel.

– Pourquoi ? C'est un moment comme un autre finalement.

Nawel secoua la tête.

– Je n'évoquais pas la cérémonie des vœux mais le fait qu'il n'y a rien à dire sur Ergaïl et moi. Nous allons très bien.

– Je suis loin d'en être certaine. Ergaïl, malgré le soin qu'il prend à afficher sa bonne humeur, est meurtri. Je le connais trop pour ne pas m'en apercevoir. Quant à toi, ce n'est pas parce que tu as toujours rechigné à te livrer que je suis incapable de déceler tes fêlures. Que se passe-t-il ?

Nawel posa une main ferme sur le bras de son amie.

– Philla, s'il te plaît, changeons de conversation. Je n'ai aucune envie de parler d'Ergaïl ou de moi, d'accord ? Agissons plutôt comme elles.

Elle désigna du menton un groupe d'Aspirantes qui se hâtaient dans le couloir, jacassant à grand renfort de gesticulations et de petits cris excités.

Philla ne put retenir un rire.

– Tu veux que nous calquions notre attitude sur celle de ces filles ? Toi ? Pince-moi, je dois rêver. Je te rappelle que tu les détestes et que tu les trouves si stupides que tu les as toujours traitées de gouses !

– Alors mettons qu'aujourd'hui j'aie envie de me comporter comme une gouse, rétorqua Nawel en joignant un rire discret à celui, plus sonore, de son amie.

Elles riaient encore en pénétrant dans la loge des Aspirantes, ce qui leur valut une série de regards noirs et une remarque acide d'Alkania, une fille que Nawel avait toujours considérée comme un parangon de bêtise et de suffisance :

– Nous ne sommes apparemment pas toutes prêtes à annoncer nos vœux avec intelligence et respect !

Connaissant le caractère emporté de son amie, Philla lui saisit la main et la pressa pour la convaincre de ne pas répliquer mais Nawel, à la surprise générale, se contenta de sourire.

Tandis que Philla, rassurée, lui lâchait la main, elle promena ses yeux sur la vingtaine d'Aspirantes qui l'entouraient, comme si elle les découvrait pour la première fois.

« Nous avons passé cinq années ensemble, réalisa-t-elle, nous ne nous connaissons pas vraiment et tout à l'heure, quels que soient les vœux que nous annoncerons, nos routes se sépareront. Une page de ma vie se tourne et je ne suis pas certaine d'avoir lu avec attention le chapitre qui s'achève… »

Elle observa une dernière fois Alkania qui la dédaignait ostensiblement, secoua la tête et rejoignit Philla qui, à l'instar des autres Aspirantes, avait entrepris de revêtir sa tenue officielle.

Elle ouvrit l'armoire qui lui était réservée pour saisir la longue tunique bleue qui y était pendue. Tous les Aspirants portaient la même le jour de la cérémonie. Façon rituelle de marquer leur égalité face aux Robes qui allaient ou non agréer leurs vœux.

L'égalité !

Quelle hypocrisie.

Alors qu'elle passait sa tunique et nouait autour de sa taille la ceinture de lin mauve indiquant son statut, Nawel s'imagina révélant la supercherie.

Les autres Aspirants la croiraient-ils ou préféreraient-ils se recroqueviller dans leur ignorance ?

Les dés étaient-ils pipés pour chacun d'entre eux ou seulement pour une minorité d'élus ?

Certains étaient-ils déjà au courant ?

Non. Il valait mieux se taire pour se concentrer sur l'essentiel : sa vie et ce qu'elle voulait en faire.

Une Cendre les avertit que l'heure était venue de gagner la salle Majeure et les Aspirantes quittèrent la loge. Elles n'échangeaient plus que des murmures et l'appréhension rendait les visages blêmes.

Nawel passa les doigts dans ses cheveux. Il lui avait fallu batailler un long moment avant de les dompter mais le résultat était à la hauteur des efforts que cela lui avait demandé. Une cascade dorée aussi soyeuse qu'un rêve.

– Comment te débrouilles-tu pour rester imperturbable ? souffla Philla en la voyant sourire.

Nawel haussa les épaules.

– Peut-être qu'une moitié de moi n'accorde aucune importance à ce qui va se dérouler et calme l'autre moitié encline à s'inquiéter.

– Une moitié de toi ne redoute pas que la robe que tu désires te soit refusée ?

– Au moins une moitié, oui. Sans doute davantage.

Philla émit un sifflement stupéfait et Nawel réalisa soudain qu'elle n'avait aucune idée du vœu que s'apprêtait à proposer son amie. Mage ? Gouvernante ? Historienne peut-être ? Pas Prêtresse en tout cas. Ni Géographe. Encore que… Philla pouvait très bien vouloir devenir Géographe.

Une vague de honte déferla sur elle. Comment s'estimer l'amie de quelqu'un et ignorer ce qu'il ou elle comptait faire de son existence ? Elle ne savait rien des désirs de Philla, non parce que la règle interdisait à un Aspirant de dévoiler son vœu avant la cérémonie, mais parce qu'elle ne s'y était jamais intéressée, n'avait jamais prêté attention aux indices qui auraient dû la mettre sur la voie, jamais tenté d'imaginer Philla autrement que sous les traits d'une amie gentille, fidèle et un peu transparente.

Elle tressaillit.

Était-elle réellement ce monstre d'égoïsme que les récents événements dessinaient avec une douloureuse netteté dans son miroir et dans le regard de ses proches ?

Elle sentit ses joues s'empourprer tandis que la voix de sa mère résonnait dans son esprit :

« Qui veux-tu être, Nawel ? »

30

La salle Majeure ne le cédait en taille et en majesté qu'à la salle du Trône et à la salle des Hypothèses situées dans le palais royal, et il aurait été vain de chercher ailleurs à AnkNor ou dans une des onze autres cités pareille merveille architecturale.

Composé d'une seule et unique coupole ciselée et dorée à l'or fin, son plafond culminait à plus de vingt mètres du sol. Il était percé d'ouvertures en forme d'étoiles disposées de façon à ce que les rais de lumière les traversant s'entrecroisent au-dessus des têtes en dessinant un complexe écheveau géométrique.

Les murs, incrustés de gemmes, étaient taillés dans une pierre lisse aux reflets verts qui diffractait la lueur des globes luminescents flottant à mi-hauteur de la salle sans aucun soutien apparent. Des tableaux gigantesques étaient accrochés à des cimaises sculptées en forme de lianes ondulantes, tandis que des statues colossales représentant d'illustres Robes de l'histoire jurilane constituaient une intimidante haie d'honneur jusqu'au centre de la salle.

Le sol, une unique dalle de métal poli, possédait la brillance d'un miroir et les dix estrades dressées à l'extrémité des lieux y reflétaient leur imposante majesté. Sur neuf de ces estrades, chef-d'œuvre de marqueterie mariant à la perfection le satin du palissandre à l'éclat de la nacre, se tenaient cinq Robes en tenue d'apparat, tandis que cinq Armures avaient pris place sur la dixième.

Les dix castes, fondations et piliers du royaume.

Tout ce qu'AnkNor comptait de Robes influentes, de familles concernées par l'avenir de leurs enfants, ou simplement de curieux pour autant qu'ils ne soient pas Cendres, était réuni dans la salle Majeure.

Les Aspirantes traversèrent la salle sous le regard écrasant de la foule et se rangèrent aux côtés des Aspirants déjà présents. Un large espace les séparait des estrades et offrait à la vue la magnificence d'une rosace de diamants.

Don Granitis, le directeur de l'école, apparut et, de son pas décidé, se dirigea vers le centre de la rosace. Il observa les élèves qui lui faisaient face, sans laisser la moindre émotion se dessiner sur son visage, puis ses yeux se portèrent sur la foule amassée derrière les Aspirants.

Sa voix se déploya dans la salle Majeure, grave et vibrante.

– Chers amis, aujourd'hui cent cinquante des meilleurs jeunes gens d'AnkNor, cent cinquante jeunes gens formant la fine fleur du royaume, cent cinquante de vos enfants, vont annoncer leur vœu.

Il se tourna vers les dix estrades dressées derrière lui.

– Pour entendre leur vœu, cinq des membres les plus éminents des dix castes qui sont l'âme et le sang du royaume. Les Gouvernants, les Mages, les Prêtres, les Guérisseurs, les Magistrats, les Ingénieurs, les Historiens, les Géographes, les Scribes et les Armures.

À chaque caste nommée, don Granitis s'inclinait avec respect devant ses représentants qui lui rendaient son salut avec le même respect solennel.

Lorsqu'il eut fini, il se tourna à nouveau vers la foule.

– Les cinq maîtres qui entendront les vœux forment un jury souverain. Leur choix est immédiat et sans appel. L'ordre de passage des Aspirants est laissé à la volonté du hasard.

Comme si cette phrase avait été un signal, et elle l'était certainement, deux Robes Scribes apparurent, portant une urne dorée sur un guéridon. Ils déposèrent l'ensemble près du premier rang des Aspirants et se retirèrent.

Don Granitis s'approcha de l'urne et y plongea la main. Il en ressortit une plaquette de métal sur laquelle était gravé un nom.

Le silence, dans la salle Majeure, était total.

Si total que les cœurs des spectateurs, s'ils avaient battu à l'unisson, auraient formé un retentissant roulement de tambour.

Nawel ferma les yeux.

La cérémonie était truquée. Chaque Aspirant, qu'il le sache ou non, s'apprêtait à annoncer le vœu qu'on attendait de lui et chaque jury ferait semblant de réfléchir avant de proclamer une décision prise depuis longtemps.

La veille, Nawel avait consulté les archives. Éloquentes, elles ne laissaient planer aucun doute sur ce qui allait se passer. Une majorité écrasante d'Aspirants se verraient accorder la robe de leur choix.

Les rares à échouer, tous des enfants de maisons dépourvues d'influence, seraient contraints de négocier, en secret, hors des murs de la salle Majeure, un accord dégradant avec une caste qui ne les considérerait jamais vraiment comme faisant partie des siens, ou de renoncer à porter une robe pour n'être que des Perles sans pouvoir.

La cérémonie était truquée.

Pourquoi alors cette émotion qui lui tordait le ventre et lui nouait la gorge ?

– Alkania Bonhirlis.

La voix de don Granitis avait résonné avec la force d'un coup de tonnerre.

Les rangs des Aspirantes frémirent tandis qu'Alkania avançait jusqu'au centre de la rosace.

Elle s'inclina devant chaque estrade puis se redressa. Malgré ses efforts pour se tenir droite et fière, elle tremblait et Nawel, soudain, fut prise d'un élan de sollicitude pour elle. Alkania n'était plus la détestable prétentieuse que Nawel abhorrait mais une jeune fille désarmée, confrontée à la puissance de l'élite jurilane.

Désarmée.

Impressionnée.

Et sans doute effrayée.

Rien d'étonnant à ce qu'elle tremble, surtout en étant la première à annoncer son vœu.

Nawel connaissait la plupart des membres des différents jurys. Nombre d'entre eux étaient chargés de cours auprès des Aspirants, elle avait eu l'occasion de croiser les autres lors de réceptions organisées au palais ou chez elle. Seuls les visages de trois Scribes, de deux Ingénieurs et d'un Géographe lui étaient inconnus.

Ainsi que ceux des cinq Armures.

– Je me nomme Alkania Bonhirlis...

La jeune Aspirante prit une inspiration hachée.

– Je sollicite le droit et l'honneur de revêtir la robe des Prêtres.

Un murmure courut parmi les spectateurs. La caste des Prêtres, si elle n'était pas la plus puissante, constituait, avec celle des Gouvernants et celle des Armures, la plus difficile à intégrer.

Sur l'estrade qui leur était réservée, une Robe Prêtre se leva.

C'était un homme âgé d'une soixantaine d'années, drapé dans son importance, son étole blanche et son embonpoint.

– Pourquoi ce vœu ?

La question était rituelle et Alkania avait préparé sa réponse. Elle la récita d'une traite. Sans respirer.

– Parce que je souhaite me consacrer à Kaïa, la déesse-mère, œuvrer à l'expansion de son culte et à la diffusion des valeurs qui lui sont attachées. Parce que l'unité et la puissance des douze cités reposent sur Kaïa et donc sur les Robes Prêtres, incarnation terrestre de la déesse-mère.

Alkania se tut.

Les cinq Robes Prêtres se concertèrent du regard, échangèrent quelques mots inaudibles puis celui qui avait questionné Alkania se redressa.

Il attendit que les rares murmures dans la salle se soient éteints avant de prendre la parole :

– Nous t'accueillons, Alkania Bonhirlis. Ta robe te sera remise ce soir.

Un concert d'applaudissements et de vivats s'éleva parmi les spectateurs tandis qu'Alkania, rayonnante et écarlate, rejoignait les rangs des Aspirantes.

Nawel étouffa un grognement.

La délibération du jury avait duré moins d'une minute. Qui pouvait être dupe de leur prétendue impartialité ? Puis elle nota les regards brillants de ses voisines, la rougeur des joues de Philla près d'elle, et elle dut se rendre à l'évidence : toutes étaient dupes ! Elle-même l'aurait sans doute été si la vérité ne lui avait été révélée par accident.

La cérémonie se poursuivit un long moment avant qu'un premier Aspirant, Algaric Olprac, se voie refuser la robe d'Historien qu'il sollicitait.

Nawel le connaissait peu et n'avait jamais éprouvé que de l'indifférence à son égard mais lorsqu'elle le vit, livide et chancelant, quitter la salle Majeure dans un silence de mort, elle serra les poings à s'en faire blanchir les phalanges.

Les Olprac étaient une modeste maison de Scribes, l'échec de leur fils et la honte qui les éclaboussait ne gênaient personne.

Cet échec soulignait en revanche le caractère impitoyable de la sélection et mettait en valeur les qualités de ceux et celles qui étaient acceptés. Algaric avait-il été sacrifié dans cet unique but ?

Si c'était le cas, le prochain Aspirant à être appelé serait...

– Ergaïl Onchêne, annonça don Granitis de sa voix de stentor.

31

Ergaïl s'avança d'une démarche à la nonchalance étudiée, salua chaque jury avec une déférence teintée d'une pointe d'impertinence et se redressa. Au contraire de ceux qui l'avaient précédé, il ne tremblait pas et, lorsqu'il prit la parole, ce fut d'une voix claire et vibrante.

– Je me nomme Ergaïl Onchêne. Je sollicite le droit et l'honneur de porter la robe des Gouvernants.

La femme mince aux cheveux gris qui se leva était Miranda Qarnon. Ministre privée du roi, chargée de sa politique intérieure, elle siégeait à sa droite et possédait un pouvoir presque égal au sien.

Elle toisa un instant Ergaïl, un discret sourire étirant ses lèvres fines, avant de lui poser la question rituelle :

– Pourquoi ce vœu ?

Ergaïl offrait son dos à l'assemblée, pourtant, lorsqu'il répondit, Nawel sut que lui aussi souriait.

– Parce que la puissance des douze cités repose sur les épaules de ceux qui les gouvernent. Parce que j'aime chacune de ces douze cités et que c'est en les gouvernant que je les servirai au mieux !

Le sourire de donna Qarnon s'élargit.

– Nous t'accueillons, Ergaïl Onchêne. Ta robe te sera remise ce soir.

Elle n'avait pas fait mine de s'entretenir avec ses pairs qui ne parurent pas s'en offusquer. La salle, elle, éclata en applaudissements.

« Trop forts, trop longs, trop rythmés pour être naturels ou sincères », songea Nawel.

Puis ses yeux tombèrent sur le visage extatique de Philla et son cœur se serra.

Son amie dévorait Ergaïl du regard, si totalement amoureuse que sa beauté s'en trouvait transcendée.

« Demande la robe de Mage ! pensa Nawel de toutes ses forces. Demande-la ! Quoi qu'il éprouve pour toi, il n'épousera qu'une Mage ou une Gouvernante ! »

Insensible au message silencieux, Philla se tordit le cou pour observer Ergaïl alors qu'il rejoignait les rangs des Aspirants puis elle poussa un long soupir.

– Demande la robe de Mage, lui souffla Nawel à l'oreille.

Philla lui renvoya un regard ébahi, ouvrit la bouche pour une interrogation, déjà don Granitis appelait un nouvel Aspirant.

– Qu'est-ce que tu as dit ? chuchota Philla lorsque ce dernier eut obtenu la robe de Scribe qu'il sollicitait.

Nawel se mordit les lèvres.

La cérémonie était truquée. Pousser Philla à demander une robe qu'on ne lui accorderait pas était la pire des choses. Elle ne pouvait qu'espérer que son vœu soit le bon et lui ouvre l'avenir qu'elle désirait et le cœur d'Ergaïl.

Espérer.

Malgré son envie de hurler, elle demeura silencieuse.

– Philla Caritian.

Philla sursauta, pâlit, se ressaisit, pressa brièvement la main de Nawel et s'avança.

Nawel, mâchoires serrées à s'en faire mal, la vit se camper, fragile et menue devant les dix estrades.

– Je me nomme Philla Caritian. Je sollicite le droit et l'honneur de porter la robe…

« De Mage, la supplia Nawel en esprit. La robe de Mage ! »

– … des Historiens, acheva Philla.

Nawel poussa un gémissement qui fit se retourner ses voisines. Sur l'estrade des Robes Historiennes, don Thufil se leva.

– Pourquoi ce vœu ? s'enquit-il.

– Parce que les douze cités s'inscrivent dans une histoire dont ils tirent leurs fondements et leur vision de l'avenir. Parce que c'est en étudiant cette histoire, en la comprenant et en la transmettant que je servirai au mieux mon royaume.

Philla s'était exprimée de la voix posée, dénuée de toute timidité, qu'elle employait en cours lorsqu'un sujet la passionnait.

« Elle a réellement envie de devenir Historienne, réalisa Nawel. Elle en a toujours eu envie. »

Don Thufil hocha la tête avant de se pencher vers ses pairs. Ils palabrèrent un instant puis don Thufil reporta son attention sur Philla.

– Nous t'accueillons, Philla Caritian. Ta robe te sera remise ce soir.

Tandis que les applaudissements éclataient dans la salle, Nawel se décala pour observer Ergaïl. Au même instant, il tourna la tête dans sa direction et leurs regards se croisèrent.

Nawel tressaillit.

Là où elle s'attendait à lire tristesse, remords ou colère, elle ne découvrait que tranquille résignation. Elle serra les poings tandis qu'à son tour Ergaïl tressaillait. Neveu du roi, héritier du trône, il n'avait pas l'habitude du mépris.

Les applaudissements s'éteignirent. Philla se glissa à sa place près de Nawel.

Radieuse.

– Je suis heureuse, lui souffla-t-elle. Je suis si heureuse.

« Et pourtant tu viens de perdre le garçon que tu aimes, songea Nawel en se forçant à sourire. Seras-tu toujours heureuse lorsque tu le comprendras ? »

– Félicitations, lui murmura-t-elle en retour. Je suis sûre que...

– Nawel Hélianthas !

Don Granitis tenait une nouvelle plaquette de métal à la main.

Alors que les Aspirantes s'écartaient pour lui laisser le passage, Nawel sentit une paix formidable descendre sur elle.

Elle oublia Philla.

Elle oublia Ergaïl.

Elle oublia collusions et tricheries.

Rancunes et déceptions.

« Qui veux-tu être, Nawel ? »

32

De sa place de spectatrice, Nawel n'avait pas remarqué à quel point les estrades écrasaient de leur masse et de leur hauteur l'Aspirant annonçant son vœu.

Encore une façon de rappeler qui dirigeait ? De signifier aux nouvelles Robes qu'elles entraient dans un jeu qui les dépassait et que le seul moyen d'avancer passait par la soumission ?

Bien que cela l'obligeât à lever douloureusement la tête, Nawel prit le temps de détailler chaque jury avant de saluer.

Les Robes Gouvernantes n'avaient admis que cinq Aspirants dans leurs rangs depuis le début de la cérémonie et donna Qarnon lui renvoya un regard chargé de défi.

« Essaie, y lut la jeune fille. Essaie et découvre que tu n'es rien ! »

Sur l'estrade des Robes Mages, donna Courlis demeura impénétrable, tandis que don Thufil, chez les Historiens, parut surpris d'être ainsi dévisagé.

La caste des Scribes et celle des Ingénieurs avaient été les plus sollicitées et leurs membres ne lui accordèrent qu'une attention de surface. Nawel crut en revanche déceler un intérêt marqué chez les Robes Géographes et les Robes Prêtres, intérêt qui n'éveilla aucun écho en elle. Elle passa rapidement sur l'estrade des Guérisseurs et celle des Magistrats pour s'arrêter sur les cinq Armures, trois hommes et deux femmes, installés sur l'estrade la plus à gauche.

Aucun Aspirant n'avait demandé son admission dans leur caste mais, pas plus que les spectateurs, les cinq Armures ne semblaient en concevoir de l'étonnement ou de l'inquiétude. Il était en effet courant qu'une cérémonie des vœux se déroule sans nomination chez les Armures, que ce soit par manque de candidat ou à cause de l'extrême sévérité du jury.

Une des conséquences de cette situation était le doute planant sur le nombre réel d'Armures au sein du royaume. Doute qui entretenait la légende et faisait de la dixième caste une caste à part, crainte autant que respectée.

Les Armures avaient revêtu leur peau de métal mais n'étaient pas armés et ne portaient pas leurs casques. Ignorant les femmes, Nawel observa les hommes avec attention. L'un des trois était-il celui qui les avait sauvés des pillards qaalins ? Elle n'avait aucun moyen de s'en assurer et leurs visages impassibles ne lui apportaient aucun indice.

Elle salua, se redressa, puis pivota vers l'estrade des Mages et vrilla ses yeux bleu pâle dans ceux de donna Courlis puisqu'elle ne pouvait se retourner pour affronter le regard de sa mère debout au premier rang des spectateurs.

La paix qui était descendue sur elle lorsque son nom avait été appelé ne l'avait pas quittée.

« Qui veux-tu être, Nawel ? Qui veux-tu vraiment être ? » Elle le savait désormais.

– Je me nomme Nawel Hélianthas...

Un vœu, un simple choix, possédait-il le pouvoir d'orienter une existence entière ?

– Je sollicite le droit et l'honneur de revêtir...

Un mot, un unique mot, pouvait-il devenir une clef ?

– ... l'armure.

Silence.

Le silence est parfois davantage qu'une absence de bruit. Bien davantage.

Surtout lorsqu'il prend vie.

Nawel perçut celui qui se déploya dans son dos comme une force terrible qui s'enroula autour d'elle, étreignit son ventre, tendit ses filaments vers son âme.

Vers son choix.

Vers sa résolution.

Ses muscles se figèrent, elle cessa de respirer.

– Pourquoi ce choix ?

Le silence, aussi intense soit-il, est plus fragile qu'un rêve matinal.

Les mots de l'Armure qui s'était levé le firent voler en éclats. Nawel se remit à respirer. Elle se tourna face à l'homme qui l'avait interrogée.

Si la question était rituelle, Nawel n'avait aucune réponse à offrir.

Sauf qu'aucune réponse était déjà une réponse.

– Je l'ignore, déclara-t-elle d'une voix claire.

Elle faillit ajouter que ce choix s'était imposé à elle, qu'elle n'avait pris conscience de ce qu'elle s'apprêtait à dire qu'à l'instant où elle le disait, qu'elle avait envie d'être elle, uniquement elle, et qu'enfiler une robe la figerait à jamais dans un rôle qu'elle refusait...

Elle demeura silencieuse.

L'Armure la regarda un long moment. Écho de ce qu'elle avait ressenti à Oncha, Nawel eut l'impression que ce regard lisait son âme comme elle-même lisait une partition de cristal à eau.

Sensation intense.

Vitale.

Puis le temps se tordit, l'avenir se gauchit, se déchira, se désagrégea, avant de renaître. Différent.

Autour d'une phrase.

– Nous t'accueillons, Nawel Hélianthas. Sois la bienvenue parmi nous.

HAUTES PLAINES

1

Nawel talonna son cheval.

L'animal, un petit alezan aux attaches fines, prit le galop, et la longue chevelure de Nawel devint une flamme d'or échevelée dansant dans son sillage.

La lune chaude avait basculé trois jours plus tôt. L'air, libéré du souffle du désert, avait retrouvé sa douceur printanière. Il avait plu la veille, le sol était encore gorgé d'eau et, en une nuit, la prairie s'était constellée de fleurs, myriade de points multicolores sur camaïeu de verts tendres.

La piste filait le long d'éminences herbeuses aux sommets érodés par le vent, s'enfonçait dans de profondes combes aux courbes douces, en ressortait pour sinuer autour de bosquets qui compensaient par leur épaisseur leur maigre étendue, jouait avec les cours d'eau, montait, descendait...

Qui avait affirmé que la prairie était plate et monotone ?

De temps à autre, un village se dessinait, blotti au creux d'un vallon ou fièrement dressé sur une butte, entouré de champs que le changement de saison teintait des couleurs du renouveau. Puis la fragile empreinte des hommes se délitait, disparaissait. Ne restait que l'infinie diversité d'une nature qui s'éveillait après des mois de sommeil et chantait sa liberté reconquise.

Nawel était déchirée.

Une part d'elle-même exultait. Jamais elle ne s'était aventurée aussi loin d'AnkNor. Jamais elle n'avait chevauché ainsi. Seule. Seule responsable de ses actes, de ses choix et de sa destination. Bonheur.

Une autre part de son être, un noyau sombre et douloureux, se repaissait de cette joie pour tendre des filaments de doute et de culpabilité à la conquête de son esprit. Angoisse.

« Je pourrais mourir ici et maintenant, réalisa-t-elle. Mourir, savoir que je meurs et néanmoins être heureuse. Parce que le monde est beau et parce que je n'aurai plus à effectuer cet insoutenable grand écart entre ce que je vis et ce que je ressens. »

Roméo, le petit alezan, donnait des signes d'essoufflement. Elle se redressa sur sa selle pour lui signifier de ralentir. Lorsqu'il prit le pas, elle en profita pour lâcher les rênes et ouvrir les bras en grand, emplissant ses poumons d'un air qui jamais ne lui avait paru aussi pur.

Elle était partie au matin naissant, droit vers l'est, et ne s'était accordé qu'une brève pause pour se restaurer à la mi-journée dans un village d'éleveurs. Auberge paisible, visages avenants et impression que rien ne pouvait lui arriver.

Impression fallacieuse.

Anthor l'avait avertie lorsqu'elle lui avait annoncé où elle se rendait :

– La cité des Anciens est à trois journées de cheval d'AnkNor. Si la première de ces trois journées te semblera une promenade bucolique, les deux suivantes mettront ta résistance à rude épreuve et, sans doute, ta vie en péril.

– Tu m'as pourtant expliqué que les Armures avaient débarrassé la cité des Anciens des créatures qui y rôdaient.

Anthor avait secoué la tête.

– Si seulement il suffisait d'une bonne épée et d'un peu de courage pour rendre un royaume sûr et agréable à vivre…

Penser à Anthor propulsa Nawel dans le passé.

Un passé récent puisque datant de l'avant-veille et pourtant passé absolu tant il avait pris rang de charnière dans son existence.

Laissant Roméo avancer à son rythme sur la piste, elle s'immergea dans ses souvenirs…

– Nous t'accueillons, Nawel Hélianthas. Sois la bienvenue parmi nous.

C'est lorsqu'elle avait regagné sa place parmi les Aspirantes que Nawel avait réalisé la portée de ce qui venait de se passer. Aucun applaudissement n'avait suivi la déclaration de l'Armure, tandis que les regards qui s'étaient posés sur elle possédaient le poids de la fonte et le tranchant du verre.

Décontenancée, elle avait cherché équilibre et réconfort dans les yeux de Philla…

Impact !

Dans les yeux de Philla, elle n'avait trouvé que surprise et incompréhension.

Devenue tortue, elle s'était réfugiée dans sa carapace pour attendre la fin de la cérémonie.

Après le discours de clôture de don Granitis, ses parents s'étaient précipités sur elle. Son père avait commencé à se répandre en reproches, sa mère lui avait coupé la parole pour, à son habitude, aller à l'essentiel :

– Tu as commis une monumentale bêtise, ma fille, mais il n'est pas trop tard pour la corriger. Suis-moi, nous allons arranger les choses avec Iathana et Forlan.

Iathana Courlis et Forlan Granitis.

La règle qui voulait que la décision du jury soit sans appel ne concernait pas Nawel Hélianthas. Quelques mots adressés aux bonnes personnes, le levier d'une vieille amitié, sans doute l'assurance d'une gratitude durable et les murs qui auraient barré l'avenir d'une autre Aspirante s'effaceraient.

Nawel avait tourné la tête.

À l'autre bout de la salle Majeure, l'Armure qui avait avalisé son vœu l'observait, bras croisés et visage impénétrable.

Après la cérémonie, chaque Aspirant adressait ses adieux à sa famille et suivait son maître de caste pour une période d'initiation durant laquelle, dépourvu de son ancien statut, il n'était pas encore membre à part entière de la caste qu'il avait choisie. Cette période durait d'un à six mois, parfois davantage, et avait pour objectif d'achever la formation entamée à l'école. Si, traditionnellement, les robes étaient remises le jour de la cérémonie, les jeunes Jurilans ne pouvaient prétendre à leur titre qu'après l'initiation.

– Nawel !

L'attention de Nawel était revenue se porter sur sa mère.

Une mère qui avait toutes les peines du monde à contenir la colère qui flamboyait dans son regard.

– Nawel ! répéta-t-elle. Cesse de tergiverser. Tu as accumulé suffisamment de bêtises pour aujourd'hui et, sans doute, pour le reste de ta vie ! Suis-moi !

Elle avait saisi le bras de sa fille pour l'entraîner et le temps s'était arrêté.

Imperceptiblement.

Le temps d'un choix.

« Qui veux-tu être, Nawel ? »

Ces choix infimes et essentiels qui jalonnent les vies et font que chacune est unique.

Nawel s'était dégagée. Fermement.

Elle avait regardé ses parents.

Presque avec affection.

Presque.

– Adieu.

Elle avait tourné les talons et, sans marquer la moindre hésitation, avait traversé la salle Majeure pour rejoindre l'Armure qui l'attendait.

2

L'Armure qui avait avalisé le choix de Nawel se nommait Anthor Pher et avait rang de maître d'armes parmi les siens.

Habituée aux titres ronflants dont s'affublaient les Robes fréquentées par ses parents, Nawel n'avait pas saisi tout de suite l'honneur attaché à cette fonction. D'autant qu'Anthor était un petit homme sec et musclé, le cheveu ras, les traits burinés par le soleil et les intempéries, qui passait facilement inaperçu.

Du moins tant qu'on ne l'avait pas vu bouger.

Dès qu'il se mettait en mouvement, il dégageait en effet une stupéfiante impression d'énergie contrôlée, de calme efficacité et de dangereux sang-froid qui inspirait le respect et incitait à la prudence.

Il ne faisait pas bon provoquer cet homme-là.

Le plus obtus des bagarreurs de la ville Cendre en aurait convenu sans hésiter.

Anthor avait conduit Nawel jusqu'au Donjo, le quartier des Armures, situé à l'extrémité nord de la ville Perle.

Bâti au sommet de la falaise surplombant la ville Cendre, un de ses côtés s'ouvrant sur le vide, les trois autres protégés par une haute muraille de pierre grise, le Donjo n'était pas un lieu qui se visitait et rares étaient les Perles, même illustres, à y avoir pénétré.

Il s'organisait en baraquements sobres et préaux couverts disposés autour d'une vaste arène de sable ocre. De dimensions modestes, il donnait néanmoins une impression d'espace grâce à l'immensité du désert septentrional qui s'offrait au regard ainsi qu'au petit nombre d'hommes et de femmes qui y circulaient.

Anthor Pher s'était dirigé vers une construction basse ceinte d'une coursive, avait ouvert une porte avant de s'effacer devant Nawel.

– Tu habiteras ici quand tu seras à AnkNor. Installe-toi. Je raccompagne Nissa et je reviens pour te faire visiter les lieux.

Nawel avait tiqué.

– Nissa ?

Anthor Pher avait passé la main sur la peau de métal satiné qui couvrait son corps, puis il avait souri. Un sourire aussi rayonnant que bref.

– Nissa. Mon armure.

La chambre était petite, son ameublement spartiate entièrement tourné vers l'efficacité. Un lit bas et étroit, une table servant de bureau, une chaise et une grande armoire de bois sombre.

Les murs badigeonnés à la chaux étaient nus et Nawel ne distingua aucune de ces sphères de verre obéissant à la voix qui fournissaient la lumière dans les demeures de la ville Perle.

Elle eut soudain le sentiment d'avoir changé de monde.

Réfléchit une seconde.

Rectifia sa pensée.

Elle avait le sentiment de renaître au monde.

Et elle se sentit légère.

« Installe-toi », lui avait dit Anthor.

Elle ne possédait rien, n'avait rien emporté et n'avait pas l'intention d'aller chercher quoi que ce soit chez elle. Chez ses parents. Là où elle vivait avant.

L'installation promettait d'être rapide.

Elle ouvrit l'unique tiroir de la table. Un bloc de feuilles blanches et un crayon noir aussi acéré qu'une aiguille. Prêt à servir.

L'armoire était divisée en deux parties. La première comportait une série d'étagères et une penderie. Vides. La deuxième, plus petite, formait un cocon matelassé dans lequel Nawel aurait pu se glisser et s'installer confortablement.

– C'est là que tu rangeras ton armure.

La voix avait retenti dans son dos, toute proche. Nawel sursauta avant de se retourner d'un bond.

L'inconnu qui lui faisait face était à peine plus âgé qu'elle.

Vêtu d'une tunique jaune pâle et d'un ample pantalon de toile, il était pieds nus. De taille moyenne, bâti en finesse plus qu'en puissance, il avait les traits doux, de courtes boucles blondes et de grands yeux du même bleu profond que ceux de Philla.

– Je ne voulais pas t'effrayer, s'excusa-t-il. La porte était ouverte et j'ai joué au curieux. Je suis désolé si cela t'a contrariée.

Il s'inclina.

– Je m'appelle Lyiam.

Nawel lui rendit son salut.

– Et moi Nawel. Tu es un…

– Un Armure ? Oui, mais ce n'était pas difficile à deviner. Il n'y a que des Armures ici.

Nawel marqua un temps de surprise.

– Pas de Cendres ?

– Des Cendres ? Pour quoi faire ?

Elle hésita une seconde, se demandant s'il se moquait d'elle, puis haussa les épaules.

– Pour faire ce que font les Cendres. Nettoyer les chambres, préparer les repas, assurer la surveillance, entretenir les jardins…

Lyiam sourit.

– Nous nous occupons de tout cela nous-mêmes sans l'aide de quiconque.

– Des repas aussi ?

Elle n'avait pu retenir un cri étonné. Le sourire de Lyiam s'élargit.

– Des repas aussi. Il n'y a que pour la surveillance du Donjo que nous nous montrons indigents. Nous sommes obligés de nous en remettre à Kaïa afin de ne pas être attaqués par une bande de pillards qaalins.

Nawel tressaillit.

Lyiam était-il l'Armure qui les avait sauvés dans les ruines d'Oncha ?

Elle le dévisagea avec attention.

Non. La voix était différente, la corpulence, l'âge apparent…

– En effet, ce n'est pas moi.

Nawel tressaillit une nouvelle fois.

– Qu'est-ce que… comment sais-tu que…

Lyiam lui adressa un clin d'œil.

– Bienvenue chez les Armures, Nawel Hélianthas.

3

Malgré la nouveauté de sa situation et le trouble qui aurait dû en découler, Nawel dormit à poings fermés.

Le lit était ferme et rassurant, la chambre sentait la menthe poivrée et par la fenêtre dépourvue de rideaux ou de volets entrait la clarté diffuse de la lune.

Elle ne fit aucun rêve marquant et, lorsqu'elle s'éveilla, l'angoisse qui, la veille encore, contrôlait ses gestes, sa respiration et la moindre de ses pensées, avait reflué jusqu'à prendre la forme d'une boule au creux de son ventre. Sombre, douloureuse, menaçante, mais suffisamment circonscrite pour être maîtrisée.

Elle poussa un léger soupir, s'étira avant de constater que le soleil était déjà haut dans le ciel.

Anthor Pher lui avait procuré une tunique et un pantalon de toile semblables à ceux que portait Lyiam.

Avant de les enfiler, elle décida de passer par les salles d'eau, ces pièces taillées dans la roche du sous-sol que le maître d'armes lui avait fait visiter à son arrivée. Les Armures pouvaient s'y doucher, s'y baigner ou s'y délasser dans les vapeurs d'un hammam et elle rêvait d'un bain brûlant.

Elle changea d'avis lorsqu'elle se retrouva dehors.

Alors que, la veille, le Donjo paraissait désert, il fourmillait maintenant d'activité.

Une douzaine d'hommes et de femmes à cheval effectuaient un élégant ballet au centre de l'arène, au grand galop, couchés sur leur selle ou debout sur leurs étriers, échangeant une série de balles multicolores sans qu'aucune ne leur échappe jamais.

À sa droite, des Armures tiraient à l'arc et à l'arbalète sur des cibles dressées à plus de cent mètres.

Sous un préau, Anthor Pher, une longue épée à la main, décomposait à l'intention d'un groupe d'élèves attentifs une passe complexe qui aurait rendu don Zayo vert de jalousie, tandis que, sous un autre, des combattants aux yeux bandés s'affrontaient à mains nues sous le regard vigilant d'un vieux professeur.

Plus loin, des hommes et des femmes travaillaient leur musculature en soulevant des poids. Ils transpiraient à grosses gouttes, beaucoup grognaient sous l'effort, ce qui ne les empêchait pas d'échanger rires joyeux et quolibets.

Nawel se sentit soudain ridicule.

Depuis combien de temps étaient-ils levés ?

Depuis combien de temps s'entraînaient-ils ?

De toute évidence depuis longtemps. Sans doute depuis l'aube.

Et elle s'était autorisé une honteuse grasse matinée... Certes, personne ne lui avait fourni un quelconque emploi du temps ni fixé d'horaires mais elle n'avait rien demandé, s'attendant à...

À quoi s'attendait-elle au juste ? Elle ne savait même pas ce qu'elle fichait là.

Elle hésitait sur la conduite à tenir, poursuivre sa route vers les salles d'eau, rebrousser chemin et s'enfermer dans sa chambre, se joindre à un groupe... lorsque Anthor Pher s'approcha d'elle.

– Bien dormi ?

Il n'y avait aucune trace de moquerie ni de jugement dans sa voix et cela acheva de la déstabiliser. Elle se tendit.

« La meilleure défense reste l'attaque. »

– Pourquoi personne ne m'a-t-il dit à quelle heure je devais me lever ? lança-t-elle.

Anthor Pher secoua la tête.

– Mauvais début, déclara-t-il paisiblement. On recommence, veux-tu ? Bien dormi ?

Nawel se figea.

Encore un de ces choix.

En apparence anodins et pourtant susceptibles d'entraîner un virage déterminant dans son existence.

Un de ces choix qu'elle s'était juré de ne plus négliger.

Jamais.

Elle inspira profondément, s'obligea à relâcher ses épaules, expira…

– Oui, fit-elle. Bien dormi. Très bien dormi. Merci.

Anthor acquiesça d'un imperceptible mouvement du menton.

– Je te conseille d'aller te restaurer puis d'observer les différentes activités qui se déroulent au Donjo. Dans quelques jours, lorsque tu seras revenue de ton périple, ces activités deviendront ton quotidien pour six mois. Autant savoir à quoi t'attendre.

– Mon périple ?

– Oui, ton périple.

– Désolée, fit Nawel, je ne comprends pas.

Anthor Pher sourit. Un de ces sourires brefs et intenses qui n'appartenaient qu'à lui.

– Comme tous les chemins, celui qui te conduira vers ton armure est constitué de choix. Certains sont en apparence anodins, d'autres évidents, d'autres, enfin, déchirants…

Les paroles du maître d'armes formaient un écho si parfait à ses dernières pensées que Nawel se figea pour ne devenir qu'écoute.

– Croire qu'une existence n'est balisée que de choix serait toutefois une erreur. Le hasard y tient, lui aussi, une place essentielle. C'est cette place qu'il t'appartient de découvrir avant de débuter ton apprentissage.

– Trouver la place que tient le hasard dans ma vie ?

– Non, juste te forger un avis sur lui, de façon à ce que tes choix, tes choix véritables, s'en trouvent épurés.

Nawel écarta les bras pour marquer sa perplexité.

– Je t'entends mais je ne saisis pas où tu veux en venir. Que dois-je faire ?

– Partir.

– Partir ?

– Oui. Partir à l'aventure. T'exposer au hasard et le confronter à tes choix. Partir le temps qu'il faudra. Et revenir.

Nawel resta silencieuse un long moment tandis que la compréhension s'infiltrait en elle.

– D'accord, murmura-t-elle davantage pour elle-même que pour Anthor. Partir pour commencer à arpenter une route que l'armure, plus tard, m'aidera à poursuivre... Quand dois-je quitter le Donjo ?

– Demain matin. À l'aube.

4

Lorsque le soleil approcha l'horizon, Nawel résolut de s'arrêter au bord de la rivière qu'elle longeait depuis près d'une heure.

Les villages s'étaient raréfiés au fil de la journée et elle n'était pas certaine d'en atteindre un avant l'obscurité complète.

Ce n'était pas l'unique raison de son choix.

Elle avait envie de goûter à la solitude et l'herbe douce qui poussait au fond de cette combe valait le plus confortable des matelas.

– Est-ce que je ne m'expose pas davantage au hasard en dormant ici plutôt que dans une auberge ? demanda-t-elle à Roméo pendant qu'elle achevait de l'étriller.

Le petit alezan renâcla, ce qu'elle décida de prendre pour un acquiescement.

– Je suis d'accord avec toi, lui déclara-t-elle. Et puisque tu le sollicites poliment, tu peux commencer ton repas, je vais m'occuper du mien.

Tandis que Roméo se mettait à brouter, elle saisit le sac que lui avait donné Lyiam au moment de son départ. Elle en tira une miche de pain, de la viande séchée, un fromage rond à la croûte épaisse et une bourse contenant des feuilles orangées qu'elle ne reconnut qu'en les humant. L'eau lui monta aussitôt à la bouche.

– De la doussamère ! s'exclama-t-elle avant de réaliser que, si elle adorait l'infusion de doussamère, elle n'avait qu'une idée très vague de la façon de la préparer.

Et très vague était encore excessif.

Elle fouilla dans le sac, en sortit une casserole, une écuelle métallique, une écumoire, un briquet, autant d'ustensiles qu'elle avait rarement vus et jamais utilisés.

– Par Kaïa, jura-t-elle entre ses dents, l'aventure a bel et bien commencé.

Plus tard, alors que le feu qu'elle avait peiné à allumer crépitait joyeusement, elle se servit une deuxième tasse d'infusion.

En accomplissant les gestes simples qu'elle venait d'accomplir, caler la casserole sur une pierre brûlante, attendre que l'eau arrive à ébullition, y jeter trois feuilles de doussamère puis, après une brève réflexion, une quatrième, elle avait eu la sensation de renouer avec une réalité fondamentale.

« Je suis autonome, avait-elle réalisé. Et en devenant autonome, je deviens enfin moi. »

Elle leva les yeux vers les étoiles que la clarté du feu ne parvenait pas à estomper. Au-dessus d'elle, la lune n'était qu'un fragile croissant à peine plus épais qu'un fil de rêve et la myriade d'astres qui l'entouraient brillaient comme autant de bonheurs dans un ciel à la limpidité parfaite.

La nuit avait-elle déjà été aussi belle ?

Alors qu'clle s'cnroulait dans sa couverture, ses pensées s'envolèrent vers AnkNor. Elles esquivèrent en souplesse la demeure des Hélianthas pour filer jusqu'à Ergaïl et Philla.

Nawel doutait qu'Ergaïl ait débuté son apprentissage après la cérémonie des vœux comme le voulait la règle. Il devait participer à une fête grandiose organisée en son honneur au palais, certainement un banquet suivi d'un bal, peut-être d'un feu d'artifice, et ne commencerait que plus tard sa formation de Gouvernant. S'il la commençait un jour. Qui s'autoriserait à exiger quoi que ce soit du futur monarque des douze cités ?

Philla, elle, était sans doute plongée dans un grimoire ou dans l'étude d'un legs des Anciens. Nawel l'imaginait volontiers feuilletant un parchemin avec fébrilité, en quête d'un détail que d'aucuns auraient jugé dépourvu du moindre intérêt. Lorsqu'elle le trouverait, il lui tirerait un sourire ravi, peut-être un cri de joie, et elle éprouverait cet étourdissant sentiment d'éclosion qu'elle, Nawel, ressentait, couchée dans l'herbe, les yeux vrillés aux étoiles.

Ses amis lui manquaient.

Elle regrettait de ne pas avoir renoué avec Ergaïl après cette stupide histoire de mariage arrangé, de ne pas en avoir ri avec lui, d'avoir laissé l'incident être plus fort que leur relation.

Elle regrettait de ne pas avoir félicité Philla d'avoir obtenu la robe dont elle rêvait, de ne pas s'être intéressée à ses goûts, ses envies, de ne pas l'avoir aidée à conquérir Ergaïl, même si ses compétences en la matière étaient nulles.

Ses amis lui manquaient mais leur manquait-elle ?

Elle regretta cette question à l'instant où elle lui traversait l'esprit. Elle avait tiré un trait sur son passé. Pourquoi imaginer que ses anciens amis n'en avaient pas fait autant ?

Elle rassembla ses pensées et leur enjoignit de gagner le Donjo.

Elle y avait passé peu de temps mais le mélange de paisible sobriété et de bruyante camaraderie qui s'en dégageait lui avait immédiatement plu. Comme lui avait plu la personnalité des Armures qu'elle avait eu l'occasion de rencontrer. Anthor et son sourire filant, Lyiam et son étonnante gentillesse, Louha, une vieille guerrière au visage sillonné de rides et pourtant aussi belle qu'une jeune fille avec ses lèvres fines et son regard brûlant, Jehan, colosse avenant dont elle n'avait pas réussi à savoir s'il s'agissait d'un homme ou d'une femme, Ruhil le taiseux…

Elle s'endormit en songeant à Ergaïl et Philla.

Elle fut réveillée par un glapissement rauque. Elle ouvrit les yeux, s'assit brusquement.

Le feu éteint, l'obscurité était complète.

À quelques mètres d'elle, à peine discernable dans le noir, Roméo s'ébroua.

Inquiet.

Nawel referma sa main sur la poignée de l'épée posée près d'elle. C'était une arme de bonne facture, assez légère, au tranchant affûté qu'Anthor en personne lui avait remise la veille.

– Une lame efficace et sans prétention, avait-il déclaré. Prends soin d'elle et elle saura te rendre la pareille.

Le glapissement retentit à nouveau. Plus proche.

Nawel n'avait qu'une vague connaissance des animaux qui peuplaient les plaines. Les gouses lui étaient familières ainsi que les daims et les cabales. Elle était également capable de nommer quelques-uns des rapaces qui se partageaient le ciel et de différencier un loup d'un chacal. Sans oublier que, comme tout Jurilan, elle savait ce qu'était un fang et le danger que représentait ce redoutable prédateur pour les voyageurs solitaires.

C'était à peu près tout. Et elle avait beau sonder son maigre bagage zoologique, elle ne devinait pas quel animal glapissait ainsi.

Elle se leva sans bruit et pointa sa lame en direction de la nuit. Elle envisagea une seconde de troquer son épée contre l'arc qu'elle maniait bien mieux puis renonça. Trop sombre pour que ce soit une idée judicieuse.

Elle demeura en garde un long moment, immobile, avant de se rendre à l'évidence : la créature qui l'avait éveillée n'envisageait pas la confrontation. Demeurant néanmoins sur le qui-vive, elle descendit jusqu'à la rivière proche et en rapporta une brassée de bois flotté qu'elle jeta sur les braises.

Après une brève hésitation, le feu reprit, l'obscurité reflua et Nawel se rasséréna. Roméo ne donnait plus signe d'inquiétude aussi se recoucha-t-elle.

Sans lâcher son épée.

Elle repartit à l'aube en ayant l'impression de n'avoir dormi qu'une moitié de nuit, ce qui était sans doute la réalité.

Au cours de la journée, la plaine se creusa de vallons plus profonds, les bois s'épaissirent et gagnèrent en étendue, tandis que les premiers affleurements rocheux apparaissaient, annonciateurs de changements géologiques importants.

Nawel n'avait plus aperçu de village depuis les premières heures du matin et le dernier qu'elle avait traversé lui avait davantage évoqué un camp de pionniers. Habitations basses de rondins mal ajustés, toits de bardeaux, plus rarement de lauzes, fenêtres étroites, une rue unique et boueuse défoncée par les roues des charrettes et les sabots des chevaux, une odeur épaisse de feu de bois... Une dizaine d'enfants l'avaient escortée en riant tandis que les adultes tournaient la tête sur son passage, la dévisageant en silence, comme si elle avait été originaire d'un autre monde.

Le souvenir de la débauche architecturale d'AnkNor explosa dans son esprit. Les tours orgueilleuses, les murs de jade et d'argent, les fontaines de glace, les statues géantes, les coupoles démesurées, les jardins suspendus...

Peut-être plusieurs univers coexistaient-ils vraiment sans que ceux qui les peuplaient en aient conscience.

Les dalles de pierres plates qui, au début de son périple, pavaient la route de l'est large et bien tracée avaient cédé place à la terre battue puis, en milieu de journée, ce qui n'était plus qu'une piste avait été avalé par la végétation.

Seuls des cairns dressés de loin en loin indiquaient encore à Nawel la direction à suivre. Elle n'était toutefois pas inquiète. La cité des Anciens avait été assez évoquée par don Thufil pour que, cairn ou pas, elle s'estime capable de la trouver.

Il lui fallait d'abord atteindre la crevasse des Larmes, la longer vers le nord jusqu'au pont Scintillant, traverser et piquer droit vers l'est. Il ne lui resterait plus que la Frissonnante à franchir, ce que la fonte des neiges rendrait certainement périlleux, et la cité serait là, dressée entre les sept collines de la légende.

Devant elle, les hautes herbes s'agitèrent. D'une simple pression des genoux, Nawel stoppa Roméo.

Des gouses.

Elle en avait suffisamment chassé pour reconnaître leur discret piaillement et, tranchant sur le vert environnant, le brun doré de leur plumage.

Lentement, elle décrocha l'arc pendu à sa selle, saisit une flèche, l'encocha. Elle n'avait jamais plumé le moindre volatile et son expérience de la cuisine se limitait à l'infusion préparée la veille, mais c'était l'occasion rêvée pour apprendre.

Elle attendit que Roméo soit immobile avant d'amener l'empennage de sa flèche jusqu'à sa joue. Il lui suffisait maintenant d'un simple claquement de langue. Les gouses s'égailleraient et elle…

Le premier hurlement retentit dans son dos.

Lointain et pourtant effrayant.

Surprise, Nawel ouvrit les doigts, sa flèche se perdit dans les herbes, les gouses s'éparpillèrent, tandis que derrière elle un chœur de hurlements féroces répondait au premier.

Nawel n'eut pas besoin de solliciter Roméo. Terrifié, le petit alezan s'élança.

Elle n'eut que le temps d'accrocher son arc à la selle et de se coucher sur son encolure, il atteignait déjà le galop.

– Fonce ! lui cria-t-elle à l'oreille.

Elle était une voyageuse solitaire.

Une proie idéale pour une meute de fangs.

– Fonce ! répéta-t-elle.

Et la peur vibrait dans sa voix.

5

Nawel crut un moment qu'elle échapperait aux fangs.

Roméo filait comme le vent et les hurlements dans son dos s'éloignèrent avant de s'estomper. Ils étaient presque inaudibles lorsque le petit alezan donna les premiers signes de fatigue. Ses flancs écumaient, son souffle était rauque.

Il ralentit.

Nawel poussa un juron.

– Allez, mon beau, l'encouragea-t-elle. Tiens bon !

Roméo fut incapable de reprendre de la vitesse.

Il continua au contraire à ralentir.

Les hurlements des fangs recommencèrent à s'approcher.

Le cœur de Nawel s'emballa.

De terribles histoires couraient au sujet des fangs, voyageurs traqués pendant des jours, attaqués sauvagement, déchiquetés, dévorés vivants. Fermes isolées prises d'assaut, habitants massacrés. Troupeaux décimés.

Elle n'avait vu un fang qu'une fois, lors d'une chasse à la gouse, et elle se souvenait parfaitement de la silhouette puissante du prédateur, de la taille disproportionnée de ses mâchoires et de l'impression de danger mortel qui s'en dégageait. Le fang était seul et elle faisait partie d'un groupe d'une dizaine de chasseurs aguerris, pourtant la tension qui les avait étreints avait perduré après la disparition de l'animal.

Nawel jeta un coup d'œil rapide derrière elle.

Les fangs n'étaient pas encore visibles mais ils ne tarderaient pas à apparaître. Roméo broncha une première fois, tenta de reprendre le galop, n'y parvint pas, broncha une deuxième fois...

Nawel, fébrile, envisagea de s'arrêter pour revêtir le plastron d'acier, les jambières, brassards et épaulières que Lyiam avait accrochés à sa selle.

– Rien à voir avec l'armure que tu es destinée à porter un jour, mais en cas de combat, ces protections peuvent te sauver la vie.

Elle renonça.

Cela lui prendrait trop de temps et si l'acier était susceptible d'arrêter une flèche, il n'empêcherait pas un fang de lui arracher un bras ou de lui ouvrir la gorge d'un coup de dents.

Nouveau regard en arrière.

Elle tressaillit. Retint de justesse un cri d'angoisse.

Les fangs étaient là.

Beaucoup plus proches qu'elle le redoutait.

Ils couraient en meute derrière un meneur aussi haut qu'un poney, terrifiants de sauvagerie et de puissance. Ils n'étaient que muscles et crocs, silhouettes canines et souplesse de félins, et ne donnaient aucun signe de fatigue. Une dizaine de monstres assoiffés de sang. De son sang.

Le cri qu'elle avait contenu lui échappa.

Épouvanté.

Il galvanisa Roméo qui, puisant dans ses ultimes réserves d'énergie, reprit de la vitesse. La distance qui les séparait des fangs cessa de diminuer.

Sans pour autant s'accroître.

À cet instant, ils atteignirent la crevasse des Larmes.

C'était une faille démesurée qui fendait la plaine du nord au sud, large et profonde, pareille à la blessure qu'aurait infligée la hache d'un titan décidé à ouvrir la terre en deux.

Plus de cent mètres de vide séparaient les deux bords de la plaie. Des bords plus que verticaux sur lesquels une végétation pourtant rampante peinait à s'accrocher.

La crevasse des Larmes.

Un gouffre vertigineux et infranchissable.

Sans que Nawel ait besoin de le solliciter, Roméo infléchit sa course et, toujours au galop, se mit à longer la faille vers le nord.

Anticipant son mouvement, les fangs s'étaient déployés sur la gauche, comblant ainsi la moitié de leur retard. Le chef de meute n'était plus qu'à une cinquantaine de mètres derrière les fugitifs.

La prairie avait cédé la place à une frange de terre caillouteuse comme si l'herbe rechignait à pousser aussi près du vide. Les sabots du petit alezan soulevaient un épais nuage de poussière rouge qui, s'il gênait les fangs, ne les ralentissait pas. Leurs hurlements sauvages étaient proches. Toujours plus prochcs.

Nawel prit conscience que la fin approchait.

Dans quelques secondes, quelques minutes tout au plus, ils...

Le pont apparut.

Tel que don Thufil l'avait maintes fois décrit.

Une plaque de verre translucide, longue de cent mètres, large de dix et de l'épaisseur d'une main. Sans rambarde, sans soutien, sans ancrage.

Le pont Scintillant.

Le soleil qui descendait doucement vers l'horizon le faisait étinceler sans parvenir à masquer son apparente fragilité et son incroyable transparence. Plus tôt dans la journée, éclairé différemment, Nawel ne l'aurait peut-être pas aperçu tant il était aérien, presque invisible. Encore quelques mètres de galop et elle l'aurait dépassé...

Elle prit sa décision en un éclair.

Elle mourrait de l'autre côté.

En combattant.

Mobilisant toutes ses forces, elle obligea Roméo à s'engager sur le pont. Sur le vide. Le petit alezan tenta de se rebeller, secoua la tête, voulut s'arrêter... Trop tard.

Il avait déjà franchi la moitié de la crevasse.

Malgré sa peur et les battements désordonnés de son cœur, Nawel écarquilla les yeux.

Sous les sabots de Roméo, le verre avait disparu, si fin, si clair, que le regard le traversait sans rencontrer le moindre obstacle. Loin au-dessous d'eux, la rivière serpentait dans l'ombre, pareille à un minuscule serpent d'argent.

Le pont Scintillant.

Une des œuvres des Anciens. Merveilleuse et incompréhensible.

La traversée parut durer un siècle, elle ne prit qu'une poignée de secondes. Roméo atteignit l'extrémité du pont.

Éreinté, pantelant, il obéit immédiatement quand Nawel lui intima l'ordre de s'arrêter. Elle sauta à terre, tira son épée, se mit en garde...

Regroupés de l'autre côté de la crevasse des Larmes, les fangs tournaient en rond en grognant mais n'osaient pas s'engager sur un pont qui, pour eux, n'existait pas.

Du revers de la main, Nawel essuya la sueur qui ruisselait sur son front. Elle rengaina sa lame et s'approcha de Roméo.

Les flancs du petit alezan se soulevaient comme ceux d'un soufflet de forgeron, sa robe était trempée et de l'écume blanche couvrait son mors.

– Merci, mon ami, lui souffla-t-elle à l'oreille. Tu m'as sauvé la vie.

Derrière eux, les fangs abandonnèrent soudain. Suivant leur chef, ils se détournèrent et repartirent vers l'ouest, en quête d'une proie moins retorse.

Nawel attendit que Roméo ait récupéré, puis elle le fit boire. À petites gorgées pour qu'il ne se rende pas malade. Elle le bouchonna, le brossa, attendit encore…

Le soleil caressait l'horizon lorsqu'ils reprirent leur route.

Deux silhouettes marchant côte à côte.

Le pont Scintillant dans leur dos.

6

Nawel atteignit la cité des Anciens le lendemain, en milieu d'après-midi.

Elle avait peu dormi durant sa deuxième nuit à la belle étoile, imaginant entendre dans chaque craquement de brindille l'approche d'un fang, dans chaque respiration du vent celle du prédateur, mâchoires béantes, fermant les yeux pour de courts sommes émaillés de cauchemars où elle courait sans parvenir à avancer.

Le matin l'avait trouvée fatiguée et pourtant pleine d'une énergie nouvelle.

– Choix et hasard ? avait-elle lancé à Roméo en se mettant en selle. Je choisis d'avancer. Que me réserve le hasard ?

Franchir la Frissonnante s'était avéré bien moins difficile qu'elle ne le craignait. La fonte des neiges avait certes grossi la rivière mais si cette dernière s'était élargie, sa profondeur était restée étonnamment faible et Roméo avait traversé à gué sans prendre le moindre risque.

Il n'y avait plus trace d'une quelconque présence humaine.

La plaine cédait peu à peu la place à une succession de collines basses plantées d'arbres rabougris, peinant à obtenir le statut de forêts malgré une étonnante pugnacité. L'herbe, d'un vert joyeux, était parsemée de fleurs multicolores, le ciel, bleu cobalt, aussi limpide qu'un rêve d'enfant.

Nawel avait laissé cette tranquille beauté entrer en elle, étonnée d'avoir vécu dix-sept années en se confinant dans une cité qui, pour magnifique qu'elle fût, se contentait d'éblouir les yeux sans nourrir les âmes, loin, très loin de la magie naturelle et rassasiante qui se déployait autour d'elle.

« Les sites où vécurent les Anciens s'avèrent les zones les plus dangereuses du royaume. Leur cité principale l'est même tellement que son exploration a été interdite. »

La réponse qu'Ergaïl avait offerte à donna Courlis lui était revenue à l'esprit quand elle avait atteint les sept collines de la légende, s'opposant à l'avis d'Anthor Pher sur le sujet :

– La cité a été un des lieux les plus mortellement périlleux à mille kilomètres à la ronde, lui avait expliqué le maître d'armes. Plus périlleux que les cités de toile des Barbares ou la forêt des Glauques. Cela est toutefois du passé, un passé que je n'ai jamais connu. Les Armures qui m'ont précédé ont nettoyé la cité des créatures qui la hantaient et si quelques-unes rôdent sans doute encore là-bas, elles ne sont pas plus dangereuses qu'une bande de fangs.

– Ce n'est déjà pas si mal, non ? s'était étonnée Nawel.

Anthor Pher avait craché par terre pour montrer le mépris qu'il éprouvait pour les fangs.

– Pourquoi, dans ce cas, la cité demeure-t-elle interdite ? lui avait demandé Nawel. Pourquoi ces histoires de malédictions et de voyageurs dévorés par des monstres sanguinaires ?

– Il n'y a jamais eu de malédiction, avait-il répondu, mais les monstres, eux, étaient bien réels et les exterminer ne fut pas une mince affaire pour les Armures. Ils emportèrent d'ailleurs le combat de justesse, au prix de lourdes pertes. Lorsque la cité fut nettoyée, je te parle là d'événements remontant à plus de deux siècles, les Robes ont entrepris de la piller. Il y avait tant de merveilles là-bas que le roi s'en est inquiété. Qu'arriverait-il si une maison mettait la main sur un legs suffisamment puissant pour renverser le fragile équilibre entre les castes ? Fort à propos des créatures survivantes furent aperçues et le roi, le grand-père de notre monarque actuel, décréta la cité des Anciens zone interdite.

– On est loin de la version enseignée à l'école des Aspirants, avait remarqué Nawel.

– Peut-être parce que ce n'est pas à la vérité qu'aspirent ses élèves, avait rétorqué Anthor Pher, ni à la vérité qu'ont prêté allégeance ceux qui les forment. Quoi qu'il en soit, créatures ou pas, la cité des Anciens demeure un bon endroit pour rencontrer le hasard. Tu y seras en danger, mais pas plus que dans les plaines.

La réalité que Nawel avait sous les yeux semblait donner raison au maître d'armes. Tout, autour d'elle, n'était que calme et sérénité. Depuis la veille, elle n'avait aperçu qu'une harde de cabales, quelques gros herbivores isolés qu'elle avait été incapable de nommer, une multitude d'oiseaux et des rongeurs patauds qui creusaient leurs terriers dans les hautes herbes et s'y réfugiaient à la moindre alerte. L'animal le plus dangereux qu'elle ait rencontré était un petit chacal qui avait détalé, la queue entre les pattes, dès qu'elle s'était approchée.

Où étaient les féroces créatures censées hanter les lieux ?

C'est à cela qu'elle songeait en guidant Roméo sur le flanc d'une colline couverte d'une herbe drue et coruscante d'où pointaient à intervalles irréguliers de fins rochers blancs comme autant de doigts accusateurs dressés vers le ciel.

Bénéficiait-elle d'une chance insolente ou Anthor Pher avait-il raison et les histoires effrayantes qui couraient sur la cité des Anciens n'étaient-elles que des sornettes ?

Elle contourna la colline et, à la limite de son champ de vision, un nouvel horizon se découpa. La ligne dentelée d'une lointaine chaîne de montagnes tapissées du vert sombre d'une forêt aussi vaste que les plaines jurilanes.

La forêt des Glauques !

Le cœur de Nawel se serra. La férocité des Glauques, mi-hommes, mi-bêtes, ravalait les fangs au rang de chiots inoffensifs. Ils ne quittaient heureusement jamais, ou presque, leur forêt. Nawel savait en outre que la frontière est du royaume était gardée en permanence par une troupe nombreuse et bien armée. Si la dernière guerre contre les Glauques remontait à plus d'un siècle, elle avait été trop meurtrière pour que les Jurilans prennent le risque d'être surpris et envahis une deuxième fois.

Roméo avait continué à avancer et, soudain, Nawel oublia la forêt des Glauques, la cruauté de ceux qui y vivaient, l'inquiétante réputation des lieux qu'elle foulait…

Elle oublia tout hormis l'incroyable spectacle qui venait de se matérialiser sous ses yeux.

Dressée entre les sept collines de la légende.

Prodigieux hommage à l'art de bâtisseurs disparus depuis des siècles.

La cité des Anciens.

7

La cité des Anciens était une seule et unique gerbe de fleurs démesurées.

Pétales d'émeraudes sur tiges de verre, feuilles d'acier, corolles de saphirs, cœurs d'améthystes, sépales d'or et bourgeons d'argent, elles jaillissaient vers le ciel, fines et élancées, avant de courber gracieusement leurs têtes comme autant de ballerines saluant d'invisibles spectateurs.

Le soleil jouait avec elles, glissant ses rayons entre leurs pétales, rebondissant sur le métal poli, faisant ressortir l'éclat d'une incrustation de diamant, se diffractant sur les facettes cinabres d'un rubis géant, flirtant avec l'éclat citrin d'une topaze ou s'engloutissant dans les profondeurs céruléennes d'une prodigieuse aigue-marine.

La cité des Anciens.

La cité des fleurs.

Nawel ne prit conscience de son immensité qu'en descendant la colline.

Sa gracilité étant une illusion due à sa forme, chaque fleur était trois fois plus haute que la plus haute des tours d'AnkNor, assez vaste pour y loger, si elle s'avérait creuse, des milliers d'habitants.

Et il y avait plus de cent fleurs !

Chacune d'entre elles était percée d'une multitude d'ouvertures de formes variées confirmant qu'il s'agissait bel et bien d'habitations et non d'un complexe bouquet de titanesques sculptures.

Alors qu'elle s'approchait de la première, tête rejetée en arrière pour tenter d'en apercevoir le sommet, Nawel prit soudain conscience que le vent chantait.

Allié invisible du soleil, il suivait, entre tiges et corolles, un parcours identique au sien et, là où l'un était lumière, l'autre devenait musique.

Nawel immobilisa Roméo d'un claquement de langue.

Elle était émerveillée.

Plus qu'émerveillée.

Subjuguée.

Ensorcelée.

Elle se laissa glisser à terre, notant à peine le craquement sec d'une branche morte sous son pied.

Elle enroula les rênes de Roméo autour d'un buisson avant de se diriger vers un orifice béant, ce devait être une porte, ouvert à la base de la fleur qui la dominait.

Deuxième craquement.

Troisième.

Intriguée, Nawel baissa les yeux.

Sursauta.

Le sol était jonché d'ossements. Des ossements dissimulés sous les herbes, à moitié enfouis, qu'elle n'avait d'abord pas remarqués. Elle découvrait maintenant qu'il y en avait partout.

Elle s'agenouilla, extirpa un crâne de belle taille de sa gangue végétale, grimaça devant les orbites vides et la mâchoire saillante, l'observa avec attention, sans parvenir à l'identifier.

Canines solides et pointues de carnassier, mais molaires d'omnivore, vestiges de cornes, capacité crânienne limitée…

Elle tendit la main, attrapa un nouvel os, certainement un fémur, long et arqué, un autre, peut-être un tibia, avant de se figer.

Le crâne qu'elle venait de saisir était indubitablement humain.

Fendu sur la moitié de sa hauteur, comme par un violent coup d'épée ou de hache, il semblait vouloir lui raconter une terrible histoire.

La mettre en garde.

Elle frissonna.

La cité des fleurs lui parut moins paisible, moins jolie, moins éblouissante, plus... inquiétante. Un nuage passa devant le soleil, le vent joua une note dissonante et, tout à coup, Nawel eut le sentiment que les Anciens la guettaient.

Ils n'avaient pas disparu.

Ils se tenaient cachés, prêts à fondre sur le fou qui avait l'impudence de se risquer sur leurs terres.

Le cœur battant, elle se leva avec circonspection, observa les alentours. Elle ne décela rien. Aucun mouvement, aucun bruit sinon celui du vent.

– Puis-je considérer que j'ai rencontré le hasard en arrivant jusqu'ici ? fit-elle à voix haute. Puis-je repartir et raconter sans rougir ce que j'ai vécu et les choix que j'ai effectués ?

Malgré son envie de répondre oui à ces deux questions, elle secoua la tête.

Mâchoires serrées, elle rejoignit Roméo qui broutait tranquillement. Elle défit les liens qui tenaient son armure et entreprit de l'endosser.

Passer jambières, brassards et épaulières ne lui posa aucun problème mais elle eut du mal à attacher son plastron. Lorsque ce fut fait, elle grimaça. Elle avait déjà été accoutrée ainsi lors des cours dispensés par don Sayo mais ne s'était jamais habituée à la perte de mobilité qu'induisait le port de l'armure.

Elle effectua une série de mouvements afin que chaque élément se mette en place puis enfila son heaume, un simple casque muni d'un nasal et de deux plaques articulées protégeant les tempes.

Après une brève hésitation, elle choisit de ne pas prendre son arc. À l'intérieur de la tour, il constituerait une gêne plutôt qu'un atout.

Son épée à la main, elle s'approcha de l'ouverture qu'elle avait remarquée. Les restes macabres étaient plus nombreux à proximité. Plus nombreux et plus récents. L'herbe ne les avait pas encore engloutis et, alors que Nawel atteignait son but, elle eut l'impression de piétiner un ossuaire.

La porte, il s'agissait bien d'une porte, s'ouvrait sur une immense salle éclairée par la lumière traversant les vitraux qui perçaient ses murs. Pillée par les Jurilans, elle était vide, à l'exception d'une immense statue de marbre blanc représentant une femme ailée au visage lisse et sans regard.

En son centre, béait un puits que Nawel identifia immédiatement.

Large de vingt mètres, il était la réplique exacte de celui qui traversait l'école des Aspirants et permettait d'atteindre les différents étages de l'établissement. Elle s'en approcha avec précaution. Il s'enfonçait dans d'inquiétantes ténèbres tandis que la lumière pleuvait depuis les hauteurs.

– Une direction obscure, une autre lumineuse. Aucune envie de laisser le hasard choisir pour moi, décréta Nawel à voix haute.

Elle se plaça au bord du vide et, d'un vigoureux coup de talon, elle se propulsa vers le haut.

Le puits était identique à celui qu'elle connaissait mais il ne fonctionnait pas de la même manière.

Ou ne fonctionnait pas du tout.

Elle tomba comme une pierre.

8

La chute de Nawel fut aussi brève qu'effrayante.

Avant qu'elle ait eu le temps de crier, son corps devint aussi léger que l'air et elle cessa de tomber pour flotter doucement vers le bas.

Au même instant, une multitude de points bleutés s'allumèrent sur les parois du puits et l'obscurité reflua.

Nawel croisa un premier palier, puis un deuxième sans parvenir à y prendre pied. Sa chute l'avait entraînée vers le centre du puits et, malgré ses efforts, elle peinait à se rapprocher du bord.

Elle poursuivit sa descente.

Effarée.

La tour où elle avait pénétré mesurait plusieurs centaines de mètres de haut. S'enfonçait-elle d'autant sous la terre ?

Les paliers continuaient à défiler. Elle apercevait au passage des couloirs qui s'enfuyaient, rectilignes ou, au contraire, incurvés, avant de se ramifier comme autant de racines qui auraient nourri la fleur improbable se développant à la surface. La lueur bleutée qui irradiait des murs leur offrait, à défaut d'éclat, une lumière diffuse qui contribuait au mystère régnant sur les lieux.

Nawel descendait toujours.

Par d'infimes mouvements de bras et de jambes, elle s'approchait toutefois de la paroi.

« Le prochain palier sera le bon », songea-t-elle, lorsqu'elle fut enfin proche du bord.

Elle toucha le fond avant.

Concentrée sur son objectif, elle ne l'avait pas vu arriver et bien qu'elle se soit posée en douceur, elle trébucha et faillit tomber.

Elle se ressaisit très vite, se plaça en garde, consciente de la précarité de sa situation si quelque chose ou quelqu'un s'en prenait à elle, puis s'autorisa un soupir de soulagement en découvrant deux corridors. Déserts.

– Je suppose que j'approche le cœur du hasard, marmonna-t-elle entre ses dents. Il ne me reste plus qu'à aller le cueillir…

Sa lame pointée devant elle, elle s'engagea dans un des deux corridors.

Des sphères de cristal étaient suspendues au plafond à intervalles réguliers, identiques à celles qui fournissaient la lumière dans les demeures de la cité Perle mais elles étaient éteintes. Aucune porte ne s'ouvrait dans le corridor, aucune intersection ne lui proposait de choix sur la direction à prendre. Elle était tenue d'avancer.

En baissant les yeux, elle fut rassurée de voir l'empreinte de ses pas s'inscrire dans l'épaisse couche de poussière déposée sur le sol. Les règles naturelles s'appliquaient donc ici comme ailleurs. Elle poussa un soupir soulagé. Comment aurait-elle réagi si les dalles qu'elle foulait avaient été propres et brillantes ? Se serait-elle enfuie en courant ?

C'était possible.

Non.

Probable.

En prendre conscience lui tira un sourire dur. Il lui restait du chemin à parcourir avant de devenir une Armure.

Le couloir finit par déboucher sur une salle.

Au contraire de tout ce que Nawel avait aperçu jusqu'alors, elle n'avait rien de ciselé, de pensé ni même d'achevé. Il s'agissait d'une grotte naturelle aux murs sculptés par le temps et les aléas géologiques. Seuls le sol et une portion du plafond, des plaques d'acier rivetées, étaient dus au travail de l'homme.

Pour peu que les Anciens aient été humains.

Les points bleutés étaient moins nombreux qu'ailleurs et Nawel dut attendre que sa vision s'accommode à la semi-obscurité pour discerner avec netteté ce qui l'entourait.

Il n'y avait rien.

Rien à part une porte à double battant scellée dans une des parois de la grotte. Haute, large et cintrée, sa présence en ce lieu était si incongrue que Nawel crut un instant qu'il s'agissait d'une peinture en trompe-l'œil.

Elle s'approcha.

Il n'en était rien.

La porte était bien réelle.

Les panneaux de bois parfaitement ajustés qui la composaient avaient pris la patine que seul confère l'écoulement des siècles, sa poignée, une double hélice d'ivoire, était lustrée par l'usage, ses gonds un magnifique travail d'orfèvrerie mais ce fut l'étrange motif sculpté en son centre qui retint l'attention de Nawel.

Il s'agissait d'une scène plus que d'un motif. Sept groupes d'hommes convergeaient vers un cube ouvert en deux selon une ligne de partage courbe. Chaque groupe possédait des particularités physiques remarquables comme si ses membres avaient appartenu à la même famille et, grâce au talent de l'artiste, le cube ouvert distillait une sourde impression de péril maléfique.

La fresque continuait au-dessous et Nawel s'accroupit pour mieux l'examiner.

Les sept familles s'éloignaient du cube représenté cette fois assemblé. Six dans une direction, la septième dans une autre.

Cette dernière traversait une jungle sculptée avec minutie, affrontait de hideuses créatures et de redoutables obstacles avant d'atteindre une porte, identique en tout point à celle devant laquelle Nawel se tenait agenouillée.

La jeune Jurilane retint sa respiration.

Passa à la suite.

Une fois la porte franchie, la famille était représentée plantant des fleurs dans une vallée idyllique nichée entre sept collines.

Nawel laissa échapper un sifflement.

Elle n'avait pas de compétences particulières en histoire ancienne mais il lui semblait évident que la découverte qu'elle venait de faire était capitale.

Était-il possible que cette fresque confirme l'hypothèse controversée selon laquelle les Anciens n'auraient pas été originaires des hautes plaines ?

Était-il possible qu'elle relate la façon dont ils étaient arrivés ?

Était-il possible, surtout, que personne avant elle ne se soit aventuré jusqu'ici ? Elle regretta de n'avoir pas demandé à Anthor combien de temps la cité avait été ouverte à l'exploration. Au pillage.

Alors qu'elle se relevait, Nawel aperçut une fine chaîne dorée enroulée autour de la poignée d'ivoire.

Une plaque métallique y était suspendue sur laquelle étaient gravés quelques mots tracés dans une des écritures archaïques que Nawel avait étudiées avec don Thufil.

Philla les aurait déchiffrés sans mal, Nawel dut batailler pour leur arracher un sens :

« *Le dérangement fut de recommencer la issue. Le épreuve est entré et, s'il a été culbuté, il a néanmoins sonné la terminaison des Ordonnateurs. Puisse la issue demeurer à jamais entourée.* »

Elle poussa un soupir désappointé.

Soit celui qui avait gravé la plaque était aussi dérangé que ce fou d'Ol Hil' Junil, soit, et c'était plus probable, elle n'avait pas suivi avec assez d'attention les cours de don Thufil.

Elle tendait la main pour s'emparer de la chaînette lorsqu'un vacarme assourdissant retentit derrière elle. Elle se retourna d'un bond.

Les plaques métalliques du plafond s'étaient effondrées, entraînant un fatras de pierres, un nuage de poussière et...

Le plafond était haut, la chute aurait tué n'importe qui...

La créature qui avait dégringolé avec les pierres effectua une stupéfiante pirouette, atterrit en souplesse sur ses jambes fléchies...

Poussa un feulement bestial...

Montra les dents...

Glauque !

9

Le temps se figea.

La poussière retombait lentement, Nawel et le Glauque s'observaient en silence. L'un et l'autre tendus comme des arcs. Et parfaitement immobiles.

Puis une pierre roula sur le tas de gravats qui avaient chu du plafond. Surpris, le Glauque se décala avec vivacité – comment pouvait-on bouger aussi vite ? – avant de reprendre sa position accroupie, garde de combat animale et parfaite.

Nawel n'avait eu que le temps de sursauter.

Le Glauque était effrayant. D'autant plus effrayant que, par bien des aspects, il paraissait humain. Un peu plus petit que Nawel, il était couvert d'oripeaux répugnants, peau de bête, cuir et écorces, qui dissimulaient mal sa musculature longue et efficace. Musculature de tueur.

Il paraissait humain mais il n'était pas humain.

Épiderme brun sale, regard noir, tatouages démoniaques, chevelure sombre embroussaillée, rictus animal…

Un Glauque.

Ou une Glauque si on en jugeait par le galbe de sa poitrine, ce qui ne changeait pas grand-chose.

Tentant en vain de dominer les battements erratiques de son cœur, Nawel posa la main sur la poignée de son épée…

Deux poignards apparurent aussitôt dans celles de la Glauque.

Elle avait été si rapide que Nawel ne perçut son mouvement que lorsqu'il fut achevé.

Le perçut avec un écrasant sentiment d'inéluctable.

Elle ignorait que les Glauques connaissaient l'acier, elle n'avait même pas remarqué que celle qui lui faisait face était armée, elle se découvrit incapable d'achever son propre geste.

Incapable de tirer son épée.

Incapable de combattre.

La panique déferla sur elle.

Irrésistible.

En poussant un gémissement terrifié, elle tourna les talons et s'élança dans le couloir.

Le poids de son armure la gênait mais la peur lui donnait des ailes. Elle courut sans s'arrêter, craignant à tout moment de sentir le froid mortel d'une lame s'enfoncer entre ses épaules, imaginant les bras de la créature se refermer sur elle, ses dents lui ouvrir la gorge, ses ongles la déchiqueter…

Elle atteignit le puits gravitationnel sans avoir été rattrapée.

Sans être certaine d'avoir été poursuivie.

Sans aucune envie de tourner la tête pour s'en assurer.

« Pourvu que ça marche, songea-elle en se propulsant vers le haut. Kaïa, je t'en prie, fais que ça marche ! »

Elle retint de justesse un cri de joie en se sentant s'élever. À bonne vitesse.

À cet instant uniquement, elle osa risquer un coup d'œil vers le bas.

L'entrée du puits était vide. Elle doutait d'avoir semé son ennemie, la Glauque avait donc renoncé à la pourchasser.

Le soulagement qui l'envahit ralentit brusquement son rythme cardiaque, ses mains furent prises de tremblements incoercibles et c'est en larmes qu'elle poursuivit son ascension.

Le soleil approchait l'horizon, les vitraux de la salle à la statue ailée ne laissaient plus filtrer qu'une lumière agonisante qui peinait à lutter contre la pénombre. Nawel faillit ne pas s'apercevoir qu'elle était arrivée.

Elle effectua au dernier instant un pas sur le côté qui lui permit de quitter le puits.

Elle n'avait plus qu'une hâte, s'éloigner de cette cité maudite.

Alors qu'elle gagnait la sortie, un hennissement terrifié s'éleva à l'extérieur.

Elle dégaina son épée et s'élança.

Une bête sauvage assoiffée de sang attaquait-elle Roméo ?

La Glauque l'avait-elle précédée ?

Cette dernière pensée faillit la stopper net mais elle était déjà dehors et la réalité lui sauta aux yeux.

Si Roméo était bien en danger, ce n'était pas la Glauque qui s'en prenait à lui. Assailli par une nuée de singes minuscules, le petit alezan ruait, se cabrait, sans parvenir à libérer ses rênes du buisson où elles étaient attachées.

Les singes, noirs et pourvus d'une courte queue glabre, profitaient de son impuissance pour bondir sur son dos, s'agripper à ses jambes, le mordre avec férocité. Déjà son sang coulait en abondance.

En poussant un cri de rage, Nawel se précipita.

Aussitôt, les singes se détournèrent de Roméo. Une fraction de seconde pour jauger la situation puis ils se ruèrent sur elle.

Elle fit tournoyer son épée. Le tranchant affûté de la lame d'acier coupa proprement en deux son premier assaillant mais Nawel n'eut pas le temps de s'en réjouir, le deuxième singe disparut avant d'être touché.

Disparut.

Simplement disparut.

Il réapparut au même instant sur son épaule, la mordit sauvagement, disparut à nouveau.

Elle poussa un cri de douleur, frappa en direction d'un singe qui…

… n'était plus là.

Douleur à la cheville.

Morsure.

Coup d'épée dans le vide.

Les petits singes noirs piaillaient, criaillaient, se mouvaient à une vitesse incroyable et, surtout, ils…

Morsure au genou, juste sous la jambière, morsure au bras, morsure à l'épaule, encore, morsure dans le dos…

Les singes disparaissaient, réapparaissaient un mètre plus loin, un mètre sur le côté, un mètre plus haut, parfois quelques centimètres, disparaissaient à nouveau, réapparaissaient, mordaient, disparaissaient, si vifs, si surprenants, que les coups d'épée désordonnés de Nawel n'étaient plus ni attaque ni défense mais ballet.

Aussi ridicule qu'inefficace.

Morsure au bras, morsure au coude, morsure au ventre…

Morsures.

Chacune était vive, aiguë, cinglante, mais peu profonde, presque bénigne.

Presque.

Leur multiplication causerait sa mort. Lente et douloureuse.

À moins qu'un singe referme ses dents pointues sur une artère vitale, auquel cas la fin surviendrait très vite.

Renonçant à combattre – pouvait-on appeler combat la pantomime grotesque à laquelle elle se livrait ? – oubliant le sang qui ruisselait désormais sur ses bras et ses jambes, elle courut vers Roméo.

Les efforts du petit alezan pour se libérer avaient presque porté leurs fruits. Elle n'eut qu'à tirer d'un coup sec sur les rênes pour les dégager. Comprenant qu'elle allait leur échapper, les singes redoublèrent d'audace et d'agressivité.

Morsure.

Morsure.

Morsures.

Nawel se jucha d'un bond sur sa selle.

Morsure.

Morsure.

Roméo s'élança.

Morsure.

La dernière.

Aucun singe ne pouvait rivaliser de vitesse avec un cheval lancé au galop.

Nawel s'était couchée sur l'encolure de Roméo, à la fois pour lui insuffler de l'énergie et parce qu'elle était épuisée. Elle ne se redressa que lorsqu'elle fut certaine de ne plus courir aucun risque.

Roméo ralentit tandis qu'elle se tournait pour jeter un coup d'œil en arrière.

Elle frissonna.

Les fleurs géantes de la cité des Anciens flamboyaient dans la lumière du soleil couchant.

Comme pour lui adresser un inquiétant au revoir.

10

Nawel comprit très vite que Roméo était incapable de la porter. Il avait perdu beaucoup de sang et, alors qu'ils avançaient au pas et que l'air du soir était frais, il transpirait en abondance.

Elle mit pied à terre et le guida par son licol jusqu'à un ruisseau qui serpentait au creux d'un vallon, hors de vue de la cité des Anciens. Profitant des derniers rayons du soleil, elle lava ses blessures. Elles étaient peu profondes mais il n'y avait pas un centimètre carré de sa robe qui en fût exempt. Elle le bouchonna ensuite avec une poignée d'herbe et pendant qu'il commençait à brouter, elle ramassa des branches mortes déposées sur la berge du ruisseau par le courant.

La nuit était installée lorsqu'elle alluma son feu. Elle plaça une casserole d'eau sur une pierre près des flammes et s'approcha de Roméo.

Il avait cessé de transpirer et, si son souffle manquait toujours de profondeur, il paraissait en meilleure forme.

– Tiens bon, lui murmura-t-elle à l'oreille.

Nawel n'avait jamais entendu parler des singes qu'elle avait affrontés. Ils devaient faire partie des créatures qu'avait évoquées Anthor Pher, celles qui avaient élu domicile dans la cité après la disparition des Anciens et que les Armures avaient cru éradiquées. Elle avait d'abord craint que leurs morsures aient été empoisonnées puis, réalisant que si cela avait été le cas, elle aurait souffert des mêmes symptômes que Roméo, elle avait révisé son opinion pour attribuer son état à la terreur et à l'épuisement.

Son inquiétude n'en demeurait pas moins vive. Autant pour la santé du petit alezan auquel elle s'était attachée, que pour elle. Si Roméo n'était plus en mesure de la porter, l'aventure, déjà périlleuse, risquait de tourner au cauchemar. À pied, il lui faudrait des semaines pour regagner AnkNor. Sauf si elle rencontrait des fangs en chemin.

Elle dormit d'un sommeil entrecoupé de cauchemars durant lesquels un Glauque à la mâchoire de fang dévorait Roméo avant de s'en prendre à elle.

Au petit matin elle eut la joie d'être réveillée par un hennissement joyeux et vigoureux. Elle se leva d'un bond.

Roméo hennit à nouveau en la voyant s'avancer.

– Alors, mon beau, lui lança-t-elle, tu as récupéré on dirait ! Envie de rentrer à la maison ?

Le petit alezan piaffa.

– D'accord, je me dépêche.

Elle prit toutefois le temps de manger un morceau de pain et de viande fumée avant de rouler sa couverture et de boucler son sac. Les provisions que lui avait remises Lyiam tiraient à leur fin mais, en les économisant, elle en aurait sans doute assez pour atteindre le premier village et se ravitailler. De toute façon, jeûner ne l'avait jamais effrayée.

Après avoir bataillé avec sa crinière jusqu'à lui rendre l'aspect d'une chevelure acceptable, elle vérifia l'état de ses armes et se jucha en selle. Elle se trouvait très loin de tout lieu habité, seule et, elle l'avait constaté face aux fangs, à la Glauque ou encore aux singes noirs, plus habile pour fuir que pour combattre. Elle n'en rayonnait pas moins de confiance.

« Vivre c'est se mettre en danger, réalisa-t-elle. De la même façon qu'apprendre à marcher c'est d'abord accepter l'idée de tomber. »

Elle claqua la langue et Roméo s'élança.

Au soir du troisième jour, les murailles d'AnkNor se dressèrent devant elle.

Le trajet s'était déroulé sans autre incident qu'une altercation avec un voyageur, la veille au soir, dans l'auberge où elle s'était arrêtée. L'homme, sous l'emprise de la boisson, lui avait cherché querelle pour une stupide histoire de chaise bousculée. Il s'était répandu en invectives grossières et en postillons avinés tandis que Nawel, la main posée sur la poignée de son épée, peinait à conserver son sang-froid.

L'homme était un Cendre, un mot d'elle aurait suffi à ce qu'il soit fouetté. Elle ne l'avait pas prononcé.

L'ivrogne avait beau la révulser, le pouvoir de le châtier que lui octroyait son nom la révulsait encore davantage. Comme pour la conforter dans cette idée, elle s'était souvenue de l'Armure qui l'avait sauvée des Qaalins. Il n'avait pas donné son nom à Ergaïl qui, par deux fois, le lui avait demandé.

« Je suis un Armure, lui avait-il répondu. Seuls mes actes comptent. »

Nawel avait repoussé son épée au fourreau et s'était éloignée sous les railleries de l'ivrogne. « J'ai gagné, avait-elle réalisé. Je bats en retraite face à un Cendre qui m'insulte et, pourtant, c'est moi qui ai gagné. Mon nom n'est rien, seuls mes actes comptent. »

Un autre événement qui ne méritait pas le nom d'incident, juste celui de surprise, l'avait placée face à un ours occupé à pêcher des poissons dans la rivière qu'elle s'apprêtait à traverser. L'animal, une bête énorme pesant plus d'une tonne, lui avait jeté le regard courroucé que réserve le pêcheur au bon à rien qui le dérange et, alors qu'il aurait pu la réduire en miettes, il s'était contenté de s'éloigner en maugréant.

Le soulagement de Nawel lorsqu'il avait disparu s'était rapidement transformé en un étrange sentiment d'humilité et elle s'était prise à regretter de ne pas le suivre dans ses pérégrinations.

C'était tout.

Tout, si l'on oubliait la majesté des paysages, l'odeur sucrée des fleurs, les caresses du vent, les nuages qu'il bousculait dans un ciel bleu infini, le chant du soleil, et cette myriade d'émerveillements qu'offrait la prairie à celui qui acceptait de regarder.

En empruntant la rampe qui conduisait à la ville Perle, Nawel décida qu'AnkNor et son architecture flamboyante ne parvenaient qu'à traduire la petitesse des hommes.

Elle changea d'avis lorsque la porte du Donjo s'ouvrit devant elle.

Rien d'apprêté ici ni de factice mais une sérénité épurée qui formait un remarquable écho à la majestueuse beauté des plaines.

Malgré l'heure tardive, des hommes et des femmes s'entraînaient dans l'arène et sous les préaux.

Bruyants mais concentrés et exigeants.

Pugnaces et râleurs mais respectueux.

Plus humains et donc plus respectables que toutes les Robes que Nawel avait eu l'occasion de rencontrer.

Elle n'avait passé qu'une nuit dans ce lieu pourtant, lorsque après avoir inspiré une longue bouffée d'air elle pénétra dans le Donjo, elle fut étreinte par la délicieuse impression de rentrer enfin chez elle.

11

– Le hasard n'existe pas.

Le visage d'Anthor Pher demeura indéchiffrable.

– Est-ce bien ce que je devais découvrir ? Le hasard n'existe pas, notre vie dépend de nos choix et uniquement d'eux.

Silence.

– Je suppose que tu ne me répondras pas.

Sourire.

– D'accord. Quand commence mon apprentissage ?

– Il a déjà commencé, Nawel.

12

– Je suis heureux de m'entraîner avec toi.

Le sourire de Lyiam accentua l'aspect juvénile de ses traits et Nawel eut soudain l'impression d'avoir affaire à un enfant.

– Dois-je prendre mon épée ? lui demanda-t-elle.

– Ce ne sera pas nécessaire. Je ne suis pas un Glauque.

Il faisait allusion au récit que Nawel leur avait offert la veille au soir, à son retour de la cité des Anciens, et qui lui avait valu des remarques élogieuses de la part des Armures qui l'avaient écoutée. Des remarques qu'elle considérait imméritées et qui avaient empourpré ses joues.

Elle fut donc reconnaissante à Lyiam d'avoir abandonné le registre de la louange pour celui de la plaisanterie, ce qui ne l'empêcha pas de se tendre.

– Te moquerais-tu de moi ?

Le sourire de Lyiam s'élargit.

– Je ne me le permettrais pas. Je n'ai jamais eu à affronter de Glauques mais je sais qu'ils sont de redoutables adversaires. Une bonne épée est indispensable pour se sortir vivant d'une rencontre avec l'un d'eux. Une bonne épée ou une bonne paire de jambes.

Il éclata de rire.

Un rire si dépourvu de malice que Nawel se mit à rire aussi. Elle avait fui devant le danger, certes, mais Anthor Pher en personne l'en avait félicitée.

– Le sage et le lâche ont en commun l'art de la fuite, avait-il commenté. Bien prétentieux celui qui se permet de les juger.

Louha, la vieille guerrière, avait pris la parole à son tour.

– Tu n'as pas encore suivi l'enseignement du Donjo. Personne n'a le droit d'émettre la moindre critique à ton égard. En revanche…

Son visage sillonné de rides s'était durci.

– En revanche, avait-elle poursuivi, lorsque tu auras revêtu l'armure, il faudra t'en montrer digne.

– Porter l'armure ne signifie pas s'estimer invincible, était intervenu Jehan, ni se jeter tête baissée dans n'importe quelle bataille.

Louha avait haussé les épaules.

– Bien entendu. Il n'empêche que le jour où un Armure fuira devant un Glauque marquera la fin des douze cités.

Anthor avait posé une main rassurante sur l'épaule de Nawel.

– N'accorde pas trop d'importance aux paroles de Louha, lui avait-il conseillé. Elle a si souvent combattu qu'elle est devenue aussi dure que son armure.

– Il lui arrive même parfois d'oublier de la revêtir, avait lancé Lyiam. Et j'ai entendu dire que ça ne faisait aucune différence pour ses ennemis.

Loin de s'offusquer de la boutade, Louha avait éclaté d'un rire tonitruant et, au grand soulagement de Nawel, la conversation s'était engagée sur d'autres chemins.

Lyiam la guida jusqu'à un préau au sol couvert de nattes de bambou tressé où les attendait Anthor Pher.

Le maître d'armes les salua avant de s'adresser à Nawel.

– Ceci est ton premier entraînement. Pour cette raison, j'ai choisi de ne pas t'intégrer à un groupe mais de te faire travailler le combat à mains nues avec Lyiam. Vous avez dix minutes pour vous préparer.

Suivant l'exemple de Lyiam, Nawel se déchaussa et monta sur le tapis. Elle effectua quelques assouplissements, une série de tractions à un espalier, étira longuement les muscles de ses jambes, massa sa nuque puis, lorsque Anthor donna le signal, elle se campa devant Lyiam qui s'était échauffé en plaisantant gaiement avec elle.

Ils se saluèrent, jouant à s'incliner plus bas que nécessaire. Se redressèrent. Nawel sursauta.

Ce n'était plus Lyiam qui se tenait face à elle.

Même si c'était toujours lui.

Plus aucune légèreté sur son visage mais une concentration sans faille. Sa garde de combat était simple, parfaite et, si ses yeux étaient braqués sur Nawel, son regard semblait englober l'univers tout entier.

« Un guerrier, réalisa-t-elle. Lyiam est un guerrier. »

– Vous devez faire tomber votre adversaire, déclara Anthor. Pas de coup porté, pas d'immobilisation.

Il claqua des mains. Nawel passa à l'attaque.

Elle n'entretenait pas vraiment d'illusion sur ses chances. Lyiam était un Armure, sans doute rompu, malgré son jeune âge, à toutes les facettes du combat. Elle pouvait néanmoins tenter de le surprendre. Don Zayo avait enseigné aux Aspirants quelques techniques qu'il avait décrites comme redoutables. Si elle parvenait à en placer une, elle…

… poussa un cri de douleur.

Lyiam s'était déplacé avec une incroyable vivacité, l'avait empoignée par les cheveux et d'un geste brutal l'avait projetée au sol.

Elle se releva en se frottant le crâne.

– Hé, maugréa-t-elle, ça fait mal.

Lyiam ne répondit pas.

Il attendit qu'elle se soit remise en garde, feinta à droite, tendit le bras gauche, saisit une poignée de cheveux, tira d'un coup sec. Déséquilibrée, Nawel s'effondra.

– Ce n'est pas loyal ! s'exclama-t-elle en se tournant vers Anthor. Est-ce qu'il…

Elle s'envola.

Lyiam était passé dans son dos, avait attrapé sa chevelure à deux mains avant de pivoter sur ses hanches et de l'envoyer s'écraser à trois mètres de là.

Nawel se releva en poussant un grognement de rage, les yeux flamboyants de colère. Lui faire payer cette traîtrise. Lui faire payer cher.

Elle s'élança.

Frappa de toutes ses forces.

Son poing faillit toucher Lyiam.

Faillit.

À la dernière seconde, il s'était décalé sur le côté, vif et insaisissable.

– Pas de coup porté, rappela Anthor, imperturbable. Il s'agit d'un…

Nawel n'entendit pas la suite.

Lyiam venait une nouvelle fois d'agripper une longue mèche de ses cheveux et, l'utilisant comme une bride, de la jeter au tapis.

Elle se releva pour retomber aussitôt lorsque Lyiam, impitoyable, referma ses mains sur ses longues boucles blondes et la tira en arrière avec violence.

Elle resta au sol.

Son crâne la faisait atrocement souffrir, mais ce n'était rien à côté de son amour-propre en miettes.

Ses cheveux.

Sa crinière.

Son orgueil.

Lyiam ne respectait-il donc rien ?

Il avait repris sa garde vigilante et l'observait, impassible.

Il aurait pu la vaincre de cent manières différentes. Pourquoi avait-il choisi celle-ci ? Tenait-il vraiment à l'humilier ? N'était-il qu'un sadique malgré son apparence amicale ? Oui, sans doute.

À moins que…

À moins que. La locution, reine des possibles, ouvrit une vanne dans la mémoire de Nawel.

La vague de souvenirs déferla sur elle.

Irrésistible.

À genoux sur le tapis, tête baissée, elle se laissa emporter…

13

Nawel a cinq ans.

Assise sur un fauteuil adapté à sa taille, elle observe dans un miroir sa mère qui lui brosse les cheveux. Dorés, déjà si longs, épaisses boucles de soie et éclats de miel.

– Ta chevelure sera ta force, ma fille, murmure Siméa Hélianthas. Elle t'ouvrira les portes et les cœurs. Toutes les portes et tous les cœurs.

Nawel a huit ans.

La duègne chargée de sa toilette, une Cendre replète et bavarde, évoque avec son amie cuisinière les cheveux de l'enfant qui feint de dormir.

– Que Kaïa m'en soit témoin, cette petite possède les boucles de la déesse-mère en personne. Elle pourra, plus tard, être aussi vilaine qu'un fang, personne ne s'en apercevra.

Nawel a treize ans.

Elle rentre chez elle, radieuse. À l'unanimité, les garçons de la classe l'ont désignée comme la plus belle fille de l'école.

Grâce à ses cheveux.

Nawel a seize ans.

Sa crinière blonde draine les regards éblouis des garçons de son âge. Et de nombreux hommes plus âgés. Don Elintis la choisit comme modèle pour une de ses célèbres toiles.

Grâce à ses cheveux.

Nawel a dix-sept ans.

Debout devant une glace, elle observe sa silhouette avec sévérité puis secoue vigoureusement la tête, faisant voltiger ses longs cheveux blonds.

Elle sourit.

Tant qu'elle possédera pareille crinière, ses défauts physiques demeureront accessoires.

Nawel a dix-sept ans.

Épuisée par un long et périlleux voyage, sale, affamée, elle prend néanmoins le temps de brosser ses cheveux pour leur rendre lustre et beauté avant de regagner AnkNor.

Nawel a dix-sept ans.

Sa chevelure blonde nimbe son visage d'or et de promesses vaines.

Nawel a dix-sept ans.

Agenouillée sur un tapis du Donjo, elle relève la tête, plante ses yeux dans ceux de Lyiam qui lui rend son regard.

Impavide.

Elle se redresse.

Traverse le préau jusqu'au râtelier où sont rangées les armes d'entraînement. Elle saisit un poignard aussi affûté qu'un rasoir. Lame courte et large.

Lyiam et Anthor l'observent sans bouger.

La première mèche est la plus difficile à couper. Les autres suivent aisément.

Nawel a dix-sept ans.

Elle brosse sa tunique du revers de la main pour en faire tomber les dernières boucles, souvenirs d'or et de promesses vaines, puis elle retourne se camper devant Lyiam.

Le salue.

– Je suis prête.

14

Nawel repoussa sa chaise avant de s'étirer en bâillant.

Un coup d'œil par la fenêtre ouverte lui permit de constater que la lune, aperçue flirtant avec l'horizon lorsque le repas s'était achevé, siégeait maintenant au-dessus du Donjo.

Elle avait passé près de deux heures à écrire.

Deux heures à écrire alors que son corps moulu la suppliait de lui accorder le repos dont il avait besoin.

Deux heures qu'elle n'avait pas vues s'écouler.

Elle était entrée dans sa chambre et se dirigeait vers son lit lorsque la liasse de feuilles blanches posée sur sa table avait attiré son regard.

L'envie avait déferlé. Avec une brutalité à couper le souffle.

Écrire.

Non pas une lettre, ni même un journal intime.

Non. Simplement écrire. Comme on respire.

Pour vivre.

Elle caressa du bout des doigts la brosse hirsute qu'était devenue sa chevelure, s'étira une nouvelle fois et posa les yeux sur la feuille qu'elle venait de noircir.

Trois coups de bâton dans les côtes et un sur le sommet du crâne. C'est à cela que se sont limités mes échanges avec Ruhil le taiseux qui porte son surnom à merveille. Il s'agit bien sûr de mes côtes et de mon crâne. Je vois mal comment j'aurais pu toucher Ruhil, à part en l'attaquant pendant son sommeil, et encore...

La vieille Louha fait preuve d'une trivialité sidérante. Elle est incapable de prononcer la moindre phrase sans l'émailler de jurons et fait sans cesse référence à sa sexualité passée. Et présente ! Elle cogne également très fort mais, au contraire de Ruhil, elle explique et, si on m'a traitée de gouse imbaisable pour la première fois de ma vie, j'ai plus appris avec Louha en un après-midi qu'avec don Zayo en cinq ans d'école.

Je me demande comment réagirait Philla si on la traitait de gouse imbaisable...

Lyiam est bavard, chahuteur, élégant. Il ressemble un peu à Ergaïl, la prétention en moins.

Sauf qu'Ergaïl ne se serait jamais risqué à me jeter par terre en m'attrapant par les cheveux !

Mes cheveux.

Drôle de me sentir aussi légère, dedans et dehors, tout en ayant envie de pleurer.

Anthor n'est ni le chef des Armures ni le responsable du Donjo. Il n'y a ni chef ni responsable ici. Anthor a rang de maître d'armes, ce qui est loin d'être dérisoire, mais ce statut ne lui est pas réservé. C'est du moins ce que j'ai cru comprendre.

Louha et Ruhil sont certainement des maîtres eux aussi, peut-être Lyiam malgré son âge et sans doute d'autres. Je n'ai pas osé poser la question.

Anthor est rugueux, abrasif même, et si je n'avais pas eu l'occasion de rencontrer Ruhil, je l'aurais sûrement considéré comme l'homme le moins bavard que je connaisse. Je me serais trompée. Anthor parle. Entre deux aboiements !

Par Kaïa, ce que j'ai mal aux bras et aux jambes ! Après la correction que m'a infligée Lyiam ce matin, je pensais mériter un temps de repos ou au moins une pause. Erreur. Le Donjo est un endroit bruyant où l'on rit beaucoup, où l'on mange bien mais c'est avant tout un endroit où l'on travaille ! Au moment où j'écris ces mots, mes doigts ont du mal à tenir mon crayon tant ils se sont épuisés à tenir épée, hache, bouclier, lance, poignard et j'en passe. J'ignorais qu'il existait autant d'armes différentes.

Et Louha qui, estimant que j'avais le physique d'une autruche et la musculature d'un lombric, s'est juré de faire de moi une guerrière culturiste en m'obligeant à soulever de la fonte !

Il y a une trentaine d'Armures en ce moment au Donjo et, avant le repas, nous nous sommes tous retrouvés dans les salles d'eau. Hommes et femmes ensemble comme si la nudité n'avait aucune importance. Malgré mon envie de me laver, j'ai failli renoncer à l'idée des regards qui allaient se poser sur moi.

J'ignore où j'ai trouvé le courage de me déshabiller mais je ne l'ai pas regretté. Personne ne m'a accordé d'attention particulière et après la journée que j'ai vécue, me glisser dans un bain bouillant s'est avéré une expérience proche de l'extase.

Il y a des sources chaudes dans les sous-sols d'AnkNor, encore une chose que j'ignorais, et le plaisir que j'ai ressenti a presque effacé mes dix heures d'entraînement. Dommage que Lyiam, quand je suis sortie, n'ait pas résisté au plaisir de me pousser sous une douche froide...

Repas dans la grande salle commune. Nourriture délicieuse, couverts dépareillés, absence d'étiquette et convives braillards. Je mourais de faim et quand j'ai constaté que les règles de bienséance en usage chez les Perles n'avaient pas cours ici, j'ai agi comme tout le monde : j'ai attrapé un cuisseau d'agneau à pleines mains et j'ai mangé. En revanche, je n'ai pas goûté le vin qui, pourtant, a coulé à flots. Louha, qui était assise à côté de moi, a bu pour deux sans paraître le moins du monde indisposée. Demain, je me servirai un verre.

Demain.

J'ai l'impression que je suis ici depuis une éternité.

Nawel se frotta les paupières.

Sur la dernière page, elle avait cessé d'écrire pour dessiner. Sans vraiment se rendre compte de ce qu'elle faisait, juste en laissant son crayon devenir autonome.

Accroupie sur un tas de gravats stylisés, une Glauque lui jetait un regard farouche. Une main à plat sur une pierre pour conserver son équilibre, l'autre posée sur le manche de son poignard, elle dégageait une aura animale que Nawel n'avait pas réussi à rendre bestiale. Au contraire.

Malgré les colifichets, la saleté, les cheveux noirs, les tatouages, la Glauque – il s'agissait de la Glauque et non d'une Glauque – paraissait beaucoup plus humaine sur le papier que dans la cité des Anciens. Ses prunelles sombres brûlaient de vitalité, sa silhouette était on ne peut plus féminine et, contre toute attente, aucune agressivité n'émanait d'elle.

Nawel saisit la feuille et la froissa jusqu'à la réduire en une boule compacte. Elle chercha ensuite une corbeille des yeux pour se rendre compte que sa chambre en était dépourvue.

– Rien de ce qui a été dessiné ne peut être gommé, murmura-t-elle. Rien de ce qui a été écrit ne peut être effacé, rien de ce qui a été fait ne peut être oublié. Ou pardonné.

Elle lissa la feuille de son mieux, la rangea dans le tiroir de sa table avec les autres, puis se glissa dans son lit.

15

– Ta garde, Nawel, ta garde !

Le hurlement d'Anthor n'eut pas l'effet escompté. Au lieu de redresser l'extrémité de son bâton afin de se protéger de l'attaque imminente de Lyiam, Nawel sursauta et chercha le maître d'armes des yeux. Lyiam en profita pour la désarmer d'un coup sec avant d'abattre son propre bâton.

Le coup, pourtant retenu, l'atteignit dans les côtes et la plia en deux.

– Par Kaïa, Nawel, tu tiens une épée, pas un balai !

Anthor Pher avait traversé le préau et se tenait planté devant elle, la foudroyant du regard.

– Une épée, Nawel ! Je comprends que tu ne parviennes pas encore à la considérer comme une extension de ton bras, poursuivit-il d'une voix de stentor, mais je ne peux admettre que tu te comportes en femme de ménage alors que tu es censée devenir une Armure ! Tu n'as pas vu venir l'attaque de Lyiam ? Même un enfant se serait méfié !

Il serra les poings.

– Par les tripes de Kaïa, tu pourrais répondre !

Nawel, toujours pliée en deux, secoua la tête.

– Non, gémit-elle… Peux pas.

– Mais pourquoi ?

– J'ai… mal.

Lyiam s'accroupit devant elle.

– Laisse-moi voir.

Il attendit que Nawel ait retrouvé son souffle pour soulever sa tunique. Là où le bâton avait percuté les côtes, la peau virait au bleu. Il palpa délicatement l'endroit de l'impact.

– Alors ? lui demanda Anthor.

– Rien de cassé. Juste un joli coup. J'ai tapé un peu trop fort. Désolé, Nawel.

– Ça lui apprendra à polir sa garde, jeta Anthor Pher en s'agenouillant à son tour. Montre.

À son tour, il palpa les côtes de Nawel, manifestant une délicatesse sans rapport avec la brusquerie de ses mots.

– Tu devrais la conduire à la salle de soins afin de passer de l'onguent là-dessus. Ça lui évitera d'être gênée tout à l'heure pour la suite de l'entraînement.

Lyiam opina et saisit le coude de Nawel pour la soutenir. Elle se dégagea au bout d'une dizaine de pas.

– Ça va, déclara-t-elle. Le coup m'a coupé la respiration mais la douleur s'estompe déjà. Retournons nous entraîner.

– Pas question, répondit Lyiam. Anthor m'a demandé de te soigner, je te soigne. Il est de mauvaise humeur en ce moment, je n'ai aucune envie de le contrarier.

– De mauvaise humeur ? reprit Nawel. D'une humeur exécrable tu veux dire. Je suis au Donjo depuis bientôt trois semaines et, mis à part le jour de mon arrivée, il ne m'a adressé que des reproches ou des railleries.

– C'est faux. Hier matin, il t'a dit bonjour.

Elle sourit.

– Ne fais pas semblant d'être idiot. Pourquoi se montre-t-il tellement acariâtre ?

– Je l'ai toujours connu ainsi, râlant, pestant, maugréant, ce qui ne l'empêche pas de veiller sur nous comme une poule sur ses poussins. N'imagine surtout pas qu'il est fâché contre toi. Louha est triviale, Ruhil silencieux. Anthor, lui, est bougon.

– Tu le trouves pourtant particulièrement de mauvaise humeur aujourd'hui…

– Oui. Les relations sont un peu tendues en ce moment avec les Gouvernants. Le roi aimerait contrôler davantage l'activité des Armures, nous transformer en un corps d'armée sous l'autorité de ses généraux. Nous avons chargé Anthor de lui expliquer que c'était hors de question, corvée peu enviable, je l'avoue.

– Les Armures ne sont pas aux ordres du roi ?

– Si, bien sûr, mais dans les limites des devoirs de notre caste. Notre fonction est de protéger, pas de jouer aux soldats.

– Je ne saisis pas très bien la différence.

– Nous intervenons chaque fois que la situation l'exige, danger lié aux Anciens, menace qaaline, problème avec les Glauques ou les Barbares, mais si nous obéissons au roi, l'appréciation de la situation demeure notre unique responsabilité.

– Ce qui signifie ?

– Ce qui signifie que si le roi fait appel à nous quand, par exemple, un avant-poste barbare résiste à ses troupes, nous décidons de la pertinence de notre intervention et, le cas échéant, de la forme que prendra cette intervention. Il est utile de le rappeler régulièrement aux Gouvernants.

– Et vous avez confié cette tâche à Anthor ? Choix curieux. Il n'y a pas de meilleur diplomate chez les Armures ?

– Méfie-toi des raccourcis faciles, Nawel, comme des jugements hâtifs. Anthor est beaucoup plus fin que ne le laissent supposer ses coups de gueule.

Nawel se mordit les lèvres. Raccourcis faciles ? Jugements hâtifs ? Lyiam la perçait à jour avec la même facilité qu'en combat il perçait sa garde. Elle n'était pas la mieux placée pour critiquer le manque de diplomatie d'Anthor !

« Tu as encore des progrès à faire, se morigéna-t-elle intérieurement. À commencer par savoir fermer ta grande bouche. »

Ils pénétrèrent dans la salle de soins, déserte à cette heure de la journée.

– Assieds-toi là, fit Lyiam en désignant l'unique couchette placée contre un mur, et enlève ta tunique.

Nawel se tendit. Elle n'avait aucune envie de se déshabiller, même en partie, devant Lyiam. Pas alors qu'ils étaient seuls dans cette pièce.

Inconscient de son trouble, Lyiam s'était détourné et fouillait dans un meuble bas à la recherche de l'onguent réservé aux contusions. Lorsqu'il se redressa, il lui jeta un regard surpris.

– Quelque chose ne va pas ?

Nawel s'obligea à relâcher ses épaules, à respirer lentement.

– Non. Rien du tout.

D'un geste maladroit, elle ôta sa tunique.

Lyiam s'agenouilla devant elle, prit une noix d'onguent au bout de ses doigts et entreprit de la masser avec délicatesse.

– Ce ne sera rien, déclara-t-il. Je me souviens de la première fois que Louha m'a astiqué les côtes avec son bâton. Elle m'en a cassé deux. Deux côtes, pas deux bâtons. J'ai souffert comme un damné pendant presque un mois. Il faut dire que je l'avais traitée de vieille sorcière. Je suppose que je méritais ce qui m'est arrivé.

Nawel ne répondit pas.

Une chaleur exquise se propageait dans son corps, née du contact des mains de Lyiam avec sa peau. Ses dernières appréhensions s'évanouirent et, sans presque s'en rendre compte, elle s'ouvrit au plaisir du massage.

Était-ce d'ailleurs vraiment un massage ?

Une caresse ?

Les doigts de Lyiam se promenaient entre son ventre et la naissance de sa poitrine, si doux et si fermes à la fois qu'il lui sembla soudain que son être entier se concentrait dans cette petite partie de son corps. Se concentrait tout en se déployant vers des horizons insoupçonnés. Bien-être. Détente. Sensualité. Volupté. Un étrange frisson parcourut son dos, tandis qu'une non moins étrange…

– Voilà, c'est fini, annonça Lyiam en se redressant.

16

Louha avait revêtu son armure et se tenait au centre du préau, un bâton d'entraînement à la main.

Autour d'elle cinq adversaires, dont Nawel, brandissaient des épées aux lames aussi affûtées que des rasoirs, attendant qu'Anthor Pher annonce le début du combat.

– N'est-ce pas dangereux ? s'était inquiétée Nawel. Je veux dire, attaquer Louha avec de vraies épées.

– L'affrontement comporte des risques, c'est sûr, avait répondu Anthor.

– Doit-on modérer nos coups ?

Il lui avait jeté un regard surpris.

– Modérer vos coups ? Pourquoi donc, par Kaïa ?

– Pour… pour ne pas la blesser.

Éclat de rire tonitruant.

– L'affrontement est risqué pour vous, pas pour Louha. Tu ne crois pas détenir la moindre chance de blesser cette vieille carne, non ? Même sans son armure et les yeux fermés, elle serait capable de vous flanquer une raclée, alors, avec Ooly sur le dos, vos chances sont celles d'un escrimeur du palais face à un barbare de l'Ouest. Nulles.

– Mais...

– Le but de l'exercice est de permettre à Louha d'entretenir sa relation avec Ooly. Ne réfléchis pas, attaque. De toutes tes forces. Comme si tu souhaitais vraiment la tuer. Tu lui feras plaisir.

– Entretenir sa relation avec Ooly ? Je ne comprends pas.

– Normal. Allez, en place !

Nawel détailla Louha. Son armure luisait doucement dans les rayons du soleil vespéral, ajustée avec une telle perfection à son corps que Nawel se demanda brièvement comment elle avait pu l'enfiler. Ses mains et sa tête étaient dégagées et donc vulnérables mais il y avait tant d'assurance dans sa garde que Nawel comprit soudain ce qu'Anthor avait tenté de lui expliquer : ils avaient beau être cinq et l'attaquer avec des armes réelles, Louha ne risquait rien.

– Trois minutes d'assaut, annonça le maître d'armes. C'est parti !

Une raclée.

Une de plus.

Ma seule consolation, c'est que les quatre fous qui ont attaqué Louha à mes côtés en ont reçu une aussi. Je l'ai touchée une fois. À l'épaule. J'ai eu l'impression d'abattre ma lame sur un bloc de fonte ou de granit. J'en ai encore les muscles du bras qui tremblent !

De son côté, Louha nous a distribué une volée qui nous aurait réduits en miettes si elle n'avait pas retenu ses coups. Enfin... je crois qu'elle a retenu surtout ceux qui m'étaient destinés. Andorran n'a pas eu droit à autant d'égards et ce soir, il n'était pas présent lors du repas. « Fatigué », m'a expliqué Lyiam. On le serait à moins.

Lyiam. Il ne m'a pas demandé des nouvelles de mes côtes, ce qui est bien. Le souvenir de ses mains sur moi s'estompe, ce qui est parfait.

Nous avons pourtant frappé de toutes nos forces. Je ne comprends pas comment une armure aussi fine peut arrêter de tels coups d'épée. Je ne comprends pas mais j'ai encore plus hâte de revêtir la mienne.

– Nawel, par Kaïa, un arc est une arme, pas un balai ! J'aimerais que...

– ... je cesse de me comporter comme une femme de ménage, je sais !

– Parfaitement ! rugit Anthor Pher. Et il est inutile de faire de l'esprit avec moi !

– Voilà un moment que je m'en suis aperçue, murmura Nawel.

– Qu'est-ce que tu as dit ?

– Rien.

– Alors va chercher les flèches que tu n'as pas brisées contre le mur et recommence. En t'appliquant cette fois ! Tu devrais être capable d'atteindre cette fichue cible, non ? Pas dans le mille, ce serait inespéré, mais au moins la toucher !

– J'ai planté trois flèches sur quatre dans la cible !

– Je me moque de ces trois flèches. La seule qui m'intéresse est la quatrième. Pourquoi ne suit-elle pas la trajectoire de celles qui l'ont précédée ? Rassure-moi, quand tu manges ta soupe, ta cuillère ne rate pas ta bouche une fois sur quatre, n'est-ce pas ?

– Non, je...

– Alors il n'y a pas davantage de raisons que tu rates la cible ! Tu es toi, tu es l'arc et tu es la flèche. Lorsque tu sauras tirer, tu comprendras que tu es également la cible mais, pour l'instant, contente-toi de cela : toi, l'arc, la flèche, trois composantes d'un même être.

– Je...

– Je rien du tout. Va ramasser tes flèches et recommence.

Je déteste Anthor.

Il ne parle pas, il grogne, et quand il cesse de grogner, il se lance dans des tirades qui se veulent édifiantes et qui sont juste assommantes. Il n'est jamais content, critique, râle, chicane… Une véritable plaie !

Cet après-midi, s'il avait pris la place de la cible, je suis certaine que toutes mes flèches auraient fait mouche.

Non. C'est faux.

Je ne le déteste pas mais j'ai parfois, souvent, toujours, du mal à le supporter. Pourquoi ne s'estime-t-il jamais satisfait ? Je fais pourtant de mon mieux…

J'aime tirer à l'arc, même si l'arbalète est plus puissante et plus précise. J'aime la courbe qu'il prend lorsque je le bande et la tension que je sens vibrer dans son âme.

Un arc possède-t-il une âme ?

Drôle de question et réponse pourtant évidente. Oui, bien sûr.

Les Glauques tirent-ils à l'arc ? J'aurais envie de dire non mais je pensais qu'ils ne connaissaient pas l'acier et j'ai pourtant failli être égorgée par une de leurs lames…

Le hasard n'existe pas.

Est-ce à cause de la Glauque rencontrée dans la cité des Anciens que j'ai affirmé cela à Anthor Pher ? Ridicule, et pourtant…

Son image me hante.

Oui, mais tant d'autres choses me hantent.

Non. Pas tant d'autres choses.

Une seule autre chose. Une mort. Une double mort.

Revenir en arrière. Ne pas proférer cet ordre inhumain. Ne pas sectionner le fil d'une vie innocente. Ne pas accepter cette graine sombre qui a germé en moi et m'envahit jusqu'à éteindre mon futur.

Le hasard n'existe pas.

J'ai mal.

Et j'aime écrire.

17

Nawel était la seule apprentie à fréquenter le Donjo. Les autres élèves étaient des Armures qui, profitant d'un passage ou d'un séjour à AnkNor, venaient s'y entraîner.

Rompus au combat par leur formation et les fréquentes escarmouches qui les opposaient aux barbares de l'Ouest, ils la dominaient dans toutes les disciplines et, s'ils veillaient à ne pas la blesser, ils se montraient à son égard d'une totale inflexibilité. En comparaison, les cours les plus difficiles que don Sayo lui avait prodigués à l'école des Aspirants ressemblaient à des conférences sur l'art de la berceuse.

Ses journées suivaient un rythme immuable. Elle se levait avant le soleil, courait une heure, parfois deux, effectuait une éprouvante série d'assouplissements sous le regard impitoyable de Louha, travaillait sa musculature avec Jehan – elle avait fini par comprendre que, malgré sa stature, Jehan était une femme –, l'équilibre et la coordination de nouveau avec Louha, puis se joignait aux groupes qui étudiaient le maniement des armes auprès de professeurs émérites, souvent Anthor Pher en personne.

À la tombée du soir elle retrouvait Lyiam pour une leçon particulière de combat à mains nues qui achevait de l'épuiser. Avenant et plein d'humour le reste du temps, Lyiam se transformait dès qu'il montait sur le tapis et devenait un professeur, certes efficace et pédagogue, mais surtout froid et impitoyable. Nawel lui devait les ecchymoses les plus marquées qui constellaient son corps. Consciente qu'il agissait dans son unique intérêt, elle parvenait toutefois à ne pas lui en vouloir. À ne pas trop lui en vouloir.

Anthor Pher supervisait son entraînement. Lorsqu'il ne lui dispensait pas de cours, il se débrouillait pour assister à ceux qu'elle suivait, au moins en partie, et n'hésitait pas à donner son avis, rarement positif.

Nawel progressait pourtant. Ceux et celles qui lui enseignaient les subtilités du combat, du tir ou de l'équitation, la complimentaient régulièrement et, alors que les semaines s'écoulaient, elle sentait approcher le moment où elle revêtirait son armure.

Sauf qu'Anthor n'était pas satisfait d'elle.

Nawel s'était habituée au caractère de cochon du maître d'armes et savait désormais déceler l'affection dissimulée dans ses grognements mais cela ne changeait rien au problème : il n'était pas satisfait d'elle.

Est-ce moi qui ne suis pas faite pour devenir une Armure ou est-ce lui qui est incapable d'admettre que je progresse ?

Lyiam m'a annoncé hier que je serai bientôt prête. Hier également, Ruhil le taiseux s'est fendu d'un bref éloge qui m'a plus touchée que les louanges régulières de Jehan. Jusqu'à Louha qui, en constatant les transformations de mon corps, a déclaré que j'étais enfin devenue baisable. Si on m'avait dit que je considérerais un jour cela comme la plus gratifiante des félicitations !

Tous sont satisfaits de moi.

Tous sauf Anthor.

Si seulement j'osais lui...

Un bruit de pas à l'extérieur. Nawel leva les yeux.

Par la fenêtre ouverte, elle aperçut une silhouette qui traversait le préau principal en direction de la salle commune. Sous la clarté de la lune elle reconnut Anthor.

Le hasard n'existe pas.

Avant de réaliser ce qu'elle faisait, elle enjamba l'appui de la fenêtre et courut vers lui.

– Anthor !

Il s'arrêta pour l'attendre.

– Tu n'as pas trouvé la porte de ta chambre ? lui demanda-t-il.

– Non. Je...

– Une envie pressante peut-être. Si c'est le cas, tu...

– Anthor, comment puis-je m'améliorer si tu ne me dis pas ce que je vaux ?

– Qu'est-ce que tu racontes, par Kaïa ?

– Comment puis-je m'améliorer si tu ne me dis pas ce que je vaux ?

Le sourire goguenard du maître d'armes disparut, remplacé par une attention sans faille. Il réfléchit un instant à la question avant de répondre.

– Tu sais ce que tu vaux. Tu le découvres chaque jour en avançant et chaque jour ceux qui travaillent avec toi te le confirment.

– Eux. Pas toi.

Il haussa les épaules.

– Cela suffit. Mon rôle est de chercher ce qui t'empêche de vraiment progresser.

– De vraiment progresser ?

– Oui.

– Je ne comprends pas. Ne viens-tu pas de déclarer que j'avance chaque jour un peu plus ?

Anthor Pher hocha la tête.

– Nul doute que tu sois destinée à porter l'armure. En revanche...

– En revanche ?

Il s'approcha d'elle.

– Un progrès dans un apprentissage, quel qu'il soit, s'accompagne toujours d'un progrès intérieur. Avancer dans sa vie n'a de sens que si l'on avance dans sa tête. Or je sens en t'observant manier l'épée, en te regardant bouger, respirer, je sens que ta progression intérieure bute contre un obstacle niché en toi. J'ignore sa nature, j'ignore si tu as conscience de sa présence, mais je sais qu'il est là parce que tu l'as laissé s'installer, se déployer en toi. Tant que tu ne l'auras pas découvert et franchi, ta progression sera freinée.

Nawel frissonna.

Elle était habituée à ce que le maître d'armes s'exprime de façon claire et tranchée, parfois brutale. Ces circonvolutions oratoires ne lui ressemblaient pas. Anthor dut remarquer son trouble car il reprit :

– En d'autres termes, devenir une Armure exige avant tout que tu deviennes toi, et tu n'es pas toi, Nawel Hélianthas, pas complètement. Voilà ce qui m'inquiète.

C'était la première fois qu'il employait son nom de famille. La première fois depuis presque quatre mois qu'elle l'entendait. Elle s'apprêtait à le lui signaler lorsqu'une étrange connexion s'établit dans son esprit.

Hélianthas.

Famille.

Obstacle.

La prise de conscience fut à ce point brutale qu'elle tituba et serait tombée si Anthor, alerté par sa pâleur soudaine, ne l'avait soutenue.

Jambes flageolantes, elle s'appuya contre lui, posa la tête sur son épaule.

Ses larmes se mirent à couler en même temps que ses mots.

– C'était une jeune femme, murmura-t-elle. Une jeune femme qui ne demandait qu'à vivre heureuse avec son mari et leur bébé…

18

Dire.

Dire ce qu'on meurt d'envie de dire.

Dire ce qu'on a besoin de dire. Besoin vital. Terrifiant.

Dire ce qu'on ignore avoir envie ou besoin de dire.

Dire pour comprendre, nettoyer, guérir, avancer.

Mais est-ce que dire suffit ?

Tout à l'heure, je l'ai cru.

Je me suis effondrée sur l'épaule d'Anthor. Pourquoi la sienne ? Je l'ignorerai sans doute toujours. J'ai pleuré. J'ai parlé. J'ai pleuré en parlant, parlé en pleurant, comme si un univers de larmes et de mots demandait à jaillir de moi. Et jaillissait.

Il a écouté. Immobile et silencieux. Si réceptif que je ne savais plus si c'était à lui que je parlais, à moi ou à elle. Elle. Sylia. La jeune Cendre que j'ai tuée.

Est-ce que dire suffit ?

Lorsque mes mots se sont taris, j'ai cru que oui.

Noir dissous, nœud défait, angoisse chassée... Mes yeux se sont fermés, je me suis sentie m'assoupir. Vidée de mes émotions par mes paroles.

« Va te reposer », a murmuré Anthor.

Il n'a rien dit d'autre. Comment a-t-il su que je ne voulais rien entendre d'autre ?

Je ne me souviens pas avoir regagné ma chambre mais c'est pourtant ce que j'ai dû faire puisque c'est dans mon lit que je viens de me réveiller.

Je suis assise à ma table, devant la fenêtre ouverte sur la nuit.

Dehors, la lune ronde transforme le ciel nocturne en écrin.

Est-ce que dire suffit ?

Je ne crois pas.

Je suis vide. Creuse. Asséchée.

Et j'ignore comment y remédier.

19

– Tu ne veux vraiment pas me révéler où nous allons ?

– Non.

– Mais pourquoi, par Kaïa ?

– Parce que.

Nawel prit une profonde inspiration. Elle avait envie de protester, trépigner, hurler... Elle parvint à se contenir.

– Anthor, commença-elle d'une voix qu'elle voulait posée mais qui dissimulait mal son énervement, ce qui s'est passé hier soir n'explique pas que...

– Je me contrefiche de ce qui s'est passé hier soir !

– Tu te...

– Oui.

Nawel serra les dents, résolue à ne plus ouvrir la bouche.

Lorsque Anthor lui avait annoncé au petit matin qu'ils partaient sur-le-champ, elle avait d'abord cru que, touché par ses confidences, il cherchait à la distraire. Quand il avait refusé de lui indiquer leur destination, elle avait pensé qu'il voulait titiller sa curiosité. Elle devait maintenant admettre que leur voyage inopiné n'avait aucun rapport avec ce qu'elle lui avait confié la veille. Et admettre qu'Anthor était bel et bien l'homme qu'il paraissait être : un rustre insensible !

Elle retint Roméo afin qu'il se place derrière la monture d'Anthor. Si, tenue à l'obéissance par son statut d'apprentie, elle ne pouvait lui fausser compagnie, il était hors de question qu'elle chevauche à ses côtés.

Au sortir d'AnkNor, ils avaient pris la direction du nord mais avaient bifurqué vers l'ouest avant d'atteindre les premières dunes du désert. Ils venaient de franchir à gué une paisible rivière dont Nawel aurait volontiers appris le nom si cela n'avait pas nécessité de parler à Anthor, lorsqu'une escouade de soldats surgit sur la piste devant eux. Ils se déployèrent de façon à leur barrer le passage et un officier se porta à leur rencontre.

Son visage, hautain et autoritaire, changea brusquement d'expression lorsqu'il découvrit l'armure que portait Anthor Pher. Il s'inclina avec respect.

– Soyez les bienvenus, déclara-t-il avec emphase avant d'ordonner à ses hommes de s'écarter.

Anthor Pher, impassible, et Nawel, stupéfaite, passèrent devant les soldats figés dans un garde-à-vous solennel. Lorsqu'ils se furent un peu éloignés, Nawel n'y tint plus.

– Nous sommes les bienvenus où ? demanda-t-elle en jetant un regard étonné autour d'eux. Le dernier village que nous avons traversé se situe à une heure de cheval. Ces soldats ne surveillent quand même pas la prairie ?

– Camp militaire, répondit Anthor.

– Quoi, camp militaire ? s'emporta Nawel. Tu pourrais être plus clair ?

Il soupira.

– As-tu remarqué que, les Armures mis à part, les seuls hommes en armes à pénétrer dans AnkNor sont les milices des grandes maisons et la garde royale ?

– Oui mais…

– Tu l'as remarqué et tu ne t'es jamais demandé où se trouvait l'armée ?

– Je… je… non.

– Ta curiosité fait plaisir à voir, dit Anthor Pher. Eh bien l'armée ou plutôt les armées sont installées dans des camps situés à l'écart des cités afin d'intervenir rapidement en cas de besoin et, surtout, pour ne pas gêner les Perles qui n'apprécient guère le bruit des armes et l'odeur de la transpiration.

– Et c'est là que nous nous rendons ? Dans un camp militaire ?

– Ouais.

Nawel se tut. De toute évidence, Anthor n'en dirait pas davantage.

Ils traversèrent un bois d'aulnes que l'automne transformait en une féerique explosion de rouges et d'ors, contournèrent une barre rocheuse prise d'assaut par la végétation avant qu'un affaissement du relief ne leur révèle le camp, vaste et ceint d'une palissade de rondins.

Nawel discerna d'abord une multitude de tentes alignées le long d'allées tracées au cordeau, puis une immense zone d'herbe rase qui devait servir pour les entraînements ou pour parquer les chevaux et enfin une dizaine de massives constructions en bois dressées au bord d'un plan d'eau circulaire.

Étrangement, et alors que le camp pouvait accueillir plusieurs milliers d'hommes, il paraissait pratiquement désert.

Des gardes à l'entrée, quelques cavaliers solitaires, une poignée de soldats vaquant à leurs occupations et un silence écrasant baignant l'ensemble.

– Les barbares de l'Ouest sont pris de frénésie guerrière en ce moment, expliqua Anthor. Tout ce que le royaume compte de soldats, ou presque, est en train de s'expliquer avec eux.

Les gardes en faction à l'entrée du camp ne leur posèrent aucune question, comme si, à elle seule, l'armure que portait Anthor constituait un laissez-passer suffisant.

– Tu es déjà venu ici ? lui demanda Nawel.

– Ouais.

Ils longèrent les baraquements, tournèrent dans une allée plus large que les autres et atteignirent les bâtiments en bois dressés au bord du plan d'eau. Il y avait davantage d'animation dans cette partie du camp et, alors qu'ils mettaient pied à terre, des regards curieux se tournèrent dans leur direction.

– Je n'en aurai pas pour longtemps, annonça Anthor. Prends nos montures et attends-moi là-bas.

Il désignait une construction en cours d'achèvement sur le toit de laquelle s'activait une équipe de charpentiers. Nawel se mordit la langue pour ne pas exploser. Trois heures de route pour jouer le rôle de gardienne d'écurie. Anthor avait-il décidé de la pousser dans ses ultimes retranchements ?

D'un geste brusque, elle s'empara du licol que lui tendait le maître d'armes et, sans un mot, guida les chevaux vers l'endroit indiqué.

Un abreuvoir se trouvait là et, tandis que les bêtes s'y désaltéraient, elle s'assit sur un tas de planches.

Bien que l'automne fût avancé, il faisait chaud en cette fin de matinée et, malgré la colère qui vibrait toujours en elle, Nawel se surprit à apprécier la caresse du soleil sur sa peau.

Le soleil et le calme.

Anthor avait disparu dans une des bâtisses, le silence environnant n'était rompu que par la respiration des chevaux et les marteaux des charpentiers au-dessus de sa tête.

– Tu peux m'envoyer l'herminette qui se trouve à côté de toi, s'il te plaît ?

Nawel mit un instant à comprendre que c'était à elle que s'adressait le charpentier perché sur une poutre. Un Cendre tutoyer une Perle de façon aussi familière ? C'était impossible.

Puis elle réalisa que rien dans son habillement ne la désignait comme une Perle. Ni comme une future Armure. Vêtue d'une cotte de mailles légère, surveillant des chevaux dans un camp militaire, elle ne pouvait être qu'un soldat. Une soldate. Une Cendre.

– L'herminette c'est la petite pioche à la lame affûtée. Oui, celle-là !

Goûtant la cocasserie de la situation, elle saisit l'outil posé près d'elle et, d'un geste précis, le lança au charpentier qui le rattrapa avec adresse.

– Merci, tu… On se connaît, non ?

Nawel ne répondit pas.

Incapable de proférer le moindre mot.

Bien sûr qu'elle connaissait le jeune homme qui l'observait avec curiosité. Comment oublier ces yeux verts, si étranges pour un Jurilan ?

Et bien sûr qu'il la connaissait.

Elle avait tué sa femme.

20

– Hé, Arlyn, la demoiselle est charmante mais les chevrons ne se cloueront pas par magie !

Le jeune charpentier leva la tête vers ses compagnons.

– La paix, bande de jaloux, leur lança-t-il en riant. Jusqu'à présent, j'ai assuré tout seul la moitié du boulot. Vous pouvez vous débrouiller cinq minutes sans moi, non ?

Alors qu'une série de quolibets répondaient à sa boutade, il reporta son attention sur Nawel.

– Voilà. Tu sais maintenant comment les liens qui m'unissent au bois m'ont évité d'être écharpé par un barbare assoiffé de sang.

Il avait sauté à terre un peu plus tôt et, lorsque Nawel lui avait assuré qu'ils ne s'étaient jamais rencontrés, il s'était assis près d'elle et avait engagé la conversation sur un ton affable.

Très vite, il lui avait expliqué que, n'éprouvant aucun goût pour le maniement des armes, il était très heureux de passer ses journées perché dans des charpentes, loin des champs de bataille. Sa seule crainte était qu'une pénurie d'hommes de troupe l'oblige à endosser une cotte de mailles.

– C'est peut-être indiscret, fit Nawel après une brève hésitation, mais si le métier de soldat te rebute, pourquoi t'être engagé ?

Le visage d'Arlyn se figea tandis que son sourire disparaissait.

– C'est une triste histoire, répondit-il. Je ne suis pas sûr qu'elle t'intéresse. Pas sûr, non plus, d'avoir envie de la raconter.

Priant pour qu'il ne perçoive pas les battements désordonnés de son cœur, Nawel esquissa un timide sourire.

– J'ai toujours aimé entendre les histoires, même tristes. Si tu acceptes de me l'offrir, je l'écouterai avec plaisir.

Il hocha la tête.

– Offrir. Le mot est juste. Offrir un morceau de soi. En partage. Un morceau sombre et douloureux. Un morceau essentiel. Sais-tu que l'on se construit plus par les drames auxquels on survit que par les bonheurs que l'on vit ?

– Je… Je n'ai jamais réfléchi à cela.

Une fois encore Arlyn hocha la tête.

– Peut-être parce que, jusqu'à aujourd'hui, les tempêtes t'ont évitée.

Puis il parut plonger à l'intérieur de lui-même et ses yeux verts gagnèrent en éclat.

– Je ne possède que des fragments de souvenirs de mon passé récent, tu comprendras bientôt pourquoi, et mon histoire sera courte.

Il prit une profonde inspiration.

– Douce, belle, délicate, elle était porteuse de lumière. Nous nous étions rencontrés chez des amis communs et l'amour s'était imposé à nous avec une telle évidence que ni elle ni moi n'avions éprouvé le moindre doute lorsqu'il nous avait emportés. Elle s'appelait Sylia et elle est devenue ma femme. Elle marchande de fruits, moi charpentier, nous n'étions pas riches, aucun Cendre n'est riche tu le sais, mais nous étions heureux, bien plus heureux que n'importe quel Perle. Le bonheur est une fleur qui croît. Après trois années de vie à deux, nous avons eu un enfant.

« Oum », faillit compléter Nawel.

Elle se mordit les lèvres.

– Oum, continua Arlyn inconscient de son trouble. Un merveilleux bébé. Sa naissance a affaibli Sylia sans altérer sa lumière. Au contraire. Elle était si belle et nous nous aimions tant. As-tu déjà aimé ? As-tu déjà été aimée ?

– Je… non. Je… je ne crois pas.

– C'est la plus belle chose que je puisse te souhaiter. Un jour…

Il se tut.

– Un jour ? reprit doucement Nawel.

Il fallait qu'il continue. Elle se trouvait en équilibre entre la vie et la mort. S'il ne continuait pas, elle basculait.

– Un jour, la route de Sylia a croisé celle d'une jeune Perle. Une de ces héritières prétentieuses et stupides, convaincues de leur supériorité, simplement parce qu'elles sont nées au bon endroit. La Perle, s'estimant bafouée, a exigé que Sylia soit fouettée et, lorsque j'ai imploré sa clémence, j'ai juste eu le droit de partager son sort. Sylia se remettait à peine de la naissance d'Oum, elle est morte sous les coups de la milice.

Sa voix s'était brisée. Il ferma les yeux une seconde, les rouvrit et poursuivit :

– Le soir même Oum succombait à un terrible accès de fièvre. J'ai cru que l'univers s'écroulait, je me suis senti... Tu pleures ?

– Je... oui. Continue s'il te plaît.

– Je n'étais que haine et désespoir. La mort était la seule issue envisageable. Celle de la Perle qui m'avait volé Sylia et la mienne, surtout la mienne, mais avant que j'aie pu ordonner mes pensées, des gardes sont venus me chercher. Ils m'ont conduit devant des Robes Mages qui se sont occupés de moi.

– Que veux-tu dire par là ?

– Ils ont effacé mes souvenirs et ont convaincu mon esprit que j'avais envie de m'enrôler dans l'armée. Je me suis retrouvé ici, la tête aussi vide que celle d'un nouveau-né.

Aucun Robe Mage n'est toutefois assez puissant pour me contraindre à oublier Sylia. Mes souvenirs sont revenus et si des pans entiers de mon passé restent flous, l'essentiel m'appartient à nouveau.

– Et tu es resté ?

– Oui. Je fais le métier que j'aime, j'ai des amis qui me sont devenus chers et, surtout, je continue à avancer.

Nawel tressaillit.

– Peux-tu m'expliquer ça ?

– Ce que j'ai vécu avec Sylia, sa lumière, son amour, nos jours et nos nuits, tout cela est à moi, comme le bonheur de la naissance d'Oum m'appartient. Personne, jamais, ne me le prendra. C'est une force immense et je ne peux donc qu'avancer puisque je ne suis pas mort.

– Tu… tu ne ressens plus de haine ?

Sourire dur. Effrayant.

– Si, bien sûr. Pour les Perles en général, pour celle qui a causé mon malheur en particulier. Bien des fois, la nuit, je me réveille en sursaut, étreint par une irrésistible envie de meurtre et de sang. Pour l'instant, je repousse cette envie. Y céder serait me figer dans le passé alors que je dois à Sylia, je dois à Oum, je me dois de cheminer vers l'avenir. Mais la lutte est difficile et il m'arrive souvent de penser que la vengeance est la seule voie conduisant à l'apaisement. Que fais-tu ?

Nawel s'était levée et regardait autour d'eux. Anthor n'avait pas réapparu, aucun soldat n'était en vue, les charpentiers étaient passés de l'autre côté du toit.

Arlyn et elle étaient seuls.

Elle s'accroupit devant lui. Puis s'agenouilla. Vérifia qu'il tenait toujours l'herminette à la main. Lame puissante et affûtée. Planta ses yeux bleu pâle dans le vert des siens.

Elle avait mal au ventre, mal au cœur, mal à l'âme, elle avait peur, mais, au-delà de sa peur et de ses maux, elle était étrangement sereine. Le hasard n'existait pas, elle se trouvait à la croisée de ses chemins, peut-être à la fin de sa route, elle se trouvait à sa place. Enfin.

– Je te demande pardon.

– Quoi ? Que dis-tu ?

– Je te demande pardon. Je suis la Perle qui a causé la mort de ta femme. La Perle prétentieuse et stupide que tu hais. Te dire qu'il ne s'est pas écoulé un seul jour sans que je regrette de tout mon être cette prétention et cette stupidité ne te rendra pas Sylia, alors… tu m'as offert ton histoire, je t'offre l'apaisement.

Elle courba la tête.

21

Long silence.

Puis un murmure. Déchiré.

– Pourquoi ? Pourquoi es-tu venue ?

Nawel garda la tête baissée.

– C'est le hasard qui m'a guidée jusqu'à toi. Ce hasard qui n'existe pas et se lie pourtant à chacun de mes pas.

– Pourquoi m'avoir parlé ?

– Pour te demander pardon.

Nouveau silence. Plus long encore que le premier.

– Non.

Le cœur de Nawel se serra. Demander pardon ne signifiait pas être pardonnée. Elle le savait. Ses actes ne...

– Non, reprit Arlyn à voix basse, tu n'es pas venue pour me demander pardon. Et le hasard n'est pour rien dans ton arrivée.

Elle leva les yeux.

Frémit en découvrant la souffrance gravée sur le visage du jeune charpentier. Inscrite à jamais dans ses yeux.

– Je...

– Tu es venue pour me libérer.

– Te libérer ? Je...

– « La vie est un chemin qui se parcourt dans un seul sens », m'a dit Sylia la seule fois où nous nous sommes disputés. La reprendre à zéro est impossible. On peut choisir sa destination, réfléchir quand on arrive à une intersection, ralentir, accélérer, décider de ne plus refaire les mêmes erreurs, on ne revient jamais en arrière. Je comprends aujourd'hui à quel point elle avait raison.

Ses traits s'apaisèrent. Un peu.

– Le passé sert à construire l'avenir mais il est immuable. Me venger ne rendra pas la vie à celle que j'aime, me venger est aussi vain que vouloir remonter le temps.

Un sourire pâle naquit sur ses lèvres.

– Accepter ce qu'a été ma vie et décider de ce qu'elle sera. C'est en me permettant de comprendre cela que tu m'as libéré.

Il se leva.

Nawel se tenait toujours à genoux devant lui.

Il lui jeta un regard qui l'ébranla plus que s'il l'avait prise par les épaules et jetée à terre. Ni haine, ni pitié. Ni mépris ni colère.

Indifférence.

Il passa l'herminette à sa ceinture. En quelques mouvement adroits, il grimpa sur la charpente, héla ses compagnons et disparut de l'autre côté du toit.

Nawel resta seule.

22

– Tu savais qu'il serait là ?

– Ouais.

– Comment ?

– J'ai réveillé un vieil ami officier qui se souvenait de l'affaire et j'ai effectué l'aller-retour jusqu'au camp pour vérifier.

– La nuit dernière ?

– Ouais.

Pendant un long moment, seuls le claquement des sabots des chevaux sur la piste et le chant du vent dans les hautes herbes meublèrent le silence puis Nawel reprit la parole :

– Tu savais aussi ce que je dirais et quelle serait sa réaction ?

– Non.

– Et si j'avais refusé de lui parler ?

– Tu n'aurais jamais guéri.

– Et s'il avait décidé de me tuer pour se venger ?

Anthor haussa les épaules.

– Il n'y a pas de guérison sans risque.

– Je n'ai pas le sentiment d'être guérie.

– Pourtant tu l'es.

– Ah bon…

– Ouais.

Silence. Long silence. Très long silence. Rompu une fois encore par Nawel.

– Comment tu le sais ?

– Comment je sais quoi ?

– Que je suis… guérie.

– Ta façon de bouger. Ta façon de respirer aussi. De te tenir. Et ton regard.

– Tout ça ?

– Ouais.

Silence. Émaillé de coups d'œil furtifs. Doute, affection, humour et certitudes.

– Anthor ?

– Ouais ?

– Merci.

23

Avancer.

M'appuyer sur ce que j'ai vécu.

Sur ce que j'ai fait. Bien et mal.

Sur mes forces et mes faiblesses.

Mes joies et mes regrets.

Mes remords.

Avancer.

Anthor a raison. Je respire mieux. Je me sens légère. Suis-je guérie ? Je l'ignore mais j'ai l'intention d'avancer.

Avancer.

LES ÉTOILES ET LA ROUE

1

– Par Kaïa, Nawel, peux-tu t'appliquer ou dois-je demander à Jehan de s'asseoir sur ton dos pour t'aider ?

À l'idée des cent vingt kilos de Jehan appuyant sur ses omoplates afin de lui offrir les quelques centimètres la séparant du grand écart, Nawel poussa un grognement et redoubla d'efforts. Un peu plus tôt dans la journée, elle avait reçu un violent coup de bâton qui lui avait tétanisé la cuisse pendant presque une heure. Elle s'en remettait juste et n'avait pas encore recouvré toute sa souplesse, mais Louha s'en moquait.

La vieille Armure se montrait d'une exigence qui frôlait la tyrannie et si s'entraîner avec elle était le gage de rapides progrès, ses élèves savaient que les mots compréhension, indulgence ou douceur n'appartenaient pas à son vocabulaire.

Deux semaines plus tôt, Lyiam avait quitté le Donjo pour une mission de surveillance dans le nord.

Ruhil le taiseux avait proposé de le remplacer pour achever d'enseigner à Nawel les finesses du combat à mains nues mais Louha était intervenue avec sa brusquerie coutumière.

– Hors de question ! Elle se débrouille très bien et Lyiam ne fait d'ailleurs plus le malin quand il la rencontre sur le tapis. En revanche, elle est aussi souple qu'une enclume. Puisqu'elle est libre le soir, je m'occuperai d'elle.

Ruhil avait adressé un regard désolé à Nawel et s'était incliné.

Nawel passait désormais près de cinq heures par jour sous les ordres de Louha. Elle souffrait, suait, rouspétait mais avait indubitablement gagné en souplesse. Son corps répondait avec rapidité et aisance, son efficacité lui procurant une telle satisfaction qu'elle en oubliait volontiers la sévérité de Louha et le travail que cela lui demandait au quotidien.

– Ça ira pour aujourd'hui, lâcha Louha. Je t'accorde dix minutes pour une douche et tu me rejoins sous le grand préau.

Nawel jeta un coup d'œil surpris à la vieille Armure. Il s'en fallait de presque une heure que l'entraînement soit achevé. Que lui arrivait-il ?

– Inutile de m'observer ainsi ! Obéis, et sans traîner s'il te plaît. J'ai mieux à faire que t'attendre.

Nawel obtempéra et descendit en boitillant dans les sous-sols du Donjo.

Les salles d'eau, taillées dans la roche, étaient éclairées par un judicieux système de miroirs captant et distribuant la lumière du soleil. Nawel adorait se glisser dans un bain bouillant au sortir de ses entraînements ou, lorsqu'elle en avait le temps, s'allonger sur les bancs d'un hammam.

Ce soir-là toutefois, sa curiosité attisée par l'étrange attitude de Louha, Nawel opta pour une douche froide et rapide. Une fois lavée, elle jeta un coup d'œil à son reflet dans une glace.

Courtes mèches blondes, visage étroit, presque émacié, corps fin et musclé, paumes calleuses, elle ne ressemblait plus à la jeune fille qui, six mois plus tôt, avait passé le seuil du Donjo.

« Et pourtant c'est toujours moi, songea-t-elle. Transformée, certes, mais toujours moi. Une seule vie, de la naissance à la mort. Une vie unique, sans possible retour en arrière, sans remise à zéro des actes, des gestes ou des pensées. Une vie à respecter. Une vie à vivre. Intensément. »

Sa rencontre avec Arlyn datait de trois semaines et pas une seule journée ne s'était écoulée depuis sans qu'elle songe à ce qu'elle avait appris ce matin-là.

Elle se détourna, enfila une tunique et un pantalon propres avant de quitter les salles d'eau pour rejoindre Louha sous le grand préau.

La vieille Armure n'était pas seule. Anthor Pher se trouvait avec elle, ainsi que Jehan, Ruhil et, un sourire étira les lèvres de Nawel, Lyiam, de retour des plaines de l'Ouest. Retour récent si l'on en croyait ses vêtements poussiéreux et ses traits, joyeux mais tirés par la fatigue.

Ce n'était pas tout.

Une jeune femme se tenait à côté des Armures.

Menue, vêtue de la robe bleue des Historiennes, ses longs cheveux couleur miel encadrant un visage juvénile aux pommettes hautes.

Philla.

Nawel hésita à la reconnaître, non qu'elle eût particulièrement changé mais parce que sa présence dans le Donjo lui semblait aussi improbable qu'un rêve d'enfant soudain matérialisé.

Puis Philla lui sourit et une vague de bonheur déferla sur Nawel.

Elle courut jusqu'au préau, s'arrêta, hésita un bref instant avant de repousser doutes et appréhension et de se jeter dans les bras de son amie.

Elles s'étreignirent un long moment puis s'écartèrent afin de mieux s'observer.

– Par Kaïa, murmura Philla en lui caressant la joue, où est la Nawel que je connaissais ?

Nawel, surprise, pencha la tête sur le côté. Philla se tenait droite, épaules rejetées en arrière, et rayonnait d'une incroyable assurance. Jusqu'à sa voix qui, en progressant dans les graves, avait perdu l'accent de la jeunesse et celui de la timidité.

– Elle est sans doute restée avec la Philla que je fréquentais, répondit Nawel en lui serrant les doigts. Quelque part du côté de notre jeunesse.

Anthor Pher toussota pour attirer leur attention et elles se tournèrent vers lui, non sans avoir auparavant échangé un clin d'œil qui scellait leurs retrouvailles.

– Votre joie fait plaisir à voir, déclara le maître d'armes, mais je dois t'informer, Nawel, que la présence de Philla Caritian ce soir n'est pas due seulement à l'amitié qui vous lie.

Nawel se figea.

La solennité inhabituelle vibrant dans la voix d'Anthor et la discrète tension dans son maintien requéraient sa totale attention. Quelques mois plus tôt, quelques semaines peut-être, elle ne les aurait pas perçues, mais elle était devenue une guerrière, une Armure en puissance, et ce qui n'était pour les autres qu'imperceptibles détails accédait pour elle au rang de signaux essentiels.

– Philla Caritian a été invitée au Donjo en tant qu'Historienne, poursuivit Anthor Pher en hochant la tête pour montrer qu'il avait pris note de la vigilance de Nawel et l'approuvait.

Il se tourna vers Philla.

– Ma formation a été plus courte que la tienne, confirma cette dernière. Je porte ma robe depuis maintenant deux mois. J'ai été désignée par mes pairs pour chroniquer l'événement qui se déroulera ce soir et l'inscrire dans le livre mémoire des douze cités.

– L'événement ? reprit Nawel en hésitant.

– Oui. Chroniquer les événements marquants de l'histoire du royaume est l'une des attributions de ma caste.

Anthor Pher opina.

– L'heure est venue pour toi de revêtir ton armure, Nawel.

2

De prime abord, l'armure n'avait rien d'impressionnant.

Lorsque Anthor Pher ouvrit la longue boîte de bois veiné de rose que Jehan venait de déposer sur la table, Nawel eut du mal à réprimer un soupir de déception.

Plissée, flasque, l'armure ressemblait davantage à une combinaison taillée dans un tissu terne qu'à la mythique peau de métal qu'elle avait vue scintiller sur ses compagnons.

Existait-il plusieurs sortes d'armures ? Les guerriers achevant leur apprentissage revêtaient-ils une armure de transition avant d'avoir le droit d'en porter une vraie ? Avait-elle démérité ?

– Déshabille-toi.

Nawel mit quelques secondes à comprendre que c'était à elle que s'adressait Anthor Pher.

– Me déshabiller ?

– Oui. Aucun vêtement ne doit interférer dans la communication.

– Je... d'accord.

Les règles de pruderie – de décence, aurait corrigé Siméa Hélianthas – qui avaient marqué la jeunesse de Nawel avaient volé en éclats lorsqu'elle avait intégré le Donjo.

– Un corps se respecte, lui avait déclaré Louha la première fois qu'elle avait vu Nawel hésiter à se déshabiller devant elle. Que ce soit le tien ou celui d'un autre, fût-il un ennemi. Inutile toutefois de le dissimuler ou d'en avoir honte, inutile de l'afficher ou d'en tirer de l'orgueil pour lui offrir le respect qu'il mérite. Un respect qui passe par l'acceptation. Sous toutes ses formes.

La vieille Armure venait de se glisser dans un bain fumant. Elle avait passé la main sur sa joue sillonnée de rides profondes.

– Cette peau plissée n'est ni belle ni laide, Nawel. C'est juste la mienne et je la respecte même si elle n'a plus la douceur et l'éclat de la tienne. Et si je la respecte, pourquoi devrais-je la cacher ?

Nawel avait intégré ces paroles et se dévêtir devant ses compagnons ne lui avait plus jamais posé de problèmes, hormis l'unique fois où Lyiam lui avait demandé d'ôter sa tunique pour la soigner.

Ce soir pourtant, elle ressentait de la gêne.

Elle connaissait bien ceux et celles qui l'entouraient et n'aurait dû éprouver aucun embarras à se montrer nue devant eux mais l'intensité de leurs regards, étrangement, la troublait.

Pourquoi la dévisageaient-ils ainsi ?

Ce n'était toutefois pas le moment d'avoir des états d'âme. Se contraignant à la raison, elle ôta ses vêtements.

Lyiam poussa un sifflement en découvrant l'ecchymose noirâtre qui couvrait sa cuisse. Il s'abstint néanmoins de tout commentaire.

Anthor Pher, lui, saisit l'armure dans la boîte et s'approcha de Nawel.

– Tiens, dit-il. Passe-la.

Nawel demeura interdite.

Passe-la.

C'était tout ?

Elle n'avait pas imaginé que l'événement – car c'était bien un événement, Philla venait de le confirmer – se déroulerait ainsi. Certes les règles de vie du Donjo, entièrement tournées vers la simplicité, rendaient impossible, voire ridicule, une cérémonie fastueuse. De là à verser dans la trivialité il y avait un pas que Nawel peinait à franchir.

Passe-la ?

Anthor Pher fronça les sourcils.

– C'est quand tu veux, Nawel !

– Mais…

– L’important n’est pas le moment où on te remet l’armure mais celui où tu la revêts. Crois-moi !

Nawel se résigna à se saisir de l’armure.

À son contact, elle tressaillit. Une vibration chaude et caressante partie de ses doigts venait de remonter jusqu’à sa nuque. C’était comme si... C’était stupide pourtant, un bref instant, elle avait eu l’impression que l’armure était vivante.

Elle l’observa de près.

Il s’agissait bien d’une combinaison, trop grande pour elle, l’enfiler ne lui poserait aucun problème. La refermer serait plus difficile, il n’y avait ni bouton ni lacet prévu à cet usage.

Quant au rôle qu’elle serait amenée à jouer, même en se montrant optimiste, difficile de croire qu’elle arrêterait ne serait-ce qu’un coup de canif.

Consciente que sa déception était visible et peinait sans doute ses compagnons, Nawel passa les jambes dans l’armure – pourquoi appeler armure un sac pareil ? – la remonta sur ses épaules, glissa ses bras dans les manches.

Réveil.

Nawel sursauta. Retint de justesse un cri de surprise.

L’armure vibrait contre sa peau. Devenait chaude. Moelleuse. Presque onctueuse.

Premiers ajustements après mise en veille totale.

Nouveau sursaut. Accompagné d'un cri, cette fois-ci impossible à retenir.

L'armure se transformait. Rétrécissait. Se refermait sur son corps. S'y ajustait. De façon parfaite. Jusqu'à devenir plus que moulante. Une seconde peau.

Lancement de la procédure protection.

Nawel renonça à la surprise pour basculer dans l'acceptation.

Fascinée.

L'armure venait de changer de structure. Oublié le tissu terne et flasque. Devenue métal satiné, elle captait la lumière du soir, la polissait, la sublimait avant de l'offrir aux rêves de ceux qui la contemplaient, éblouis par sa renaissance.

Scan surfacé de l'hôte.

Lésion bénigne du vaste externe gauche.

Intervention à 11 %.

Nawel sentit la chaleur de l'armure se focaliser sur sa cuisse blessée. Devenir onde rayonnante tandis que la douleur s'estompait. Disparaissait. Totalement.

Scan profond de l'hôte.

Stress niveau 2. Acceptable.

Inflammation du larynx niveau 1. Acceptable.

Aucune intervention programmée.

Nawel observa son bras puis baissa les yeux. Si l'armure s'arrêtait au niveau de son poignet, elle avait recouvert ses pieds, les protégeant du froid et leur offrant de confortables semelles.

Mise en place achevée.

Contact.

Nawel écarquilla les yeux. Quelque chose se glissait dans son esprit. Doux et fort à la fois. Incroyablement proche.

Elle demeura immobile un long moment, tentant d'appréhender la réalité de ce qu'elle était en train de vivre, découvrant puis acceptant peu à peu cette nouvelle présence. Autour d'elle et en elle.

Prise de contact achevée.

Synergie positive à 100 %.

Nawel se tourna vers Philla, une nouvelle lumière dans le bleu de son regard.

– Elle s'appelle Venia, murmura-t-elle.

3

– *Es-tu… vivante ?*

- Non.

– *Mais… tu me parles.*

- Oui.

– *Pourquoi ?*

- Parce que tu es mon hôte et que tes paramètres physiques et mentaux sont compatibles avec une synergie à 100 %. Le dialogue est possible à partir de 87 %, efficace à partir de 93 %. Une synergie à 100 % est très rare, moins de 0,04 % des binômes hôte/armure. Je ne l'ai jamais testée et ma base de connaissances à ce sujet est donc vide.

– *Qu'est-ce que ça signifie ?*

- Que nous allons apprendre ensemble.

– *Que dois-je faire ?*

- Me porter et veiller à offrir à mes cellules le soleil dont elles ont besoin pour se recharger. Tu n'as pas d'autre devoir à mon égard, j'ai été conçue pour être autonome.

– *Conçue ? Qui t'a... fabriquée ?*

- Aucune idée. Je suis une armure, pas une encyclopédie, il n'entre pas dans mes attributions de répondre à de telles questions.

– *Toutes les armures sont-elles identiques ?*

- Identiques non. Similaires oui. Notre fonction unique est de protéger notre hôte mais les outils à notre disposition dépendent en grande partie de notre niveau de synergie avec lui.

– *Peux-tu réellement arrêter une flèche ?*

- Cela dépend de la flèche, de la distance à laquelle elle a été tirée, de sa vitesse initiale, de son angle de frappe, de la composition de sa pointe et de l'état de charge de mes cellules. Les statistiques montrent que, mes batteries à 50 % de charge, j'ai 98 % de probabilités d'arrêter une flèche et 79 % de probabilités d'arrêter un carreau d'arbalète.

– *Et un coup d'épée ?*

- Cela dépend du coup, taille ou estoc, de l'épée, de sa composition, de son angle de frappe, de la masse musculaire de celui qui la manie, du rapport entre cette masse musculaire et la résistance de...

– *Oublie cette question.*

- D'accord.

– *Dis, Venia, es-tu magique ?*

- Je ne comprends pas ce mot.

– *Es-tu liée aux arcanes, aux noms et aux fils ?*

- Trop de paramètres inconnus pour que ma réponse atteigne les 100 % de fiabilité requis. Je peux en revanche lui garantir un taux de fiabilité de 78 % minimum. Veux-tu que je la formule ?

– *Je t'écoute.*

- **Je suis constituée d'un alliage de métal protéiforme géré par des puces de troisième génération sur base nanotechnologique.**

– *Tu es certaine que le taux de fiabilité de ta réponse s'élève à 78 % ?*

- **Oui.**

– *Alors je suis désolée, là c'est moi qui n'y comprends rien !*

- **Je te l'ai dit tout à l'heure. Une synergie à 100 % est extrêmement rare. Nous allons devoir apprendre ensemble.**

4

Fait exceptionnel, Philla avait été invitée à partager la table des Armures.

– Ce n'est pas si étonnant que ça, rétorqua Anthor Pher, vexé que son hospitalité ait été mise en cause par une boutade de Nawel. Nous veillons simplement à nous tenir à l'écart des ragots sordides, des coalitions secrètes et des manigances iniques.

– C'est-à-dire à vous tenir à l'écart des Robes, traduisit Philla en souriant. Et comme les Cendres ne sont pas admis dans la ville Perle, les Armures mangent avec les Armures.

Nawel lui lança un regard surpris. Philla avait réellement gagné en assurance.

Et en clairvoyance.

Lyiam, assis en face d'elle, n'avait pas attendu qu'elle pique la susceptibilité du maître d'armes pour s'intéresser à elle. Il la dévorait des yeux depuis le début du repas, ce qui permit à Nawel de réaliser qu'elle n'avait connaissance d'aucune relation amoureuse à l'intérieur du Donjo. Non que ces relations soient interdites, ni même déconseillées, juste qu'elles étaient inexistantes. Est-ce que…

– Le groupe d'étude auquel je participe s'est intéressé de près au texte que tu as rapporté de la cité des Anciens.

Nawel mit quelques secondes à comprendre que Philla s'adressait à elle. Puis elle se remémora les phrases gravées sur la plaque métallique pendue à la porte et haussa les épaules.

– Je ne pensais pas que cela intéresserait les Historiens. La fresque que j'ai décrite oui mais ce texte n'a aucun sens.

– Au contraire. Si ma mémoire est bonne, tu as lu : « Le dérangement fut de recommencer la issue. Le épreuve est entré et, s'il a été culbuté, il a néanmoins sonné la terminaison des Ordonnateurs. Puisse la issue demeurer à jamais entourée. »

– Ta mémoire est excellente, je le sais depuis longtemps. Tu peux en revanche difficilement nier que seul un Prêtre drogué jusqu'à l'illumination pourrait décrypter ce message.

Philla sourit.

– Un Prêtre drogué ou un groupe d'Historiens spécialistes des langues anciennes que de longues heures d'étude ardue n'effraient pas.

– C’est-à-dire ?

– Le plus ardu a été de retrouver le texte original à partir de ta traduction... euh... originale aussi. C’est surtout pour cette partie du travail que j’ai joué un rôle. En tâchant de me remémorer tes lacunes pour comprendre où tu te trompais.

– Je ne suis pas sûre d’apprécier ce que tu sous-entends, remarqua Nawel en pinçant les lèvres, mais j’attends la suite.

– Une fois le texte initial reconstitué, le traduire correctement a été un jeu d’enfant.

– Et qu’est-ce que ça donne ?

– « L’erreur fut de rouvrir la porte. Le mal est entré et, s’il a été repoussé, il a néanmoins sonné la fin des Bâtisseurs. Puisse la porte demeurer à jamais fermée. »

– J’avoue que cela sonne mieux, admit Nawel, même si c’est toujours aussi hermétique.

Philla se pencha vers elle, les yeux flamboyants de passion.

– Détrompe-toi, nous avons beaucoup appris grâce à ta découverte. Ce n’est pas la première fois que les Bâtisseurs apparaissent dans les textes des Anciens. Selon une théorie très sérieuse, Bâtisseurs et Anciens seraient d’ailleurs deux noms différents pour un même peuple. Et surtout...

– Et surtout ? reprit Lyiam qui avait suivi la conversation avec attention.

– Cette allusion à la porte, au mal qui en a surgi et à la fin des Bâtisseurs, est peut-être l'élément qui nous a toujours manqué pour comprendre l'origine des Anciens et les causes de leur disparition.

– Cela signifie que personne n'aurait jamais exploré la grotte où j'ai rencontré la Glauque ? s'étonna Nawel.

– Du moins personne capable de relever les indices que tu as rapportés et de les interpréter avec intelligence. C'est du passé désormais, nous prenons les choses en main.

Un grand silence accueillit la déclaration de Philla et l'ensemble des visages se tournèrent vers elle. Elle sourit.

– La caste des Historiens est réputée pour sa lenteur à se jeter dans l'action mais une fois le mouvement initié, rien ne peut nous arrêter. J'ai été désignée par les miens pour établir les premiers relevés avant que l'exploration approfondie du site soit lancée.

– Pénétrer dans la cité des Anciens a été interdit par décret royal, intervint Anthor Pher.

Le sourire de Philla s'élargit.

– Nous avons obtenu l'autorisation du Consortium sans même avoir à expliquer que les apprenties Armures s'en passent très bien.

Anthor Pher grimaça.

– Nawel savait ce qu'elle risquait et elle a eu beaucoup de chance. Il serait stupide de croire qu'une jeune Historienne seule et sans protection soit capable de revenir saine et sauve de la cité des Anciens. Surtout si elle envisage d'explorer ses profondeurs.

Philla planta ses yeux dans ceux du maître d'armes.

– Qui a prétendu que je serai seule et sans protection ?

– C'est évident. La guerre fait rage contre les Barbares, le roi ne peut retirer le moindre bataillon des plaines de l'Ouest.

– Une autre solution existe.

– Vraiment ? Et laquelle ?

Nawel comprit avant que les mots ne sortent de la bouche de Philla.

Et avec la compréhension se profilèrent l'admiration et l'exaltation.

Admiration pour la finesse avec laquelle son amie avait manipulé Anthor Pher.

Exaltation à l'idée de l'aventure qui se dessinait.

Le hasard n'existe pas.

Philla posa les mains à plat sur la table.

Se pencha vers Anthor Pher.

« Cela s'appelle un coup de grâce », songea Nawel.

– Une Armure n'est-elle pas une protection plus efficace qu'un bataillon de soldats ?

5

Je le cherche, il me fuit.

Enlever ? Ôter ? Retirer ?

Aucun verbe ne convient.

Séparer est celui qui se rapproche le plus de ce que j'ai ressenti.

Lorsque, après avoir regagné ma chambre, je me suis séparée de Venia, je me suis retrouvée plus nue que je l'étais quand je l'ai passée. Aussi nue que si ma propre peau m'avait été arrachée. La douleur en moins.

« Ne dors avec elle qu'exceptionnellement, m'a conseillé Louha, et n'oublie jamais où sont les limites de ton corps. »

Je crois que je saisis le sens de ses paroles. Je suis Nawel avant d'être une Armure. Je suis Nawel, nue ou protégée par une incroyable peau de métal. Je suis Nawel.

Anthor l'a confirmé à sa façon.

Malgré la hâte que j'éprouvais à revêtir mon armure, je n'ai pas l'impression d'être prête. Pas l'impression d'en être digne. Il a souri quand je m'en suis ouverte à lui.

« Pas prête parce que tu ne maîtrises pas les subtilités du combat à l'épée ? Pas digne parce que tu continues à rater cette fichue cible une fois sur quatre ? L'enseignement que tu as suivi pendant six mois n'avait pas pour but de te transformer en guerrière, Nawel, mais simplement de te rendre autonome vis-à-vis de ton armure. »

Il a réalisé que je ne comprenais rien et, après avoir fait semblant d'en être excédé, il s'est expliqué.

« Une armure comme celle que tu portes peut rendre invulnérable le plus maladroit des Géographes et transformer en machine à tuer le plus mou des Scribes. Il est essentiel, avant de l'endosser, de posséder le minimum de compétences nécessaires pour qu'il y ait partage et non dépendance. Comme il est essentiel de continuer à t'entraîner toute ta vie. T'entraîner sans elle, pour progresser en dehors d'elle. »

Ça, je ne suis pas certaine de l'avoir compris mais je ne m'inquiète pas. J'ai la vie devant moi.

Je reprends mon crayon après avoir dormi deux heures.

Dormi et rêvé.

Non de Venia mais d'elle. La Glauque que j'ai rencontrée dans la cité des Anciens. Pourquoi hante-t-elle mon sommeil ? Pourquoi cette impression de destin inéluctable quand je revois ses traits ?

Parce que c'est au moment où je l'ai vue que j'ai compris que le hasard n'existait pas ? Peut-être.

Le hasard n'existe pas.

Et si nos chemins se recroisent un jour, je ne m'enfuirai pas.

Je suis entière désormais.

Et je suis une Armure.

6

– Tu as manigancé de façon à ce qu'il ne puisse pas te refuser l'aide que tu sollicitais.

– C'est vrai.

– Qui t'a enseigné cela ?

– L'art de la manigance est une compétence liée à mon sexe, non à l'enseignement des Historiens.

– Tu plaisantes ?

– Pas vraiment.

– Alors tu as changé.

– Toi aussi.

Long moment de silence. Rythmé par les sabots des chevaux sur les dalles de la route de l'Est et les stridulations des rares insectes à ne pas avoir compris l'inanité d'une bataille contre l'hiver qui approchait.

Puis :

– Tu savais que je serais désignée pour t'escorter ?

– Je l'espérais.

– Tu ignorais pourtant ce que j'étais devenue.

– Détrompe-toi. Il a suffi que je rende visite aux Hélianthas pour tout savoir de toi et de ta vie. Tes parents sont au courant du moindre de tes gestes, Nawel. Le Donjo, pour hermétique qu'il soit, t'offre la tranquillité, pas l'invisibilité.

– Il m'a surtout offert une perspective, une envie et la possibilité de la vivre.

– Il y a quelques mois, tu t'exprimais de façon plus claire...

– Une perspective me permettant de découvrir celle que j'avais envie d'être, l'envie de le devenir et la possibilité d'y parvenir.

– Ma chère Nawel, au risque de te contrarier, je dois t'avouer que ta déclaration sonne à mes oreilles comme un discours affligeant d'autosatisfaction !

– Tout faux, ma chère Philla. J'ai trop conscience de ce que je dois aux autres pour basculer de nouveau dans l'égoïsme.

– Tu es sûre de toi ?

– Oui.

– Alors deviens toi, puisque tel est ton désir, mais n'oublie pas de rester Nawel, d'accord ?

– D'accord !

Elles étaient parties au petit matin, après que Nawel eut vérifié les fers des chevaux et soigneusement amarré leurs paquetages sur le dos de Roméo et de Iana.

Si le ciel était d'un bleu profond et le soleil brillant, l'air était piquant et l'herbe couverte d'une fine couche de givre déposé par la nuit. Philla avait passé une épaisse cape de velours par-dessus ses vêtements de voyage, Nawel avait préféré revêtir Venia.

Elle avait beau être nue sous la peau de métal, l'armure lui offrait une température agréable et constante ainsi qu'une totale liberté de mouvement que des habits classiques auraient été incapables de lui procurer.

En milieu de journée, elles avaient mangé dans une auberge à la sortie d'un village cossu puis avaient repris leur route, Philla débarrassée de sa cape, Nawel bénéficiant toujours de la douceur de Venia.

Elles suivaient la piste qu'avait empruntée Nawel six mois plus tôt, goûtant la beauté de paysages que l'arrivée de l'hiver ne parvenait pas à altérer. Le vert de l'herbe était certes plus sombre, il n'y avait plus de fleurs et les arbres, en même temps que leurs feuilles, avaient perdu leur imagination, mais les courbes de la prairie étaient toujours aussi douces, les combes secrètes et les perspectives enivrantes.

Chevaucher côte à côte leur donnait l'impression d'avoir basculé dans le passé et elles n'auraient pas été vraiment surprises si la voix d'Ergaïl s'était élevée derrière elles, leur enjoignant de l'attendre.

Étrangement, elles parlaient peu mais leurs pensées, comme leurs chevaux, arpentaient un seul chemin et lorsque, après un long silence, Nawel prit la parole, l'esprit de Philla était lié au sien.

– Parviens-tu parfois à le voir ?

– Tous les jours…

Sourire glissé.

– … et presque toutes les nuits.

Nawel ne put réprimer une mimique étonnée qui tira un petit rire à Philla.

– Qu'est-ce qui t'étonne ? Que je continue à voir Ergaïl ou que certaines de nos rencontres soient… nocturnes ?

– Je… je pensais qu'une fois devenu Dirigeant, il n'aurait plus la possibilité de…

– De fréquenter une simple Historienne ? acheva Philla à la place de son amie. C'est ce que sa maison et ses pairs ont tenté de lui expliquer puis de lui imposer. Peine perdue. Ergaïl les a affrontés et leur a formellement déclaré qu'il serait le seul maître de sa vie. Il a revendiqué l'amour qui nous unit et ils ont été obligés de céder.

Nawel poussa un long sifflement.

– Ne te fâche pas, Philla, mais j'ai peine à te croire. Je suis bien placée pour savoir que les Robes qui dirigent les douze cités ne cèdent jamais.

– Tu as tort. Ergaïl a été désigné officiellement comme unique héritier du trône et il détient la possibilité de faire plier les grandes maisons.

– La possibilité sans doute, Philla, mais l'envie ? La force ?

– L'envie est née de nos baisers, de nos échanges, de nos étreintes, du bonheur qui nous happe quand nous sommes ensemble. La force, c'est toi qui la lui as offerte.

– Moi ?

– Oui, toi. Ton attitude lors de la cérémonie des vœux a eu l'effet d'un cataclysme sur la ville Perle. Pendant des jours on n'a parlé que de cela mais là où la plupart ont décidé, par lâcheté ou calcul, de voir un geste de folie, Ergaïl a lu un acte d'une droiture absolue et d'un courage incroyable. Le soir même, il m'a présentée à ses parents.

– Ergaïl t'a présentée aux Onchêne ?

Nawel, stupéfaite, avait crié.

– Oui. J'avoue que je n'en menais pas large et lui non plus, mais tu avais ouvert une voie nouvelle, celle de l'intégrité et de l'épanouissement. Une voie inconnue chez les Perles. Nous ne pouvions que nous y engager à notre tour.

Un étau glacé se resserra soudain sur le ventre de Nawel. Pendant une seconde d'angoisse éternelle, elle vit Philla étendue sur un grand lit blanc.

Livide.

Glacée.

Morte.

– As-tu... avez-vous conscience des risques que vous prenez ? balbutia-t-elle. Que tu prends ? Qu'il te fait prendre ?

Philla tendit le bras pour lui saisir la main. Elle sourit mais son regard était dur.

– Oui, je sais que les Onchêne, comme bien d'autres maisons, souhaiteraient me voir loin. Souhaiteraient sans doute me voir morte. Ergaïl le sait aussi et il les a avertis.

– Que leur a-t-il dit ?

– Qu'il les tiendrait personnellement responsables si un malheur m'arrivait. Qu'une seule goutte de mon sang lui était plus précieuse que leurs vies, vies qu'il n'hésiterait d'ailleurs pas à sacrifier pour me défendre ou me venger.

L'étau dans le ventre de Nawel se desserra un peu.

– Je n'ose imaginer la réaction des parents d'Ergaïl.

– Ils ont d'abord affronté Ergaïl avec virulence puis, lorsqu'ils ont pris la mesure de sa détermination, ils ont cédé. Ils me détestent, c'est évident, mais ils ne le montrent plus et je ne crois pas désormais que mes jours soient en danger. Nawel ?

– Oui ?

– Ergaïl a ajouté une chose. Et quand, plus tard, je l'ai interrogé à ce sujet, il m'a simplement répondu qu'il l'avait ajoutée pour toi. Sans me donner plus de précisions.

– Quelle chose ?

La voix de Nawel s'était tendue. Prescience ?

– Il a promis à ses parents que lorsqu'il serait roi, aucun intérêt particulier, aucune raison d'État ne justifieraient un assassinat. Il a dit que lorsqu'il serait roi, tous les enfants jurilans, Perles ou Cendres, seraient en sécurité.

7

Nawel et Philla partagèrent une chambre dans une auberge rustique mais confortable bâtie près d'une rivière indolente. Elles passèrent une bonne partie de la nuit à évoquer leurs projets puis Philla développa pour son amie une théorie complexe sur l'origine des Anciens qui réussit là où la fatigue du voyage avait échoué. Nawel s'endormit.

Au matin, elles achetèrent des vivres et reprirent leur chemin.

En fin d'après-midi, alors qu'un vilain vent du nord s'était mis en tête de transformer leurs visages en glaçons, Nawel tira brusquement sur ses rênes.

Surprise, Philla l'imita.

– Qu'est-ce que…

D'un geste Nawel lui intima le silence.

C'était à cet endroit exact que, six mois plus tôt, les fangs l'avaient prise en chasse. Le hurlement qu'elle venait d'entendre était-il une réminiscence de l'angoisse qui l'avait étreinte ce jour-là ?

Elle en était presque convaincue lorsqu'il s'éleva à nouveau, lointain mais indéniable.

Philla aussi l'avait entendu. Elle blêmit.

– Des fangs ? balbutia-t-elle.

Nawel ignora la question. Lorsqu'elle leur avait narré sa rencontre avec la meute et la façon dont elle s'était tirée d'affaire, Anthor Pher et Lyiam avaient eu la même réaction :

« Tu as eu de la chance. Beaucoup de chance. Fuir ne sert à rien quand des fangs ont décidé de s'en prendre à toi. À part, bien sûr, si tu as le temps de gagner un abri digne de ce nom. »

Interrogés sur ce qu'aurait dû être son attitude, ils avaient eu une réponse similaire :

« Combattre ! »

Avant de lui expliquer :

« Lorsqu'ils traquent une proie, les fangs ne renoncent que si la proie s'avère dangereuse. »

Nawel sauta à terre et s'empara de l'arbalète suspendue à sa selle. Complexe assemblage de tubes d'acier creux, l'arme était suffisamment légère pour se manier d'une seule main et comportait deux cordes. Nawel les tendit, plaça deux carreaux dans les logements prévus à cet effet, avant de se tourner vers Philla.

– Je vais les affronter ici. Reste en selle et garde le contrôle des chevaux. Ne fuis que si je tombe.

– Mais…

Elle se tut.

Sans plus lui prêter d'attention, Nawel s'était détournée et se dirigeait à grands pas vers une zone plane plantée d'une herbe rase.

Alors que les hurlements des fangs s'approchaient, elle se campa solidement sur ses pieds. Elle vérifia que son épée coulissait bien dans son fourreau et s'apprêtait à enfiler les gants qui protégeraient ses mains lorsqu'elle interrompit son geste.

L'armure capable de s'étirer, de se transformer, moulait son corps entier et s'arrêtait aux poignets et au cou. Pourquoi ? Était-ce une limite due à sa conception ? L'impossibilité technique de s'affiner jusqu'à couvrir les doigts ? De lui permettre de respirer si elle s'étendait sur son visage ? Ou alors…

La communication avec l'armure n'obéissait pas à des règles précises. Nawel percevait – même si le verbe percevoir n'était pas adéquat – les messages – encore un mot inadapté – de l'armure et la devinait attentive à ses désirs et ses besoins, mais elles ne se parlaient pas vraiment.

Tandis que le hurlement d'un fang explosait à proximité, Nawel tendit son esprit.

– *Venia ?*

- Contact.

– *Peux-tu protéger mes mains ?*

- Analyse de la demande. Routine nouvelle liée à la synergie 100 %. Compatible. Extension mains déployée.

Nawel avait été entendue, elle l'avait perçu à la vibration de Venia, mais elle n'avait rien compris aux mots qui lui avaient été offerts en écho à sa demande. Est-ce que...

Elle tressaillit.

Sous ses yeux stupéfaits, l'armure fondit le long de ses bras, se déploya sur ses paumes puis ses doigts jusqu'à les couvrir entièrement. En quelques secondes ses mains furent enveloppées de la même peau de métal satiné que le reste de son corps.

Nawel n'eut pas le temps de se réjouir.

Les fangs, dix ou quinze monstres canins aux mâchoires béantes et aux crocs démesurés, arrivaient sur elle.

Elle leva son arbalète.

Deux carreaux jaillirent coup sur coup.

Deux fangs s'effondrèrent.

Elle eut le temps de réarmer, de tirer une deuxième fois. Deux autres fangs tombèrent.

Elle lâcha son arbalète. Dégaina son épée.

Aucune peur en elle.

Juste la sensation d'être où elle devait être et d'agir comme elle devait agir.

Genou à terre. Coup de taille. Pivot. Pointe. Se relever.

Frapper derrière elle. Sans regarder. Effectuer un pas à gauche. Frapper à nouveau.

Elle ne s'occupait pas des fangs qui périssaient sous sa lame. Ses pensées avaient un temps d'avance, son épée, elle, vivait dans le temps exact.

Celui du combat.

Elle virevolta. Son épée fendit une échine, revint se ficher dans une gorge.

Elle sentit, plus qu'elle vit, le fang bondir de l'autre côté.

Trop tard pour pivoter.

Elle tendit le bras.

Les mâchoires de la bête, capables de broyer la tête d'un bœuf, se refermèrent sur son coude.

Transition structurelle niveau 2.

Craquement sinistre.

Des crocs du fang.

Nawel avait nettement perçu la structure de Venia se transformer entre son épaule et son poignet. Devenir aussi dure que du diamant. Plus dure que du diamant.

Le fang lâcha prise, hésita, voulut repartir à l'attaque…

Nawel frappa du poing.

Transition structurelle niveau 3.

Percuté entre les yeux, le monstre s'écroula.

La lame de Nawel ouvrit encore une gorge et, soudain, ce fut la débandade.

Les fangs survivants – ils n'étaient que quatre – s'enfuirent, laissant huit des leurs étendus sur le sol.

Nawel fit jouer l'articulation de son coude. Alors qu'elle aurait dû avoir le bras arraché, elle ne ressentait aucune gêne, aucune douleur. Puis son attention se fixa sur ses mains et elle ressentit l'infime vibration qui accompagnait les transformations de Venia.

La peau de métal se rétracta, libérant ses doigts et ses paumes.

– Merci, souffla-t-elle à voix basse. Tu m'as sauvé la vie.

– Je suis une armure, il n'entre pas dans mes attributions de réagir à de telles remarques.

Philla se précipita vers Nawel et la serra dans ses bras.

– Par Kaïa ! s'exclama-t-elle. Je... je... Comment vas-tu ?

Nawel lui rendit son étreinte avec maladresse.

– Ça va, lui répondit-elle en se dégageant. Ça va très bien.

– Comment as-tu pu réaliser un exploit pareil ? insista Philla.

Nawel haussa les épaules.

– Synergie 100 %.

8

Philla eut beau la supplier de la laisser étudier le pont Scintillant, Nawel se montra intraitable.

– Il n'en est pas question. Nous ne sommes pas venues jusqu'ici pour nous extasier sur un pont, aussi beau soit-il, encore moins pour comprendre comment il demeure en place ou pourquoi il ne se brise pas lorsqu'on le traverse.

– Mais…

– Il n'y a pas de mais qui tienne, Philla. La route est longue jusqu'à la cité des Anciens. Longue et périlleuse. Nous repartons. Maintenant.

– Et si je refuse ?

– Je t'attrape par la peau des fesses et je t'assois de force sur le dos de Iana.

– Tu ne ferais pas ça !

– Bien sûr que si. J'ai été chargée d'assurer ta sécurité, Philla, et que tu portes une robe ne m'empêchera pas d'accomplir ma mission.

Philla poussa un soupir irrité et se remit en selle.

Elle demeura muette jusqu'à ce que la tombée de la nuit les oblige à s'arrêter pour dresser le camp. Elle aida Nawel à préparer le repas sans daigner prononcer un mot mais, lorsque le feu crépita et que le parfum de la doussamère s'éleva, elle renonça à sa maussaderie.

Enroulant une couverture autour de ses épaules, elle s'approcha de son amie qui contemplait les flammes.

– J'ai envie de tout savoir, de tout apprendre, lui dit-elle en guise d'excuse.

Nawel lui sourit.

– Et moi de tout voir et de tout entendre, répondit-elle. Nous nous sommes bien trouvées, non ?

Paix revenue, elles mangèrent en évoquant leurs souvenirs d'enfance – pourquoi soudain leur paraissait-elle si lointaine ? –, burent l'infusion de doussamère dans des tasses brûlantes puis s'allongèrent sous les étoiles.

– Tu n'as pas froid ? demanda Nawel alors que le feu s'éteignait lentement.

– Non, ça va. Et toi ?

– Venia me tient chaud.

– C'est pour cette raison que tu ne l'enlèves pas ?

– Non, même si je préfère avoir chaud que claquer des dents. Enlever mon armure maintenant, avec tous les dangers qui rôdent par ici, serait le signe de la plus profonde stupidité.

– Manière détournée de me faire comprendre que ma question l'était ?

– L'était ?

– Stupide.

– Un peu, oui.

Les deux amies éclatèrent de rire puis, après avoir échangé quelques confidences, se laissèrent doucement glisser dans le sommeil.

Philla demeura un long moment immobile à contempler la cité des Anciens.

Les fleurs géantes qui avaient stupéfié Nawel se dressaient vers le ciel, encore plus incongrues maintenant que l'hiver approchait. Elles brillaient toujours de mille feux, insensibles au passage des saisons et à celui des siècles.

– La cité des fleurs, murmura Philla. Par Kaïa qu'elle est belle.

– Tu savais que la cité des Anciens avait cette apparence ? s'étonna Nawel.

Philla lui jeta un regard surpris.

– Bien sûr. Don Thufil nous l'a répété mille fois durant les cinq années où nous avons fréquenté l'école des Aspirants.

Nawel haussa les épaules.

– Je n'avais pas retenu ce détail.

– Ce détail ?

Faisant mine de s'offusquer, Philla s'apprêtait à talonner Iana, lorsque Nawel la retint par la manche.

– Attends. Le spectacle est merveilleusement bucolique mais l'herbe est jonchée d'ossements et, la dernière fois que je suis venue ici, Roméo a failli être dévoré vivant par une horde de singes capables de se téléporter. Sans compter que si j'ai croisé une Glauque dans les sous-sols de cette fleur là-bas, d'autres peuvent rôder à l'extérieur.

– Celle que tu as affrontée était peut-être simplement de passage.

– Je ne l'ai pas affrontée, releva Nawel. Je me suis enfuie en courant.

– D'accord. Rien, toutefois, ne nous assure qu'elle soit encore là. Six mois se sont écoulés.

– Et rien ne nous assure qu'elle n'y soit plus. Les fangs nous ont attaquées à l'endroit exact où, il y a six mois, la meute m'a prise en chasse. Coïncidence ou avertissement du destin, je ne trancherai pas mais je resterai prudente.

Elle sauta à terre.

– Nous laisserons les chevaux ici. Avec un peu de chance, les singes ne s'éloignent pas de la cité.

– Tu es vraiment persuadée que nous sommes en danger ?

– Oui. Attends un instant, veux-tu.

Elle pensait devoir se concentrer, ce ne fut pas nécessaire. En une fraction de seconde, l'armure s'étendit jusqu'à couvrir ses mains.

– *Venia ?*

- Contact.

– *Peux-tu protéger ma tête ?*

- Analyse de la demande. Routine nouvelle liée à la synergie 100 %. Compatible. Extension tête déployée.

Avec une pointe d'inquiétude, Nawel sentit l'armure couler le long de son cou, suivre sa nuque, passer sur son visage, couvrir ses lèvres…

– *Stop !*

- Routine suspendue.

Nawel souffla par la bouche. L'air traversa sans difficulté la peau de métal. Elle inspira. L'air pénétra dans ses poumons.

– *Tu peux reprendre.*

- Routine rétablie.

L'armure recommença à se déployer.

Nawel ressentit une brève angoisse lorsque ses yeux furent recouverts, avant de se rendre à l'évidence : elle voyait à travers le métal aussi bien qu'elle respirait.

À côté d'elle, Philla poussa un sifflement stupéfait.

– Par Kaïa, c'est merveilleux et un peu... inquiétant. Nulle part je n'ai lu que les Armures étaient capables de ça. Tu... tu ressembles à une statue vivante.

D'une caresse de l'esprit, Nawel demanda à Venia de libérer son visage.

Elle expira profondément puis empoigna son arbalète et la chargea.

– Je suis prête, lança-t-elle. On y va ?

9

– C'est le même puits que celui qui traverse l'école des Aspirants ?

Philla avait chuchoté, comme si parler à haute voix dans la grande salle vide avait constitué un inacceptable sacrilège.

– Oui, sauf qu'il n'a commencé à fonctionner qu'après quelques secondes de chute libre, ce qui m'a fichu une frousse bleue. J'ai bien cru que j'allais m'écraser au fond.

Philla s'approcha du vide.

– À quoi servent ces plaques ?

Elle désignait des dalles de verre opaque encastrées à intervalles réguliers dans le sol autour du puits.

Nawel s'accroupit. Carrés de trente centimètres de côté, elles étaient très légèrement convexes, comme usées par le temps et les passages.

– Aucune idée.

– Alors…

Philla posa résolument le pied sur une dalle.

Il y eut un infime déclic et une multitude de points bleus s'éclairèrent sur les parois du puits tandis qu'un sourire satisfait illuminait le visage de Philla.

– Un déclencheur, lâcha-t-elle d'un ton affété. Je suppose qu'avant de te jeter dans le puits, tu as omis d'activer le système gravitationnel. Heureusement qu'une sécurité était prévue.

Nawel grimaça.

– Ne fais pas la maligne s'il te plaît. Tu ne savais pas plus que moi que ce déclencheur existait et, à ma place, tu serais tombée aussi.

– À ta place, je pense que j'aurais réfléchi avant de sauter dans un gouffre sous prétexte qu'il ressemble au puits gravitationnel de l'école…

– D'accord, maugréa Nawel. On descend ou tu veux continuer à discuter ?

– On descend.

Les deux amies se placèrent au bord du puits, échangèrent un regard empreint de gravité puis, ensemble, effectuèrent un pas en avant.

Nawel toucha le sol la première.

Elle pointa son arbalète devant elle et avança d'un pas. Alors que Philla, les yeux écarquillés par l'émerveillement, se posait près d'elle, elle s'accroupit.

Des traces dans la poussière.

Des traces de pas.

Certaines estompées par le temps, presque effacées, sans doute les siennes, vieilles de six mois. D'autres beaucoup plus récentes.

Une semaine ? Un jour ? Une heure ?

Deux empreintes différentes, arrivant du fond du couloir qu'elle connaissait, celui qui conduisait à la grotte. Elles se mêlaient aux siennes et à celles de Philla à la base du puits avant de s'éloigner dans le second couloir, celui qu'elle n'avait pas exploré.

Elle leva la tête pour scruter les hauteurs de la tour fleur. En descendant, elles avaient croisé nombre de corridors latéraux. N'importe qui pouvait se trouver là, en embuscade. Peut-être un arc à la main. Pointé sur elles.

Elle saisit Philla par l'épaule.

– Mais…

– Ne restons pas ici, ordonna Nawel en l'entraînant dans le couloir. Trop dangereux.

Elles progressèrent en silence, Nawel précédant Philla, épée dans une main, arbalète dans l'autre, sur le qui-vive, prête à réagir au moindre bruit, au moindre mouvement.

Elles atteignirent toutefois la grotte sans encombre.

Lorsque leurs yeux se furent accommodés à la semi-obscurité, Nawel eut toutes les peines du monde à empêcher son amie de se précipiter vers la porte scellée dans la paroi.

– Tu restes ici, lui intima-t-elle, et tu ne bouges pas tant que je ne t'y aurai pas autorisée.

Une fois certaine que Philla lui obéirait, elle effectua le tour de la grotte afin de s'assurer qu'aucun danger ne s'y dissimulait. Ce fut rapide. À part le tas de gravats tombés du plafond en même temps que la Glauque, il n'y avait pas d'endroit où se cacher.

Elle leva les yeux.

Là où les plaques métalliques s'étaient effondrées, elle discerna l'entrée d'un boyau obscur s'enfonçant dans les entrailles de la terre. C'était sans doute par ce boyau que la Glauque qui l'avait attaquée était arrivée, et que les deux autres dont elle avait repéré les traces – ce ne pouvait être que des Glauques – étaient arrivés eux aussi.

Elle frissonna en imaginant ces créatures immondes rampant dans la nuit pour perpétrer leurs répugnants forfaits et elle souhaita soudain qu'une d'entre elles surgisse. Elle planterait un carreau d'arbalète dans son front bestial puis elle…

… elle se força à expirer longuement.

Elle avait eu tellement peur six mois plus tôt.

Elle se tourna vers Philla.

– C'est bon. Tu peux venir.

Philla se précipita vers la porte. Avec fébrilité, elle ouvrit le sac qu'elle portait en bandoulière et en tira une sphère de verre qu'un unique mot de commande transforma en boule de lumière.

– Où as-tu appris à maîtriser les arcanes ? s'étonna Nawel.

– L'histoire consiste à faire la lumière sur le passé, déclara Philla en s'agenouillant pour examiner la fresque gravée dans le bois de la porte. Quoi de plus normal que cette lumière parvienne jusqu'à notre présent ?

– Ce n'est pas une réponse, s'offusqua Nawel. La caste des Historiens n'est pas censée…

– Chut ! l'interrompit Philla. J'ai besoin de me concentrer et cela m'est impossible si tu ne cesses de bavarder.

– De bavarder ? Mais je…

– Par Kaïa, vas-tu te taire !

Piquée dans son amour-propre, Nawel faillit quitter la grotte pour marquer son ressentiment mais, consciente de la puérilité d'une telle attitude, elle se reprit et s'approcha de Philla. La jeune Historienne caressait la porte comme si, aveugle, elle avait voulu déchiffrer par le toucher le sens de la scène qui y était sculptée.

– Sept familles murmura-t-elle. Chacune possède des attributs qui lui sont propres. Regarde, les membres de celle-ci ont des têtes d'animaux, et ceux-là de la lumière au bout des doigts. Les sept familles œuvrent ensemble autour de cet étrange cube sombre puis elles se séparent. Une des familles, celle qui nous intéresse, franchit une porte et se retrouve dans cette jungle.

Elle grimaça.

– Si les créatures qui y sont représentées sont réelles, c'est un endroit que je n'ai pas envie de visiter. Tu as vu ce monstre tout en cornes, pointes et écailles ? Et ces petits singes aux dents acérées ? Ne ressemblent-ils pas à ceux que tu as affrontés pour sauver Roméo ?

Nawel hocha la tête tandis qu'un pressentiment funeste se transformait en frisson. Elle rengaina son épée et s'accroupit à côté de Philla pour observer les singes.

– Oui, répondit-elle. Même allure, même courte queue glabre. Est-ce que...

– Regarde, la coupa Philla, la famille franchit une nouvelle porte et quitte la jungle. Non. Ce n'est pas une nouvelle porte, c'est celle devant laquelle nous nous trouvons. Incroyable !

– Est-ce que cela signifie que la jungle aux monstres se trouve de l'autre côté ? s'inquiéta Nawel.

Philla haussa les épaules.

– Comment savoir ? C'est peut-être le cas mais il s'agit plus sûrement d'une métaphore visant à illustrer les difficultés d'un voyage. Nous sommes cent mètres sous terre, j'ai du mal à concevoir l'idée d'une jungle juste là derrière. Quoi qu'il en soit, il me semble évident que cette famille est bien celle des Anciens. Regarde les fleurs plantées entre les sept collines. Que peuvent-elles représenter si ce n'est la cité dans laquelle nous nous trouvons ?

Philla caressa la chaînette enroulée autour de la poignée d'ivoire et saisit avec délicatesse la plaquette de métal qui y était suspendue.

Elle traduisit en un instant le texte que Nawel avait bataillé pour déchiffrer.

– J'avais raison ! s'exclama-t-elle. « L'erreur fut de rouvrir la porte. Le mal est entré et, s'il a été repoussé, il a néanmoins sonné la fin des Bâtisseurs. Puisse la porte demeurer à jamais fermée. » C'était simple. Si tu avais prêté plus d'attention aux cours de don Thufil, tu aurais pu traduire ça.

Refusant de se formaliser, Nawel désigna la porte du menton.

– Puisse la porte demeurer à jamais fermée. Est-ce celle-ci qu'évoque le texte ?

– Je l'ignore mais c'est probable. Suffisamment pour que je n'aie aucune envie de l'ouvrir. Du moins pour l'instant. Regarde, c'est écrit ici.

Philla recula afin de permettre à Nawel de lire mais, pour plus de facilité, cette dernière libéra la chaînette de la poignée.

– Je ne crois pas que ce soit une bonne idée, commenta Philla. Tu ne…

Deux bruits lui coupèrent la parole.

Différents et pourtant aussi inquiétants l'un que l'autre.

Un claquement sec à l'intérieur de la porte.

Des voix dans le couloir.

10

Le claquement sec à l'intérieur de la porte était de très mauvais augure, pourtant Nawel se concentra sur les voix.

Sur les voix et uniquement elles.

Deux personnes. Un homme et une femme. Sauf si c'étaient des Glauques. Auquel cas un mâle et une femelle. Langage incompréhensible. Sonorités étranges. Désagréables.

– Ils s'expriment en irdia, chuchota Philla avant que Nawel ne lui intime le silence d'un geste.

L'irdia, une des langues anciennes. La plus ancienne selon les Historiens spécialisés en linguistique. Base commune à toutes les langues parlées dans les hautes plaines, tombée en quasi-désuétude mais encore utilisée dans les difficiles négociations avec les barbares de l'Ouest. Ce n'étaient donc pas des Glauques qui approchaient ?

Deux silhouettes apparurent à l'entrée de la grotte.

Glauques !

Irdia ou pas, c'étaient bien des Glauques.

Deux.

Ils parurent aussi surpris qu'elle. Aussi effrayés que Philla. Sauf que plaquer des sentiments humains sur des bêtes était la pire des choses à faire quand on devait les combattre.

Nawel leva son arbalète et tira.

Deux fois.

Sur le même Glauque. Le plus grand, certainement le mâle.

À cette distance, elle ne pouvait pas le rater. Une fois qu'il serait mort, elle ne doutait pas de se débarrasser de la femelle.

Sauf que rien ne se déroula comme prévu.

Si le mâle demeura pétrifié par la stupéfaction, la femelle agit avec une rapidité inouïe.

Alors que Nawel appuyait sur la détente de l'arbalète, elle bondit sur son compagnon, roula au sol avec lui, se redressa dans le même mouvement et tira ses poignards.

Les deux carreaux de Nawel se perdirent dans le couloir.

L'action n'avait duré qu'une fraction de seconde.

Nawel dégaina son épée et se porta en avant. Protéger Philla. Elle devait protéger Philla.

Coup de taille en oblique. Précis et meurtrier.

Nouvelle surprise.

Les deux Glauques plongèrent au sol, l'un par-dessus son épée, l'autre par-dessous, effectuèrent un impensable roulé-boulé et se retrouvèrent derrière elle.

Entre Philla et elle !

Nawel fit volte-face.

Sans prêter attention à Philla recroquevillée contre la porte, les Glauques se ruaient vers le tas de gravats et l'entrée de leur tunnel.

Ils ne cherchaient pas à combattre mais à s'échapper.

– Non ! hurla Nawel.

Philla avait tiré un poignard de sa ceinture et se précipitait vers eux.

« La meilleure défense reste l'attaque », avait martelé don Sayo pendant des mois.

Si Nawel, désormais Armure, avait conscience de l'ineptie de la sentence, Philla restait convaincue de sa pertinence.

Elle voulut abattre sa lame dans le dos du mâle mais n'acheva pas son geste. Faisant une nouvelle fois preuve de sa sidérante rapidité, la femelle bondit, arqua le corps, tendit le bras, et intercepta le poignet de Philla.

Elles s'écroulèrent ensemble, roulèrent au bas du tas de gravats, jusqu'à buter contre la porte, tandis que Nawel se retrouvait face au mâle.

Il lui porta un coup de poignard qu'elle évita d'une torsion du buste. Un deuxième qu'elle para de son épée.

La suite fut enchaînement de gestes répétés à l'infini sous les préaux du Donjo.

Placer sa garde.

Feinter.

Engager l'épaule.

Redresser le bras.

Frapper.

La lame de Nawel s'enfonça entre les côtes du Glauque. Juste au niveau du cœur.

Elle la retira d'un coup sec.

Pivota alors que le Glauque s'effondrait. Mort avant d'avoir touché terre.

Près de la porte, la femelle se redressa d'un mouvement souple. Le poignard qu'elle tenait à la main dégoulinait d'écarlate. Au sol, les bras pressés contre son ventre, Philla émit un gémissement. Sa robe n'était plus bleue mais rouge.

Rouge vif.

Rouge sang.

Nawel poussa un cri de rage et s'élança.

La Glauque jeta un regard éperdu autour d'elle. Fébrile, elle posa la main sur la poignée d'ivoire et d'un coup d'épaule ouvrit la porte. Une chaînette, identique à celle qu'avait ôtée Nawel, tomba au sol de l'autre côté.

– Non !

Le cri de Philla fut noyé par l'écume sanglante qui lui monta aux lèvres et par le hurlement sauvage qui franchit la porte. Bien plus terrifiant que celui d'une meute de fangs.

Au même instant une odeur pestilentielle se répandit dans la grotte, si répugnante que la Glauque referma la porte à la volée.

Nawel frappa.

Dans le vide.

La Glauque s'était laissée tomber au sol. Elle se releva aussitôt, glissa le long du bras de Nawel.

Douleur vive au côté.

Erreur d'analyse. Lame énergisée.

Dureté supérieure à 75 %.

Pénétration profonde.

Lésion sévère du grand dentelé droit.

Nawel tituba, se reprit, para du bras un deuxième coup de poignard, lança son coude.

Percutée au plexus solaire, la Glauque chancela. Retrouva son équilibre comme par magie. Frappa une nouvelle fois, trop rapide pour que Nawel l'évite.

Danger de pénétration niveau 5.

Déroutage des circuits principaux pour renforcement de la zone visée.

Mise en alerte maximale.

Alors que le premier coup de la Glauque avait traversé l'armure comme si elle avait été de papier, son deuxième ne parvint qu'à la rayer. Elle marqua un temps de surprise que

Nawel mit à profit. Le pommeau de son épée percuta son ennemie au front, y ouvrant une profonde estafilade. Le bleu des tatouages se noya sous le rouge du sang.

La Glauque bondit en arrière mais ne se remit pas en garde.

Nawel aurait pu profiter de l'occasion pour attaquer.

Elle ne bougea pas.

Venia ronronnait contre son flanc droit, la douleur refluait peu à peu, mais son bras demeurait engourdi, son épée lourde et surtout...

La Glauque venait de s'agenouiller près de son compagnon.

Alors qu'elle s'était montrée une redoutable adversaire, elle n'accordait plus aucune attention à Nawel. Elle avait lâché ses poignards pour saisir la main du mort entre les siennes, balbutiait d'incompréhensibles paroles. Et son visage ruisselait de larmes.

Son visage.

Pas le faciès repoussant d'une bête ou d'une créature malfaisante.

Un visage humain.

Bouleversé par le chagrin.

Toujours sur ses gardes, Nawel s'agenouilla près de Philla. Elle écarta sa robe et frémit en découvrant la profonde blessure dans son ventre et le sang qui s'en échappait.

– Ferme… la… porte, balbutia Philla en braquant sur elle un regard que voilaient souffrance et inquiétude.

– Elle est fermée, la rassura Nawel. Ne bouge pas.

À la hâte, elle déchira un morceau de robe pour confectionner un pansement de fortune qu'elle pressa sur la plaie afin de juguler l'hémorragie.

– Je vais te tirer de là, déclara-t-elle avec force. Je vais te tirer de là, c'est promis.

Elle leva la tête et ses yeux croisèrent ceux de la Glauque, toujours agenouillée près de son compagnon.

Des yeux couleur automne.

Des yeux étrangement humains.

Elle n'y lut ni haine ni violence. Juste une infinie tristesse.

– Je… nous allons partir, murmura Nawel. Est-ce que… tu me… comprends ?

En réponse, la Glauque prononça une série de mots à la sonorité douce que Nawel fut incapable de déchiffrer.

– Je… je suis désolée, ajouta Nawel.

Elle rengaina son épée, renonça à récupérer son arbalète et se pencha pour prendre Philla dans ses bras.

– Tout va s'arranger, lui souffla-t-elle.

Six mois d'entraînement intensif avec les Armures avaient renforcé sa musculature. Elle souleva Philla sans peine, la cala de son mieux contre son épaule et s'engagea dans le couloir.

Avant de quitter la grotte, elle se retourna.
La Glauque avait posé la tête sur la poitrine de son compagnon.
Elle pleurait.
À grands sanglots silencieux.
Humaine.

11

Philla survécut.

Nawel ne possédait ni talent ni compétence de guérisseuse et se déplacer à cheval aurait dû aggraver une blessure déjà fort sérieuse pourtant, contre toute attente, Philla tint bon.

Deux jours après avoir quitté la cité des Anciens, les deux amies atteignirent un village où un vieil homme, médecin rebouteux, s'occupa de la blessée. Après avoir recousu sa plaie, il lui prescrivit deux semaines de repos absolu.

– C'est un miracle de Kaïa que cette demoiselle ne soit pas morte, déclara-t-il à Nawel. Elle gardera néanmoins toute sa vie une trace de cette mésaventure. Je ne suis pas un brillant couturier et mon intervention a été trop tardive pour que la cicatrice ait une chance de disparaître complètement.

Après en avoir âprement discuté avec Philla et contre son avis, Nawel décida de demeurer avec son amie. Elle s'estimait en partie responsable de ce qui était arrivé et ne voulait pas la quitter des yeux.

Philla lui demanda alors d'envoyer un message à AnkNor. Le claquement dans la porte de la grotte, le hurlement qui s'était élevé lorsque la Glauque l'avait ouverte, l'odeur qui l'avait franchie, lui faisaient craindre le pire et elle souhaitait que le collège des Historiens soit tenu au courant le plus vite possible.

Une fois le message parti, et uniquement à ce moment-là, Philla accepta de prendre du repos.

– Tu n'es fautive de rien, déclara-t-elle en s'adossant péniblement au volumineux coussin que Nawel avait glissé dans son dos. Inutile d'afficher cet air coupable.

– Ne dis pas n'importe quoi, rétorqua Nawel. J'étais censée te protéger, j'ai échoué.

– C'est toi qui dis n'importe quoi. Et d'un, j'ai été stupide de me jeter sur ce Glauque qui ne cherchait qu'à fuir, et de deux, je ne suis pas morte.

– C'est exact, convint Nawel. Toi, tu n'es pas morte.

Son visage s'était tendu. Tension que Philla perçut malgré sa fatigue.

– Qu'entends-tu par là ? demanda-t-elle.

– Rien.

– Nawel…

Brève hésitation puis :

– Le Glauque que j'ai tué… était… à peine plus âgé que nous. Je… je… la surprise dans ses yeux lorsque mon épée a… J'aurais pu le désarmer, le…

– Arrête, Nawel. Il t'était impossible d'agir autrement. Pas de la façon dont s'est déroulé l'affrontement. Crois-tu qu'il t'aurait épargnée s'il en avait eu la possibilité ? Le crois-tu vraiment ? Nous étions en danger et tu m'as sauvé la vie, tu n'avais pas le choix. En outre…

– En outre ?

– C'était un Glauque, Nawel, un simple Glauque. Ce n'est pas comme si tu avais tué un…

– Un être humain ?

Nawel avait haussé le ton, le regretta immédiatement, reprit d'une voix plus calme :

– Les Glauques sont humains, Philla ! Je le sais, je le sens. Aussi humains que les Jurilans, les Qaalins ou les barbares de l'Ouest.

– Mais…

– Elle a renoncé au combat, elle s'est agenouillée près de son compagnon mort, aussi accablée que je l'aurais été si toi, mon amie d'enfance, tu étais morte. Elle pleurait lorsque nous sommes parties, Philla, elle pleurait. Les larmes, plus que les mots, sont un signe d'humanité.

– Elle ?

– La Glauque qui t'a blessée, la Glauque que j'ai rencontrée la première fois que j'ai pénétré dans la cité des Anciens. Elle m'a laissée fuir ce jour-là et, six mois plus tard, je tue son compagnon.

Philla hocha doucement la tête.

– Je comprends ce que tu ressens, mais tu es une guerrière, Nawel. La mort n'est-elle pas indissociable de la route que tu as choisie ?

Nawel demeura silencieuse un long moment, réfléchissant aux paroles de son amie. Avait-elle choisi l'Armure ou la mort ? Protéger contraignait-il obligatoirement à tuer ?

– Est-ce que…

Elle se tut. Philla s'était endormie.

Sans bruit, elle sortit de la chambre et alla s'installer au soleil devant l'auberge. L'hiver ne tarderait pas mais, en cette journée de fin d'automne, le ciel était limpide et la température clémente.

Nawel tira feuille et crayon de son sac.

Deuxième fois que je donne la mort.

« Tu n'avais pas le choix », m'a dit Philla.

Je ne suis pas d'accord. On a toujours le choix et si, au moment où ma lame et celle du Glauque se sont croisées, nos destins étaient scellés, ils ne l'étaient pas quand j'ai choisi l'Armure ou accepté d'accompagner Philla. J'avais le choix même si j'ignorais ce que mon choix impliquait.

C'est sans doute normal. La difficulté d'un choix provient de notre incapacité à discerner ses répercussions au-delà du futur proche. Piètres esprits dépourvus de clairvoyance !

Alors même que j'écris, je saisis un élément fondamental qui m'avait échappé jusqu'à aujourd'hui. Choisir n'est pas ma prérogative ! Le Glauque a choisi de gagner la cité des Anciens, il a choisi de tirer son poignard, choisi de m'affronter. Cela ne me dédouane pas de mes responsabilités mais les inscrit dans une trame complexe qui me dépasse.

À la fois libre de choisir et simple maillon d'une chaîne incompréhensible.

Ne pas oublier l'essentiel : Philla est vivante.

Elle est vivante et une part de moi s'est noyée dans les larmes de la Glauque.

Nawel posa son crayon et s'étira.

Le soleil caressait sa nuque, doux et amical.

Avancer. En restant droite. Toujours.

12

L'auberge où elles logeaient était agréable et elles patientèrent dix jours avant que Philla décide qu'elle était apte à gagner AnkNor à cheval.

– Arriver jusqu'ici était bien plus hypothétique et je me suis débrouillée pour ne pas mourir en route, rétorqua-t-elle à Nawel qui soulevait des objections. Admets que je ne risque plus rien.

Nawel avoua en souriant qu'elle avait raison et le départ fut fixé au lendemain.

Le soleil se levait à peine lorsqu'elles quittèrent le village.

Conscientes qu'il s'agissait du dernier jour qu'elles passaient ensemble, elles chevauchèrent au pas, poursuivant les conversations engagées durant le repos forcé de Philla, alternant leurs souvenirs de l'école des Aspirants et des réflexions sur l'organisation des douze cités ou celle des castes, avant d'esquisser l'avenir dont elles rêvaient.

– Ergaïl et l'histoire, déclara Philla.

– Et le trône.

– Je me moque du trône.

– Cela ne t'empêchera pas de t'y asseoir si tout se passe bien.

– Sans doute mais je m'en moque. Je crois même que je préférerais m'en tenir le plus éloignée possible.

– D'accord. Ergaïl et l'histoire. C'est tout ?

– Non. Des enfants aussi. Plein.

– Des quoi ?

– Des enfants. Tu sais ces adorables petits êtres, tendres et sucrés, qui courent, jouent et emplissent les maisons de joie.

– Tu veux dire ces monstres qui pleurnichent, se réveillent la nuit en hurlant et cassent tout autour d'eux, à commencer par les oreilles de leurs parents ?

Philla leva les yeux au ciel.

– Tu ne veux pas d'enfants ?

– Je crois que je préférerais adopter une meute de fangs !

– Pas d'amoureux non plus ?

– Par Kaïa, pour quoi faire ?

– Pour t'aimer, te caresser, t'embrasser, tisser des projets avec toi. Un amoureux que tu aimerais, caresserais, embrasserais, avec qui tu…

Nawel leva la main pour interrompre son amie.

– Stop ! L'avenir dont tu rêves, même si je le respecte, n'est pas pour moi. Il n'y a pas de place pour un garçon dans celui que je me dessine.

– Tu te dessines un avenir ? Belle image. Et il est de quelle couleur ton avenir ?

– La couleur de l'aventure mélangée à celle de la découverte, sur un fond d'amitiés et de voyages.

– Joli, convint Philla. J'en regretterais presque d'avoir opté pour une robe plutôt que pour l'armure.

En milieu d'après-midi, étonnées d'avoir progressé aussi vite, elles découvrirent les murailles d'AnkNor juste devant elles.

Elles avaient toujours été amies mais l'aventure qu'elles venaient de vivre avait parfait cette amitié en lui offrant la maturité du doute et celle du sang. Elles se trouvèrent donc déconcertées lorsqu'une fois franchie la rampe conduisant à la cité Perle, elles réalisèrent que leurs chemins allaient une fois de plus diverger.

Peut-être pour longtemps.

– Je suis certaine que nous nous reverrons bientôt, déclara Philla, sans parvenir à dissimuler qu'elle n'y croyait pas vraiment.

– C'est sûr, répondit Nawel. N'oublie pas d'embrasser Ergaïl de ma part.

– Compte sur moi !

Elles s'étreignirent avec force et se séparèrent, les yeux liquides et la gorge âpre.

À l'exception de Louha, le Donjo était désert.

Les Armures avaient quitté AnkNor pour les plaines de l'Ouest.

– Anthor a dû se résigner à partir sans avoir de tes nouvelles, expliqua la vieille guerrière à Nawel, et je peux t'assurer que ça l'a fichu en rogne. Mais il n'avait pas le choix. Ces maudits Barbares ont convaincu un géant des brumes de les aider et l'armée royale est un peu légère face à ce genre de bestiole.

– Un géant des brumes ! Je croyais qu'il s'agissait d'un être mythique.

– Il sera mythique lorsque nous nous serons occupés de lui. Pour l'instant, il réduit nos soldats en charpie. J'ai déjà croisé la route d'un de ces monstres et, crois-moi, s'en débarrasser n'est pas de la rigolade !

– Pourquoi es-tu restée ? lui demanda Nawel.

– Parce qu'il fallait que quelqu'un t'attende et que, comme je ne suis plus aussi efficace qu'avant sur un champ de bataille, autant que ce soit moi.

– Il fallait que quelqu'un m'attende ?

– Bien sûr, petite. Une Armure n'abandonne jamais une autre Armure. Jamais.

– Et qu'allons-nous faire toutes les deux ? ne put s'empêcher de questionner Nawel. Nous entraîner encore ?

Les yeux de Louha étincelèrent de malice.

– Ce serait bien, non ? Dix heures d'entraînement quotidien, élève unique de la grande Louha.

Nawel grimaça.

– Un véritable cauchemar !

– À qui le dis-tu !

– Alors ? la pressa Nawel. Qu'allons-nous faire ?

Louha réfléchit un instant avant de répondre :

– Nous préparer un bon repas, prendre une bonne douche, passer une bonne nuit et demain nous attaquerons un certain nombre de travaux dans le Donjo, travaux qui, à force d'être repoussés, sont devenus plus qu'urgents.

– Des travaux ?

– Oui. Nous occuper de la fuite dans le toit du grand préau, retourner les tapis et changer une poutre vermoulue dans les cuisines.

– Vaste programme.

– Intéressant programme, rectifia Louha. Nous en aurons pour trois jours. Quatre au maximum. Et quand ce sera fini…

– Quand ce sera fini ?

– Nous rejoindrons les autres. Je ne pense pas qu'ils aient besoin de nous pour liquider le géant des brumes ou, au moins, pour lui donner envie d'aller jouer ailleurs, mais les voyages forment la jeunesse et voilà un bon moment que je n'ai pas posé mes fesses sur une selle.

13

Une fois en route et affranchie de son rôle de professeur, Louha se montra enjouée, agréable, pleine de verve et de finesse, n'hésitant pas à raconter de croustillantes anecdotes sur sa vie amoureuse qui faisaient rire Nawel aux larmes.

Les plaines de l'Ouest étaient vallonnées et de nombreuses collines, basses et pierreuses, en rompaient la verte monotonie. Louha avait annoncé que quatre jours leur seraient nécessaires avant d'atteindre les lieux des combats et lorsque Nawel, en quittant la capitale, lui avait demandé si elles passeraient par une des onze autres cités du royaume, elle avait secoué la tête :

– Nous passerons près de PorLahn, la plus septentrionale des douze, mais nous n'y entrerons pas.

Devant la mine déçue de Nawel, elle avait ajouté :

– Tu ne perds pas grand-chose. PorLahn n'a rien à voir avec AnkNor. Et, qui plus est, tu es jeune, tu as toute ta vie pour découvrir le monde.

– Cela tombe bien, avait répliqué Nawel, c'est justement ce que j'ai l'intention de faire. Visiter le monde.

Le premier soir, elles dormirent à l'abri d'un rocher qui avait emmagasiné la chaleur du soleil pendant la journée et la leur restitua une partie de la nuit. Au matin, elles burent une infusion de doussamère, mangèrent un morceau de pain et un fruit avant de se remettre en selle.

– Si toutes les Armures sont appelées à combattre le géant des brumes, remarqua Nawel, il va être possible de compter combien elles sont.

– Combien nous sommes, rectifia Louha. Et pas besoin de compter. Si cela t'intéresse, je peux te le révéler.

– Je croyais ce renseignement secret.

– Disons que nous évitons de le divulguer.

– Pour quelle raison ?

– Parce qu'il n'y a plus que cinquante-quatre Armures et que si cela se savait, les Jurilans risqueraient de s'inquiéter. Pour le peuple, nous sommes un gage de paix et de sécurité.

– Cinquante-quatre ? Si peu ? s'étonna Nawel. Pourquoi, dans ce cas, ne pas accepter davantage d'Aspirants lors de la cérémonie des vœux ?

– Parce qu'il n'y a plus que cinquante-quatre armures.

– Je ne...

Nawel se tut tandis que les mots de Louha se frayaient un passage dans son esprit.

– Tu ne parles pas des cinquante-quatre porteurs d'armures, n'est-ce pas ? reprit-elle enfin.

– En effet. Cinquante-quatre peaux de métal. Pas une de plus.

– Mais...

– Ce n'est pas nous qui fabriquons les armures, Nawel. Nous ne savons même pas les réparer quand elles s'abîment ou cessent de fonctionner. Pour tout avouer, nous ignorons totalement comment elles fonctionnent.

– Un legs des Anciens ?

– Oui. Récupéré il y a des siècles dans la cité que tu as explorée.

Nawel attendit d'avoir assimilé l'information avant de reprendre :

– Tu as dit « plus que cinquante-quatre ». Cela signifie-t-il qu'il y en avait davantage auparavant ?

– Oui. Lorsque j'ai reçu Ooly, mon armure, nous étions quatre-vingt-treize et il fut un temps où plus de deux cents Armures veillaient sur les douze cités.

– Que s'est-il passé ?

– Parfois, un porteur d'armure disparaît corps et biens mais cela est rare. Ce qui survient régulièrement c'est qu'une armure, un beau matin, sans avertissement, cesse de fonctionner. Tu l'enfiles et le miracle n'opère plus. Elle garde cet aspect de combinaison flasque et terne qui t'a effrayée quand tu as reçu Venia.

– C'est terrible !

– Oui.

Après cette discussion, elles chevauchèrent un long moment en silence, perdues dans leurs pensées. Nawel caressait le métal satiné qui couvrait son corps. Elle s'était habituée à Venia avec une remarquable facilité et l'idée qu'elle doive, un jour, cesser de la porter la troublait profondément.

Elle aimait son contact sur sa peau, leurs rares échanges abscons et le sentiment de force qu'elle lui offrait.

Elle tenait à elle. Vraiment.

Ce fut Louha qui rompit le silence.

Depuis un moment, elle jetait de fréquents coups d'œil à Nawel et à l'équipement attaché derrière sa selle.

– Tu n'as pas emporté de heaume ? lui demanda-t-elle finalement.

– Non.

– Affronter un géant des brumes n'a pourtant rien d'une partie de plaisir !

– Je l'imagine volontiers.

Louha fronça les sourcils.

– Par Kaïa, explique-toi ! As-tu oublié de le prendre avec toi ou est-ce volontaire ?

– Volontaire.

– Mais…

La vieille Armure se tut.

Sous ses yeux ébahis, la peau de métal qui couvrait le corps de Nawel se déploya, glissa sur sa nuque, coula le long de son visage… En moins de trois secondes elle couvrit sa tête entière, transformant Nawel en une statue vivante aux traits impavides.

– Comment réussis-tu ça ? s'étrangla Louha.

– Venia parle d'une synergie 100 %.

La voix de Nawel, assourdie par la peau de métal, était à l'image de sa physionomie. Impressionnante de calme, comme insensible à toute émotion.

– 100 % ? répéta Louha. Je n'avais jamais entendu parler d'une synergie supérieure à 83 % ! Ooly et moi ne parvenons qu'à… chut ! Écoute !

La vieille Armure avait tiré sur ses rênes, immobilisant son cheval. Elle se figea, les yeux mi-clos, toute son attention concentrée sur son ouïe.

Nawel, qui l'avait imitée, la vit soudain piquer des deux et prendre le galop en direction d'une éminence herbeuse proche.

– Suis-moi ! cria-t-elle.

Nawel talonna Roméo qui partit comme une flèche derrière la monture de Louha.

Les deux Armures parvinrent ensemble au sommet où elles s'arrêtèrent côte à côte pour découvrir, sur l'autre versant, un important groupe de cavaliers en marche.

C'était le grondement des sabots de leurs chevaux qu'avait entendu Louha.

Nawel n'eut pas besoin de les compter pour savoir combien ils étaient.

Cinquante-deux.

Cinquante-deux Armures filant à bonne allure en direction de l'est.

14

– Par Kaïa, cela suffit !

Anthor Pher se tenait devant Nawel, bras croisés et regard fulminant. Il avait crié et les Armures assis autour du feu de camp trouvèrent soudain un intérêt passionnant à ce qui se déroulait plus loin. Jusqu'à Lyiam qui fit mine de n'avoir rien entendu.

Nawel, elle, se renfrogna.

– Qu'est-ce qui suffit ? cracha-t-elle. Je commets une bêtise, une bêtise tellement énorme que la totalité des Armures du royaume sont obligés de quitter le champ de bataille pour la réparer. Tu ne t'attends quand même pas à ce que je saute de joie ?

Anthor Pher serra les poings.

– Écoute-moi bien, Nawel. Écoute-moi vraiment bien parce que si tu ne comprends pas ce que je vais t'expliquer maintenant, c'est à coup de baffes que je te le ferai rentrer dans la cervelle.

Nawel ouvrit la bouche pour répliquer mais une flamme inquiétante dans les yeux du maître d'armes lui enjoignit de se taire. Elle demeura coite.

Anthor Pher approuva d'un hochement de tête.

– Je préfère ça, déclara-t-il sur un ton menaçant. Tu as été désignée pour une mission. Tu t'en es tirée à la perfection et...

– À la perfection ? Philla a failli mourir. Je...

– Silence ! rugit Anthor Pher. Tu t'en es tirée à la perfection compte tenu des dangers que vous avez affrontés. Tu savais qu'escorter une Historienne dans la cité des Anciens serait difficile, non ? Bon. Durant cette mission, une porte a été ouverte. Une porte qui, de toute évidence, aurait dû rester fermée. Important, ce n'est pas toi qui l'as ouverte mais un Glauque.

– Une Glauque.

– Une, si ça te fait plaisir. Kaïa seule sait pourquoi et comment, des créatures abominables ont entrepris de franchir cette porte. Par chance, un voyageur les a aperçues et a donné l'alerte. La situation est simple. Si personne ne les arrête, il est à craindre qu'elles se multiplient et commettent des ravages. Je te rappelle qu'une des tâches des Armures, sans doute la principale, est de protéger le royaume de tout danger lié aux Anciens. Le roi le sait, lui, et il nous a dépêchés pour prêter main-forte à l'escouade de gardes envoyés en urgence.

– Tu as parfaitement résumé la situation. Sauf que…

– Sauf que je n'ai pas terminé ! Tu nous as rejoints ce matin avec Louha et, depuis ce matin, tu as la tête d'une imbécile dégoulinante de culpabilité.

– Une quoi ?

– Une imbécile dégoulinante de culpabilité ! Tu te vautres dans un misérabilisme facile, Nawel ! C'est ma faute. C'est ma faute. C'est ma faute. Non, par Kaïa, ce n'est pas ta faute, et quand bien même ça le serait, tu es une Armure, ton honneur est notre honneur, ta route est notre route, ta faute est notre faute. Il est temps de grandir, jeune fille. De grandir vraiment !

– Je…

– Tu quoi, Nawel ? Prends garde à ce que tu t'apprêtes à dire. Si j'entends le mot excuse ou regret, je me mets en colère pour de bon !

Nawel expira longuement puis braqua ses yeux dans ceux du maître d'armes.

– Cela fait deux fois que tu me traites comme une gamine.

– Deux fois que tu le mérites.

– D'accord, admit Nawel, n'empêche que si tu t'avises de me parler sur ce ton une troisième fois, je te réduis en miettes.

– Tu quoi ? s'exclama Anthor Pher stupéfait.

– Je te réduis en miettes. Puisque tu ne veux pas d'excuses, je te propose des coups. Ça, au moins, tu es capable de le comprendre !

Anthor Pher observa un instant la jeune Armure qui lui tenait tête puis un large sourire illumina son visage.

– Je note ta promesse, gamine, et je me tiens à ta disposition. Quand et où tu voudras !

Ils éclatèrent de rire ensemble.

Un rire puissant et vivant.

Autour du feu, les conversations reprirent.

Dès le lendemain matin, cinquante-quatre Armures repartiraient au galop vers l'est.

Cinquante-quatre Armures liées, unies, soudées.

Comme cinquante-quatre pièces d'une seule et même armure.

Force et amitié.

15

J'aurais pu profiter de ce que nous étions seules pour en discuter avec Louha, me confier à la finesse de Lyiam, voire compter sur l'amitié rassurante de Ruhil le taiseux, c'est, une fois encore, à Anthor que sont allés mes mots.

Je lui ai raconté la mort du Glauque, je lui ai avoué mes remords et les doutes qui m'habitent depuis que mon épée s'est fichée dans sa poitrine. Je lui ai dit ma crainte de m'être trompée, de ne pas être faite pour l'Armure. Protéger, oui. Tuer ? Encore ? L'idée me révulse.

Il m'a écoutée comme lui seul sait écouter, à mille lieues du rôle de vieux grincheux qu'il se plaît à jouer, puis, à son tour, il a parlé.

« Tu ne serais pas digne de ton armure si tu ne ressentais pas ce que tu ressens. Tuer n'est pas un geste anodin et ne doit jamais le devenir, *mais protéger signifie toutefois accepter le prix du sang. Le tien et celui que tu seras amenée à verser. Ne le verse jamais pour rien, n'y prends jamais plaisir mais lorsque ce sera inévitable verse-le sans t'y noyer. Ni pendant le combat ni après. »*

Il m'a ensuite saisie par le poignet et l'a serré si fort que sans Venia, il l'aurait certainement cassé.

« Ne doute jamais, m'a-t-il déclaré. Tu étais destinée à porter l'armure. »

16

Les cinquante-quatre Armures passèrent au nord d'AnkNor en n'effectuant que de courtes haltes durant la journée, dormant peu la nuit, insensibles à la fatigue et au doute.

Au matin du quatrième jour, elles franchirent la crevasse des Larmes sur le pont Scintillant, traversèrent la Frissonnante et atteignirent les sept collines de la légende alors que le soleil était à son zénith.

Une troupe de soldats, à peine une trentaine, se tenait là. Ils avaient organisé un camp de fortune autour d'un gros rocher blanc et parurent plus que soulagés de voir les Armures arriver.

Fait étrange, celui qui les commandait n'était pas un officier mais un jeune Gouvernant que Nawel reconnut dès qu'elle le vit s'avancer à leur rencontre.

Elle sauta à terre et courut vers lui.

– Ergaïl !

Il la prit dans ses bras et la fit tournoyer avant de la reposer au sol et de déposer un baiser sonore sur chacune de ses joues.

– Nawel ! J'avais beau me douter que tu serais là, par Kaïa, ce que je suis heureux de te revoir. Mais... tu as coupé tes cheveux ? Et tu es toute maigre ! Tu es malade ?

Elle rit.

– Non, je vais bien. Très bien même. Et tu sais quoi ? Nous ne sommes pas là pour parler de ma santé.

Elle s'écarta pour laisser le passage à Anthor Pher, Lyiam et Louha. Aussitôt Ergaïl redevint grave. Il salua les trois Armures et entreprit de leur résumer la situation.

– Nous avons été alertés il y a quinze jours par un voyageur prétendant avoir vu des monstres rôder autour de la cité des Anciens. Nous n'aurions pas accordé foi à son témoignage s'il n'avait été corroboré par le message qu'une Historienne, justement chargée d'une mission d'exploration dans la cité, nous a transmis au même moment.

Ergaïl lança un coup d'œil à Nawel avant de poursuivre :

– Selon cette Historienne, une porte avait été ouverte dans une des tours fleurs, une porte que des créatures maléfiques étaient susceptibles de franchir.

Anthor Pher opina.

– Nous savons cela. L'ordre de mission que nous avons reçu était accompagné d'une lettre relatant ces événements, et une des nôtres faisait en outre partie de l'expédition que vous mentionnez. Ce qui m'intéresse est de savoir ce que vous avez trouvé en arrivant.

– Nous ne sommes ici que depuis hier et, si nous pensions régler facilement le problème, il nous a fallu déchanter. Des créatures monstrueuses rôdent bien autour de la cité et nous nous sommes trouvés dans l'incapacité de les affronter. Nous avons perdu huit hommes dans une seule et unique escarmouche.

– La cité des Anciens a toujours été un endroit dangereux, releva Louha. C'est pour cette raison qu'il est interdit de l'approcher.

– Les créatures dont je vous parle sont beaucoup plus effrayantes que celles qui ont suscité cette interdiction.

– Non, rétorqua la vieille Armure. Rien ne peut être plus effrayant qu'elles !

– Il me faut les voir, intervint Anthor Pher. Afin de constater si ce sont les mêmes qu'ont combattues nos prédécesseurs.

– Bien sûr, répondit Ergaïl. Suivez-moi.

Anthor Pher, Lyiam et Louha emboîtèrent le pas au jeune Gouvernant et, après une brève hésitation, Nawel les suivit. Ils gravirent la colline et atteignirent une série de rochers dispersés à son sommet.

Profitant de leur couverture, ils avancèrent jusqu'à dominer la cité des Anciens.

– Regardez, murmura Ergaïl en s'aplatissant dans l'herbe.

Nawel se tapit près de lui en frissonnant.

Près de la tour qu'elle avait explorée avec Philla, une meute de chiens rouges aussi massifs que des fangs et à l'aspect encore plus sauvage dévoraient un gros herbivore qu'ils avaient dû tuer et tirer jusque-là.

Non loin d'eux des dizaines de singes, identiques à ceux qu'avait affrontés Nawel, criaillaient en montrant les dents, tandis qu'à l'ombre de la tour une créature humanoïde et velue, haute de plus de deux mètres, tout en muscles et au faciès de loup, promenait sur les environs un regard vigilant.

Ergaïl et les quatre Armures firent demi-tour en rampant. Une fois hors de vue, ils se redressèrent et rejoignirent le camp.

– La bestiole qui m'inquiète le plus est le loup-garou, déclara Anthor. Nous savions que des singes hantaient toujours les lieux, Nawel peut le confirmer, et des chiens, même aussi gros, restent des chiens. En revanche, ce que je sais des loups-garous est beaucoup plus alarmant. Sans compter que le dernier est censé avoir été abattu il y a deux cents ans.

– Il s'agit peut-être d'un unique survivant, risqua Lyiam.

– Vieux de deux siècles ? Improbable !

– Le loup-garou n'est pas seul, intervint Ergaïl. Les créatures les plus grosses ne sortent que la nuit. Et elles sont de plus en plus nombreuses. Seules les Armures sont en mesure de les affronter. Qui plus est, un puits gravitationnel est le seul moyen de gagner ou de quitter la grotte. Je ne pense pas que des chiens, même aussi impressionnants que ceux que nous avons vus, soient capables de l'utiliser seuls. Des créatures douées d'intelligence sont sans doute tapies là-bas et les aident.

– D'accord. Expliquez-moi maintenant pourquoi nous avons reçu l'ordre de vous rejoindre il y a plus de cinq jours alors que vous n'êtes ici que depuis hier.

Ergaïl rougit.

– Je connais l'Historienne qui nous a alertés et j'ai totalement confiance en elle. Si elle a perçu un danger, c'est que ce danger existe. J'ai donc demandé du soutien avant de partir d'Ank-Nor. Selon l'Historienne dont je vous parle, il est probable que les créatures auxquelles nous avons affaire soient à l'origine de la disparition des Anciens. C'est, je crois, une raison suffisante pour que nous prenions au sérieux la menace qu'elles représentent.

– Quand nous avons quitté la cité, intervint Nawel, la porte était fermée et je suis certaine que la Glauque que j'ai rencontrée dans la grotte ne l'a pas rouverte.

– D'après Philla et les Historiens avec qui elle s'est entretenue, expliqua Ergaïl, la porte n'est réellement fermée que lorsque la protection est en place. Tant que nous ne l'aurons pas repositionnée, les créatures pourront entrer. Comme ils pensent que seules les plus petites, les moins dangereuses, ont pour l'instant franchi la porte, il est urgent d'intervenir.

– La protection ?

En guise de réponse, il tendit à Nawel une chaînette qu'elle reconnut aussitôt.

– Je croyais qu'il s'agissait d'une simple décoration ! s'exclama-t-elle. C'est moi qui l'ai ôtée de la poignée.

– Philla l'a rapportée à AnkNor. Selon les spécialistes consultés, il faudra alors que ce soit toi qui la replaces pour qu'elle se remette à fonctionner.

Nawel ouvrait la bouche pour donner son accord lorsqu'elle se figea et blêmit.

– Qu'y a-t-il ? s'enquit Lyiam.

– Il y avait une deuxième chaînette accrochée à la poignée de l'autre côté. Elle est tombée quand la Glauque a ouvert la porte.

Pendant un moment le silence régna, comme si la nouvelle avait porté un coup fatal à leurs chances de succès, puis Anthor Pher haussa les épaules.

– Peu importe, déclara-t-il. Nous allons éliminer les bestioles qui rôdent là-bas, descendre dans la grotte, récupérer la deuxième protection et condamner cette fichue porte. Les Armures qui nous ont précédés y sont parvenus, je ne vois pas pourquoi cela nous poserait un problème !

Il y avait tant de force et de certitude dans ses mots que Nawel sentit un poids énorme quitter ses épaules.

Juste étonnée de percevoir un nœud d'angoisse continuer à palpiter en elle.

Quelque chose leur échappait.

17

Tandis qu'Anthor Pher exposait la situation aux Armures, Nawel s'éloigna du camp en compagnie d'Ergaïl.

– Philla m'a raconté pour vous. Je suis vraiment heureuse et… fière de toi.

– Elle a donc dû te dire que c'est ton attitude lors de la cérémonie des vœux qui m'a donné le courage d'assumer ce que je ressentais.

– Oui, elle me l'a expliqué, même si j'ai peine à le croire. Mon attitude a été… normale.

– Tu as tort de douter, Nawel. Tu es exceptionnelle et ce que tu considères comme normal représente un vrai défi pour ceux qui veulent te suivre. Je suis bien placé pour le savoir.

Elle sourit, un peu gênée.

– D'accord. Euh… Ergaïl ?

– Oui ?

– Comment as-tu su pour la Cendre qui est morte par ma faute et pour son enfant ?

– N'oublie pas que nos maisons sont liées et nous avaient prévu un avenir commun. Les Hélianthas ont raconté ce tragique événement aux Onchêne et j'ai intercepté l'information. Une information qui m'a été doublement précieuse, d'abord parce qu'elle te concernait, ensuite parce qu'elle concernait les Cendres.

– Que veux-tu dire ?

– Notre royaume est bâti sur une monstrueuse injustice. Douze cités, une ville Perle et une ville Cendre dans chacune d'elles, dix castes de privilégiés, neuf devrais-je dire puisque les Armures sont à part, des Perles exploiteurs et une multitude de Cendres exploités, droits, richesses et plaisir pour les uns, devoirs, pauvreté et travail pour les autres. Je monterai bientôt sur le trône et il m'appartiendra de changer cela.

Nawel lui lança un regard surpris.

– Je... je t'ai toujours apprécié, Ergaïl, tu es comme un frère pour moi, et je pensais bien te connaître, mais jamais je n'aurais imaginé que tu tiendrais un jour pareil discours.

– Tout le monde a la possibilité de changer. Dans mon cas, entouré de deux jeunes filles aussi exceptionnelles que Philla et toi, davantage qu'une possibilité, c'était un devoir. J'ai conscience que ce que je projette ne sera pas facile à réaliser et j'ai conscience qu'il faudra sans doute de longues années pour voir s'amorcer la mutation mais j'y parviendrai. Je le sais. Nawel ?

– Oui ?

– Je ne combattrai pas avec vous. Je n'en ai pas les capacités et je me refuse à courir un risque qui compromettrait le but que je me suis fixé. Te laisser partir seule n'est toutefois pas facile. Me promets-tu d'être prudente ?

Nawel lui caressa la joue.

– Combattre aux côtés de cinquante-trois Armures n'est pas ce que j'appelle être seule. Cela dit, rassure-toi, je serai prudente. Je rêve de visiter le monde et je suis bien trop jeune pour renoncer à mes rêves.

Ils s'étreignirent avec force puis, en silence, revinrent vers le camp.

– Notre objectif premier est de permettre à Nawel de descendre dans la grotte afin de fermer cette fichue porte, rappelait Anthor Pher aux Armures regroupées devant lui. Ne vous laissez donc pas distraire par les bestioles qui voudront jouer avec vous. Nous aurons tout le temps, après, de leur faire goûter le tranchant de nos épées. Des questions ? Non ? Alors en selle !

Tandis que Nawel se hissait sur Roméo, Anthor Pher vint se ranger près d'elle sur son étalon bai.

– Mes consignes sont-elles à ce point ridicules que tu ne prends pas la peine de les écouter ?

– Tes consignes étaient parfaites, tu le sais, mais je devais m'entretenir avec Ergaïl.

Il cessa de feindre la colère.

– J'ai bien compris que c'était important pour toi. De toute façon en ce qui te concerne, tu n'as qu'une consigne à respecter : rester à mes côtés !

– Mais...

– Il n'y a pas de mais qui compte. La synergie 100 % que t'a offerte Venia te protège de bon nombre de dangers, mais tu n'es pas encore rompue au combat réel et même une armure comme la tienne peut céder si tu exiges trop d'elle. Tu as compris ?

– Oui.

– Une dernière chose alors. Nous allons gagner à cheval la tour que tu nous as indiquée mais, une fois arrivés, nous continuerons à pied. Ruhil le taiseux s'occupera de nos montures pour qu'elles ne soient pas massacrées.

– Il s'occupera seul de plus de cinquante chevaux ?

– Ruhil n'est un taiseux qu'avec les hommes. Avec les chevaux, c'est un parleur. Il se débrouillera sans problème. Assez discuté maintenant. On y va.

Il se tourna vers les Armures qui guettaient son signal.

– Haut les cœurs, mes amis ! lança-t-il. Lyiam, c'est toi qui mènes la danse. Formation en flèche. À tout à l'heure pour fêter la victoire ou à bientôt dans les jardins de Kaïa !

Assis bien droit sur sa selle, Lyiam avait les traits impassibles et le regard froid que Nawel lui connaissait quand il s'apprêtait au combat. Il enfila son heaume et attendit que ses compagnons l'aient imité pour lever une main gantée.

– En avant ! cria-t-il.

Dans le roulement de tonnerre des sabots de leurs chevaux, cinquante-quatre Armures s'élancèrent vers la cité des Anciens.

18

Les chiens rouges qui se vautraient sur l'herbivore à moitié dévoré se dressèrent avec vivacité en entendant le fracas de la troupe qui déferlait.

Les Armures avaient beau être trois fois plus nombreux qu'eux, ils ne marquèrent aucune crainte, aucune hésitation et se ruèrent à la rencontre des chevaux, si effrayants de sauvagerie que, pendant une poignée de folles secondes, Nawel crut qu'ils parviendraient à les arrêter.

Puis Lyiam, qui chevauchait en tête, leva son arbalète.

Deux traits fusèrent, deux chiens s'effondrèrent.

Les Armures qui encadraient Lyiam l'imitèrent. À chacun de leurs traits, un chien rouge mordit la poussière et, quand arriva le moment du contact, seul Lyiam utilisa son épée.

Une fois.

Le dernier chien s'écroula.

Se débarrasser des singes fut moins aisé. Alors que la tour était proche, ils se matérialisèrent autour des Armures, nuage insaisissable de griffes et de dents. Ils mordaient, disparaissaient, réapparaissaient plus loin, heureusement gênés par la vitesse des chevaux qui rendait impossible une téléportation précise.

Les Armures manquaient d'efficacité mais la particularité des singes leur était connue et leur peau de métal les protégeait des morsures. Peu à peu, leurs coups commencèrent à porter.

Nawel, obéissant à Anthor Pher, chevauchait à ses côtés, au centre de la troupe, et n'eut pas l'occasion d'utiliser son arme.

Quand ils atteignirent la tour fleur, il n'y avait plus de singe pour les harceler.

– À terre ! hurla Lyiam.

Joignant le geste à la parole, il bondit au sol. Ses compagnons l'imitèrent tandis que Ruhil le taiseux demeurait seul en selle. Il poussa un long sifflement. Dans un ensemble parfait, les chevaux désormais sans cavalier se tournèrent vers lui. Quand il talonna sa monture pour s'éloigner au galop vers les collines, cinquante-trois chevaux le suivirent comme guidés par une seule et unique volonté.

Ruhil le taiseux. Ruhil le parleur.

– Suivez-moi !

Épée à la main, Lyiam s'était approché de l'entrée de la tour fleur.

Il s'immobilisa sur le seuil tandis qu'un concert de grognements sauvages s'élevait de l'intérieur.

– Par Kaïa ! s'exclama-t-il.

La grande salle que Nawel avait connue déserte grouillait de créatures hideuses.

Molosses rouges semblables à ceux qu'ils avaient affrontés au-dehors, êtres humanoïdes au corps musculeux couvert de poils grisâtres et au faciès de loup, insectes épineux hauts d'un mètre et dotés de mandibules sinistres, lézards géants, hommes dépourvus de visage et armés d'épées redoutables, monstres bipèdes aux crocs acérés et aux mains prolongées par des griffes meurtrières...

Une horde. Sauvage et terrifiante.

Pendant quelques instants, la horde et les Armures s'observèrent sans bouger puis un chien rouge aux babines écumantes bondit. Un bond stupéfiant qui le propulsa jusqu'à Lyiam. Il ouvrit des mâchoires démesurées...

L'épée de Lyiam le coupa en deux.

Avant que les deux moitiés de son corps soient retombées au sol, les Armures s'engouffrèrent en hurlant dans la salle.

La horde se rua à leur rencontre en vociférant.

Le combat s'engagea.

Nawel comprit très vite ce qu'avait voulu lui dire Anthor Pher.

Maîtriser le maniement d'une arme ne faisait pas de celui ou celle qui l'utilisait un guerrier.

Loin de là.

Don Zayo savait se servir d'une épée. Dans cette salle, face à la horde écumante décidée à le déchiqueter, il n'aurait eu aucune chance. Après six mois de formation intensive auprès des meilleurs professeurs du royaume, elle-même n'en menait pas large.

Par une injonction mentale, elle avait demandé à Venia de protéger sa tête et ses mains. Elle tenait sa lame pointée à la hauteur de sa poitrine mais, lorsque le loup-garou bondit sur elle, elle réagit trop tard.

Prise dans l'étreinte de bras velus bien plus puissants que ceux d'un homme, elle bascula en arrière, tomba sur le dos, écrasée par la masse du monstre. Des mâchoires terribles se refermèrent sur son cou.

Transition structurelle niveau quatre.

Les crocs de la bête crissèrent sur la peau de métal sans parvenir à l'érafler. Tout en la maintenant au sol d'une poigne implacable, le loup-garou se redressa à moitié. Il leva une main griffue…

La lame d'Anthor Pher passa en sifflant. Le loup-garou s'effondra d'un côté, sa tête de l'autre.

Le maître d'armes attendit que Nawel se soit relevée avant de replonger dans la bataille.

Sans la quitter des yeux.

Nawel perdit très vite la notion du temps.

Elle frappait, esquivait, frappait à nouveau. De sa lame ruisselante de sang, elle tranchait dans la chitine des insectes géants, perçait des écailles monstrueuses, coupait griffes et mandibules, sans vraiment savoir ce qu'elle faisait ni pourquoi elle le faisait. La seule chose dont elle avait une conscience aiguë était le ronronnement rassurant de Venia.

Venia.

Sans son armure, Nawel serait morte cent fois.

Venia parait des coups qui auraient dû la réduire en charpie, régulait la température de son corps, veillait à fournir l'oxygène nécessaire à ses poumons avides et soignait la moindre lésion avant qu'elle ait eu le temps de l'entraver.

Nawel enfonça son épée dans la gueule béante d'un lézard géant, le repoussa du pied, se remit en garde, pour se rendre compte qu'il n'y avait plus d'adversaire devant elle. Le combat continuait à faire rage mais, de toute évidence, la horde faiblissait. Nawel vit Louha virevolter avec grâce, décapiter un homme sans visage, en assommer un autre du pommeau de son arme. À côté d'elle, Jehan moissonnait les rangs ennemis avec l'efficacité d'un métronome, insensible à la fatigue comme au doute.

– Suis-moi.

Anthor Pher avait posé la main sur son épaule.

– Nous devons descendre, reprit-il en désignant du menton le puits proche. Lyiam et une dizaine d'Armures nous ont précédés.

Nawel hocha la tête.

Elle était loin d'être épuisée mais parler se situait au-delà de ses forces.

– Prête ?

Nawel hocha une nouvelle fois la tête.

Ils sautèrent ensemble.

19

Ils atterrirent côte à côte, prêts à affronter n'importe quelle créature qui les aurait guettés pour se jeter sur eux.

– Tout va bien, leur lança Lyiam. Il n'y avait aucun monstre en bas, si ce n'est une Glauque qui est arrivée par un trou dans le plafond peu de temps après nous.

Le cœur de Nawel s'emballa.

– Vous l'avez tuée ?

– J'ai failli lui planter ma lame dans le ventre mais au dernier moment je me suis rappelé tes paroles et j'ai retenu mon geste. Deux des nôtres la tiennent sous bonne garde.

Lyiam fit jouer son épaule gauche, visiblement endolorie, avant de poursuivre :

– La porte était grande ouverte et je vous assure que nous l'avons vite refermée. Par

Kaïa, la jungle de l'autre côté est vraiment un endroit infâme. Pas étonnant qu'elle soit peuplée de monstres pareils. Comment ça se passe là-haut ?

– Plutôt bien, répondit Anthor Pher. La salle sera bientôt nettoyée.

– Des pertes ?

– J'ai vu Elias tomber ainsi que Pluhin mais je n'ai pas eu le temps de m'assurer de leur sort. En ce qui concerne Callista, en revanche, il n'y a plus d'espoir. Une de ces fichues bestioles lui a à moitié arraché la tête.

– Tu penses que je dois remonter ?

Anthor Pher réfléchit un instant.

– Non. Tant que la porte ne sera pas condamnée nous ignorons ce qui peut la franchir. Je préfère que tu restes là.

– Très bien, fit Lyiam. Suivez-moi.

Les trois Armures s'engagèrent dans le couloir.

– *Venia, peux-tu libérer ma tête ?*

Ils atteignirent très vite la grotte. Nawel fut surprise de la découvrir éclairée par une sphère lumineuse avant de réaliser qu'il s'agissait de celle de Philla abandonnée quinze jours plus tôt.

Huit Armures se trouvaient là, six montant la garde devant la porte, deux surveillant la Glauque assise sur le tas de gravats, les mains liées dans le dos.

Nawel la reconnut aussitôt.

C'était la femelle, non, la femme, qu'elle avait affrontée lors de sa dernière exploration, celle qui lui avait fait si peur la première fois qu'elle était descendue jusqu'à la grotte.

La Glauque lui jeta un regard acéré. Elle aussi la reconnaissait. Après une brève hésitation, Nawel s'approcha. Tressaillit lorsqu'elle lut l'appréhension et non la haine sur le visage de la Glauque. Comment avait-elle pu prendre cette jeune femme, cette jeune fille, pour une bête ?

Certes sa peau était plus sombre que celle des Jurilans, certes ses yeux n'étaient pas bleus mais noisette, certes ses cheveux avaient la couleur de la nuit, certes son visage était couvert de tatouages mais elle était aussi humaine que Philla. Et aussi belle.

Alors qu'elle s'apprêtait à s'agenouiller devant elle, Anthor Pher lui saisit le bras.

– Tu dois verrouiller cette porte, la pressa-t-il.

Nawel se redressa.

La porte.

Elle avait oublié la porte.

– *Venia, peux-tu libérer mes mains ?*

Elle ôta la chaînette qu'elle avait attachée à son poignet, la soupesa un instant. Un bijou aussi fragile empêchait-il vraiment les monstres de passer ?

Elle s'avançait vers la porte lorsque le nœud d'angoisse qui palpitait en elle depuis sa conversation avec Ergaïl et Anthor Pher explosa, remplacé par une douloureuse lucidité.

Deux chaînettes étaient indispensables pour condamner la porte.

Une de chaque côté.

Elle en possédait une, récupérer l'autre ne serait pas difficile, elle devait se trouver à l'endroit où elle était tombée.

Mais qui la remettrait en place une fois que la porte serait fermée ?

20

– Par Kaïa, la solution est évidente !

L'exclamation de Lyiam secoua l'apathie qui s'était emparée du groupe d'Armures après l'annonce de Nawel.

– Les deux chaînettes doivent être remises en place pour condamner la porte, avait-elle rappelé d'une voix blanche. Quelqu'un doit donc rester de l'autre côté.

– Ridicule ! avait rétorqué Anthor. Tu vas en accrocher une, ce sera déjà bien. On fera ensuite venir un régiment de Cendres d'AnkNor qui combleront la grotte et le puits. Le problème sera réglé.

Nawel avait secoué la tête.

– Non. La porte s'ouvre sur un autre monde et les créatures qui y vivent sont suffisamment puissantes pour avoir annihilé les Anciens. Ce ne sont pas quelques tonnes de rochers qui les arrêteront.

– Pas si puissantes que ça, avait tenté d'argumenter le maître d'armes. Il nous a fallu moins de deux heures pour éliminer celles qui se trouvaient dans la tour fleur.

– N'oublie pas ce qu'ont dit les Historiens. Seules les plus petites, les moins dangereuses, sont passées pour l'instant. Il y a deux cents ans, les Armures ont failli perdre le combat contre cet ennemi, c'est toi qui me l'as appris. Le sous-estimer alors qu'il est de retour serait aussi dangereux que stupide.

L'argument avait touché juste et un silence anxieux s'était installé sur la grotte.

– Par Kaïa, la solution est évidente !

– Quelle solution ? s'écria Anthor.

Lyiam désigna la Glauque toujours assise sur le tas de gravats. Elle n'avait pas bougé, fière et sereine bien que sa vie ne tînt qu'à un fil. Ses cheveux noirs, tressés de coquillages, de fragments d'os et de perles de bois, encadraient un visage fin aux traits décidés, dépourvu de sentiments négatifs, crainte, haine ou résignation.

« Une belle personne », songea Nawel.

– C'est elle la solution, expliqua Lyiam. Nawel a ôté la première chaînette mais c'est cette Glauque qui a fait tomber la deuxième. Nawel va remettre la sienne en place, la Glauque s'occupera de l'autre.

– Et rester là-bas ? l'interrogea Nawel. Dans cette jungle que tu as qualifiée d'infâme ?

Lyiam haussa les épaules.

– Nous n'avons pas le choix. Et pour commencer…

Il s'approcha de la porte et l'ouvrit vivement. L'odeur pestilentielle dont se souvenait Nawel afflua dans la grotte. Lyiam, sur le qui-vive, franchit le seuil, scruta la jungle dense et marécageuse qui s'étendait devant lui avant de se baisser pour fouiller le sol.

Il se releva très vite, rentra dans la grotte et referma la porte derrière lui.

– Par Kaïa, rien ! annonça-t-il le visage blême. Si la deuxième chaînette était là, le passage des créatures l'a fait disparaître.

– L'objet que vous cherchez est à ma ceinture. Vous ne pourrez toutefois pas l'utiliser comme vous le prévoyez.

Nawel sursauta.

La Glauque venait de s'exprimer en jurilan. Un jurilan parfaitement correct malgré son accent marqué et sa difficulté à prononcer les consonnes sifflantes. Les Armures s'étaient figés, stupéfaits.

Lyiam réagit le premier.

– Tu parles notre langue ?

La Glauque opina.

– Votre langue et la mienne ne sont différentes que parce que nous admettons cette différence. Je vous ai compris quand j'ai accepté de vous entendre.

Elle s'exprimait sur un ton posé en parfait accord avec l'impassibilité de son attitude.

– Pourquoi ne pourrait-on pas utiliser la chaînette comme je l'ai proposé ? la questionna Lyiam.

– Parce que c'est impossible.

– Pourquoi, par Kaïa ?

La Glauque se tourna vers Nawel.

– Les Étoiles et la Roue ont décidé que nos vies étaient liées, déclara-t-elle en plongeant son regard dans les yeux bleu pâle de la jeune Armure. Je m'appelle Alantha.

Elle se contorsionna un bref instant, ses épaules parurent se démettre, parurent seulement, et elle réussit l'incroyable exploit de faire passer ses bras, pourtant attachés, devant elle.

En silence, elle tendit ses poignets liés à Nawel.

Cette dernière n'hésita qu'une seconde.

– Je voudrais rester seule avec elle, déclara-t-elle à Anthor Pher. Seule avec Alantha.

21

Quand les Armures eurent quitté la grotte, Nawel s'approcha d'Alantha et lui délia les poignets.

– Pourquoi es-tu revenue ? lui demanda-t-elle.

Alantha se leva, effectua quelques mouvements d'assouplissement confondants d'aisance, ramassa ses poignards dans le recoin où ils avaient été jetés, les passa à sa ceinture.

– Les Étoiles et la Roue offrent une multitude de réponses à cette question, répondit-elle enfin.

– Je ne te comprends pas.

– Je suis revenue afin de fermer la porte que j'ai ouverte.

– Non. Que moi j'ai ouverte.

Un bref et lumineux sourire illumina le visage d'Alantha.

– D'accord. Que nous avons ouverte. Cela constitue une réponse.

– Il y en a d'autres ?

– Je suis revenue pour vérifier si des créatures semblables à celles qui ont déferlé hier sur mon village nous menaçaient encore. Cela fait deux. Je suis revenue pour rencontrer celle qui a tué mon compagnon. Cela fait trois.

La gorge de Nawel se serra. Malgré elle, elle recula d'un pas.

– Tu désires te venger ?

Alantha secoua doucement la tête.

– Non. Cette vengeance serait ridicule et injuste. Ridicule car elle ne me rendrait pas Thyrian, injuste car je suis seule responsable de ce qui est arrivé.

– Toi, responsable ? Alors que c'est mon épée qui lui a ôté la vie ? Une deuxième fois je ne te comprends pas.

– J'avais lu sa mort dans les Étoiles. Je savais qu'il ne reviendrait pas de son voyage s'il partait avec moi et pourtant...

La voix d'Alantha se brisa.

– ... et pourtant lorsqu'il a insisté, épaulé par la confiance des gardiens, j'ai accepté qu'il m'accompagne. Cette décision a causé sa mort bien avant que ton épée perce son cœur.

Elle avait baissé les yeux et ses épaules s'étaient voûtées, comme si le poids qui pesait sur sa conscience écrasait également son corps. En la découvrant ainsi, plus humaine encore qu'elle l'imaginait, Nawel sentit son ventre se nouer, tandis qu'un long frisson la poussait en avant.

Elle posa les mains sur ses épaules. Jamais elle ne s'était sentie aussi proche de quelqu'un.

– Et qu'en est-il de la responsabilité de ceux qui ont permis que vos routes se rencontrent ? lui demanda-t-elle. Qu'en est-il de la responsabilité de ceux que tu nommes gardiens ? Qu'en est-il de la responsabilité de Philla qui a barré votre chemin alors que vous ne cherchiez qu'à fuir ? Qu'en est-il, surtout, de sa responsabilité à lui ?

Elle se tut.

Plongea son regard dans celui d'Alantha qui avait levé la tête vers elle.

Poursuivit :

– Traquer sa propre responsabilité, dédouaner les autres de la leur, n'est-ce pas avant tout un moyen égoïste de s'accorder de l'importance, de se placer au centre d'un univers tournant autour de sa personne ? Déresponsabiliser ses proches, pour quelque raison que ce soit, ne revient-il pas à leur dénier une légitimité que nous cherchons désespérément à nous approprier ? Une légitimité que nous craignons de partager tant elle est fuyante, versatile, impalpable ? Je me suis posé mille fois ces questions. Aujourd'hui, je tente d'accepter et d'assumer mes responsabilités tout en me sachant simple élément d'un tout. Difficile tâche. Et gratifiante.

Elle se tut une deuxième fois.

Ne reprit pas.

Ses yeux toujours plongés dans ceux d'Alantha.

Les mots qui avaient coulé d'elle, nourris de son passé, de ses souffrances, des certitudes qui y avaient germé, percutèrent Alantha au creux de l'âme. Avant de, doucement, effacer ses blessures.

– Ainsi, les Étoiles et la Roue avaient raison, murmura-t-elle.

– Les Étoiles et la Roue. Tu les as mentionnées à plusieurs reprises. Que représentent-elles pour les tiens ?

– La vie et ses deux composantes, le destin et le hasard.

– Je ne crois plus au hasard, Alantha. Et je n'aime pas l'idée de destin.

– Ce sont pourtant les Étoiles et la Roue qui m'ont poussée à revenir vers toi.

– Vers moi ?

Alantha ouvrit la bouche pour répondre, se ravisa, fronça les sourcils, se rasséréna pour, enfin, prendre la parole :

– Que pensent les Jurilans de mon peuple ?

– Je... je...

– Parle sans crainte. Je te dirai ensuite ce que mon peuple pense des Jurilans.

– Nous vous appelons les... les Glauques. Vous n'êtes pas vraiment des êtres humains. Vous vivez dans la boue, vous adorez des démons et vous vous... accouplez avec...

– Avec des bêtes ? Je comprends cela, nous affirmons la même chose de vous. J'ai vécu dix-huit ans en étant persuadée que vous étiez des monstres mangeurs d'enfants, des tortionnaires adeptes du mal, de dangereux non-humains qu'il fallait détruire à tout prix.

Nawel écarquilla les yeux. Déjà Alantha poursuivait :

– Et pourtant, malgré notre ignorance réciproque, malgré la guerre que nous nous livrons depuis des siècles, malgré le sang qui a coulé, malgré la mort de Thyrian, les Étoiles et la Roue m'ont poussée vers toi, me soufflant que nos âmes étaient croisées.

– Nos âmes ? Croisées ?

– Oui. Elles se sont croisées la deuxième fois que nous nous sommes rencontrées, au moment exact où nous avons ouvert la porte. C'est pour cette raison que, depuis ce jour, tu hantes mes rêves, pour cette raison que, j'en suis certaine, je hante les tiens. Pour cette raison que nos différences se sont tues et que nous sommes attirées l'une vers l'autre comme des aimants. Pour cette raison que nous parlons la même langue, pour cette raison que tes mots me guérissent. Pour cette raison que jamais je ne t'oublierai.

Du bout des doigts elle caressa la joue de Nawel qui sourit.

– Je n'ai pas l'intention de t'oublier non plus. J'ignore si les étoiles sont davantage que des étoiles et je crains d'avoir une vision très matérialiste de la roue mais je suis toi quand tu évoques nos âmes croisées, je suis toi quand tu expliques ce que tu ressens, je suis toi quand tu es moi.

Son sourire s'élargit.

– Et si nos âmes croisées servent d'exemple à nos peuples et les incitent à la réconciliation, que Kaïa bénisse le jour où nous avons ouvert cette porte. Pourquoi ce regard sombre ?

– Parce qu'il est de notre devoir de refermer la porte que nous avons ouverte. Les Étoiles ne sont pas que des étoiles, Nawel. Elles parlent à qui sait les écouter. Elles m'ont révélé que, nos âmes étant croisées, il... il m'appartenait de remettre la protection de ce côté-ci et à toi...

– ... de rester seule là-bas, acheva Nawel dans un souffle.

22

Nawel était assise sur le tas de gravats, genoux remontés contre la poitrine, yeux fermés.

Alantha se tenait devant elle, bras croisés sur sa tunique de cuir.

Autour d'elles, Anthor Pher, Lyiam, Ergaïl, Louha, Jehan et Ruhil le taiseux.

Un profond silence régnait dans la grotte. Il avait succédé à un concert de protestations, que Nawel avait interrompu en poussant un cri :

– Taisez-vous !

Un profond silence que Lyiam, n'y tenant plus, finit par rompre.

– Qui nous dit qu'elle ne cherche pas à te tromper ? À t'envoyer à sa place dans cette maudite jungle ? Et si elle ne cherche pas à te tromper, qui nous dit qu'elle ne se trompe pas ?

Il jeta un regard soupçonneux à Alantha.

– Après tout, ce n'est qu'une Glauque !

Alantha lui rendit son regard, imperturbable, avant de se tourner vers Nawel qui avait ouvert les yeux et contemplait la scène comme si elle ne la concernait pas.

– Essaie, lui dit-elle simplement.

– Essaie ?

– Oui. Essaie de remettre la chaînette en place. Si tu y parviens, je ferai mon devoir de l'autre côté. Cette porte doit être refermée définitivement. Cela seul est important. Ta vie ou la mienne sont dérisoires face à cet enjeu.

– Attends, intervint Anthor Pher. Qu'est-ce qui empêchera une quelconque créature d'enlever la protection ?

– C'est impossible tant que la chaînette qui se trouve de notre côté est en place, répondit Alantha.

– N'importe quoi ! s'exclama Lyiam. Tu ne...

– Non, le coupa Nawel, ça se tient.

Elle se leva et s'approcha de la porte.

D'une main fébrile, elle enroula la chaînette autour de la poignée, puis recula d'un pas.

La chaînette glissa et tomba à terre.

Un deuxième essai fut aussi infructueux.

Un troisième.

Un quatrième.

Quels que soient les nœuds que faisait Nawel, ils se dénouaient, la chaînette tombait.

Un cinquième essai.

Le dernier.

Vain.

Nawel tourna vers Alantha un visage livide.

– Tu avais raison, nos âmes sont croisées.

Elle prit une profonde inspiration, redoutant de ne pas avoir la force d'assumer son destin, redoutant de s'effondrer devant ses compagnons.

« Tenir droite », s'était-elle promis quelques mois plus tôt.

Une éternité plus tôt.

Elle tint droite.

Alors que Venia, contre sa peau, se mettait à ronronner, elle eut l'impression qu'un vent frais chassait le nuage d'angoisse qui l'aveuglait et, en le chassant, lui ouvrait de nouvelles perspectives. Presque enivrantes.

Elle laissa échapper un petit rire amusé puis, consciente du regard inquiet que ses compagnons portaient sur elle, elle leur sourit.

– Je vais y aller, leur dit-elle.

– Non ! s'exclama Anthor Pher. Je te l'interdis !

Elle secoua la tête.

– As-tu interdit à Callista de se faire tuer là-haut ? lui demanda-t-elle d'une voix blanche. Tu sais quoi ? Je ne la connaissais pas, Callista, j'ignore à quoi ressemblait son visage, si elle était jeune ou vieille, grande ou petite, si elle était bougonne comme Louha ou silencieuse comme Ruhil. Elle est venue, elle a combattu, elle est morte et si tu ne l'avais pas annoncé à Lyiam, je ne l'aurais jamais su. Pourquoi aurais-je droit à plus d'égards qu'elle ?

– C'est différent.

– Non, Anthor, et tu le sais bien. Cette porte doit être fermée, je suis la seule à pouvoir le faire, je vais le faire. Il n'y a rien à ajouter.

– Alors je t'accompagne, jeta Lyiam. Hors de question que tu t'aventures seule dans cette jungle.

– J'en suis aussi, ajouta Louha.

Une nouvelle fois, Nawel secoua la tête.

– Et il n'y aurait plus que cinquante et une Armures pour défendre le royaume ? Mauvaise idée, mes amis. Je suis désolée mais votre route s'arrête devant cette porte.

Elle fit face à Ergaïl qui s'apprêtait à prendre la parole.

– N'ajoute rien s'il te plaît. Tu connais le poids des décisions essentielles. J'ai besoin que tu me soutiennes, pas que tu me retiennes.

– D'accord, murmura-t-il les yeux brillants. Je... je préviendrai ta famille.

Un rictus tordit la bouche de Nawel.

– Ma famille ? Quelle famille ?

Elle se tourna vers les Armures.

– Voici ma véritable famille. La famille que je me suis choisie et non celle que m'a offerte le hasard. Toi Anthor, et toi Louha. Et toi Lyiam, toi Ruhil, toi Jehan et tous les autres. Il y a peu, un jeune charpentier m'a demandé si j'avais déjà aimé, si on m'avait déjà aimée. Je n'ai pas su que lui répondre. J'aurais dû lui répondre oui. Parce que je vous aime et parce que je sais que vous m'aimez.

Elle passa une main tremblante sur son visage.

– Aujourd'hui, nos chemins se séparent, pourtant, malgré ma peur et mon chagrin, j'ai envie de dire que ce n'est pas grave. Je tournais en rond, j'étais perdue, vous m'avez sauvée en m'apprenant la ligne droite. Cette ligne droite a beau m'entraîner vers l'inconnu, cet inconnu vaut mille fois mieux que l'existence qui aurait été la mienne si je ne vous avais pas rencontrés.

– Ne pourrais-tu… commença Anthor.

– Vous nous appelez Glauques, le coupa Alantha, et vous nous considérez comme des bêtes, pourtant aucun de nous n'oserait se comporter ainsi face à une jeune fille qui s'apprête à se sacrifier.

– Tu… balbutia Lyiam.

Alantha ne lui laissa pas l'opportunité de poursuivre.

– Nous considérons que celui qui rejoint les Étoiles avant son heure pour le bien de tous mérite notre soutien autant que notre reconnaissance et nous veillons à le remercier afin qu'il parte le cœur léger. Vous, Jurilans, devriez prendre exemple sur les Glauques.

Les mots d'Alantha avaient résonné avec force dans la grotte. Lyiam pivota vers elle et la dévisagea un long moment avant de s'incliner avec respect.

Puis il s'approcha de Nawel et la prit dans ses bras.

– Merci, dit-il simplement avant de reculer d'un pas.

Un à un les compagnons de Nawel l'enlacèrent puis Anthor tira son épée et la lui tendit.

– C'est une fidèle amie, déclara-t-il la voix nouée par l'émotion. Je serais fier qu'elle t'accompagne.

Nawel la saisit avec respect et la glissa dans son fourreau à la place de la sienne.

– As-tu besoin d'autre chose ? demanda le maître d'armes.

– Venia, ton épée, des feuilles, mon crayon… J'ai tout ce qu'il me faut.

Elle voulut sourire, n'y parvint pas, secoua la tête, se détourna.

Alantha s'approcha alors.

– Bonne route, ma sœur d'âme, lui murmura-t-elle à l'oreille. Les Étoiles m'ont soufflé qu'un long et beau destin t'attendait.

En guise de réponse, Nawel l'embrassa puis baissa les yeux sur la chaînette qu'elle tenait toujours à la main.

– Laquelle de nous doit placer la sienne en premier ?

– Toi.

Nawel avança d'un pas décidé jusqu'à la porte, l'ouvrit, la franchit sans un regard en arrière et la referma derrière elle.

Un claquement sec retentit à l'intérieur du panneau de bois.

D'un geste précis, Alantha enroula sa chaînette autour de la poignée d'ivoire.

Deuxième claquement. Plus sonore.

La porte était condamnée.

À jamais.

23

L'air était moite, la chaleur étouffante, l'odeur écœurante.

Nawel s'appuya au pan de mur qui se dressait derrière elle. Constitué de massifs blocs de pierre noire, il était couvert de mousse épaisse et de lianes grasses. La porte y était scellée par trois énormes gonds de fer sombre. Lorsque Alantha avait mis la chaînette en place, l'interstice entre la porte et le mur avait disparu, tandis que le battant prenait une couleur rougeâtre.

– Condamnée, murmura Nawel à voix haute sans savoir si elle parlait d'elle ou de la porte.

Elle observa les alentours.

Végétation envahissante, sol spongieux, ciel invisible, myriade d'insectes volants ou rampants, bois en putréfaction, cris lointains d'animaux inconnus…

Une jungle, inhospitalière et peut-être infinie, dans un univers qui n'était pas le sien.

Nawel ferma les yeux.

Ne valait-il pas mieux s'allonger là et attendre la fin ?

Une fin qui surviendrait sans doute très vite. Charognards et prédateurs devaient grouiller entre ces arbres.

Contre sa peau, Venia se mit à ronronner.

Alerte respiratoire.

Scan profond de l'hôte.

Stress niveau 4. Seuil de mise en péril atteint.

Anxiolytiques synthétisés.

Diffusion.

Nawel ouvrit les yeux.

Elle se sentait mieux tout à coup. Comme un peu plus tôt, dans la grotte, quand un vent étrange avait chassé son angoisse. Elle eut l'impression que son esprit, libéré, s'envolait, filait au-dessus de la jungle, franchissait des frontières brumeuses, traversait des mondes improbables et, soudain, elle se retrouva devant Alantha.

La Glauque était assise en tailleur au sommet d'une falaise aussi haute que le monde. Au-dessus d'elle une myriade d'étoiles brillantes constellaient la voûte sombre d'un ciel infini.

Bras posés sur les genoux, paumes tournées vers le haut, Alantha respirait au rythme de l'univers.

Alantha ?

C'était elle et, pourtant, ce n'était pas vraiment elle.

Ses cheveux noirs, coupés court, étaient striés de fils blancs, son visage avait perdu les rondeurs et la douceur de la jeunesse pour gagner les rides de l'expérience et de la maturité.

Elle n'était pas vieille, pas encore, mais nombre de printemps avaient ciselé sa vie.

– Bonjour, ma sœur d'âme, murmura-t-elle en levant la tête vers le firmament. Je me suis enfoncée dans mon avenir alors que tu es à l'orée du tien mais les Étoiles et la Roue ont accepté de gauchir le temps pour nous. Pour que je t'aide à trouver ton chemin. Regarde.

Elle joignit les mains devant son front et entonna une étrange mélopée.

Dans le ciel, les étoiles se mirent à danser, d'abord lentement puis de plus en plus vite, leurs traînées argentées se lièrent, formant une trame sur laquelle…

… deux enfants avancent dans la jungle derrière un adolescent, presque un homme, qui leur ouvre le passage, taillant dans la végétation à grands coups de sabre. Solide et bien bâti, il a les traits sévères, les yeux gris acier et il se dégage de lui un étonnant mélange de volonté, de force et de détresse.

Les deux enfants marchent main dans la main. L'un est un garçon d'une dizaine d'années, cheveux noirs et regard aussi vert que la jungle qui les entoure, l'autre est une petite fille de quelques années plus jeune. Vêtue d'une longue tunique et chaussée de sandales, elle a la peau sombre et de remarquables yeux violets. Ses boucles blondes sont tressées de plumes.

Alors qu'ils passent sous un pont de lianes, un effrayant rugissement s'élève non loin d'eux.

L'adolescent pivote avec une grâce incroyable et se met en garde. Une garde à faire verdir de jalousie Anthor Pher en personne.

Le jeune garçon réagit avec la même rapidité. Il s'accroupit, les contours de son corps se voilent et, pendant une folle seconde, c'est la silhouette d'un félin qui apparaît à sa place.

La petite fille, elle, se baisse pour cueillir une fleur…

– Trouve-les, murmura Alantha dans l'esprit de Nawel. Ils sont ton avenir et tu es le leur. Trouve-les, ma sœur d'âme.

Nawel s'ébroua.

Alantha lui avait parlé. Kaïa seule savait comment elle était parvenue à franchir la frontière des mondes et celle du temps pour lui offrir un but à atteindre et, avec ce but, lui offrir la vie.

Nawel se trouvait toujours adossée au pan de mur dans lequel était scellée la porte mais un sentier apparaissait désormais devant elle.

Fragile, périlleux, presque intangible, il s'éloignait en serpentant entre les arbres et les fougères géantes.

Il n'était pas là une minute plus tôt, elle l'aurait juré, mais une minute plus tôt elle était prête à se laisser mourir tandis que maintenant…

– *Venia ?*

– Contact.

– *Peux-tu protéger ma tête et mes mains ?*

– Analyse de la demande. Routine établie, liée à la synergie 100 %. Compatible. Extensions tête et mains déployées.

Devenue statue vivante, Nawel tourna le dos à la porte et s'enfonça dans la jungle.

À la rencontre de son avenir.

Note de l'Éditeur

Pierre nous a quittés le 8 novembre 2009.

Le texte *Les Âmes croisées* accompagné d'une nouvelle biographie avaient été finalisés avec lui avant son décès. Il avait également vu et été enthousiasmé par la couverture de Gilles Francescano.

L'AUTEUR

Pyair Bohtairo est né sous une tente de la cité de toile des barbares de l'Ouest alors que la treizième lune chaude était à son apogée.
Enfant, il a couru la steppe avec le clan de Hulm, obtenant sa première sagaie à douze ans et l'arc spirite à quinze. Sans être dignes de figurer dans le grand livre des légendes, son pas était suffisamment léger et ses lancers assez précis pour que son destin semble tracé mais, contre toute attente, sa rencontre avec Branan le scribe l'a écarté de l'arbre des chasseurs.
Ôtant l'empennage de ses flèches pour en faire des plumes, il a suivi le vieillard au fil de ses errances, des perles caillouteuses de l'océan du Sud aux dunes vivantes des déserts du Nord, des flancs de la mythique Isayama à l'Ouest à l'infinie forêt des Glauques à l'Est.
Avec Branan, il a appris la force des mots et le chemin que les phrases tracent jusqu'au cœur des hommes. Il a appris à écrire, écrit pour apprendre, vécu pour écrire avant de comprendre qu'écrire, moyen et non finalité, servait tout simplement à vivre.
On dit qu'il habite aujourd'hui une paisible cabane de rondins, là-bas, au bout du chemin. Une fée grignoteuse de rêves lui rend parfois visite mais ses deux amis sont le silence et un troll. Il parle avec l'un et boit de la liqueur de framboises avec l'autre. Il écrit aussi. Quand les feuilles des rougeoyeurs dansent dans la lumière.

L'ILLUSTRATEUR

Gilles Francescano est né en 1966 à Nice. Après une enfance prise entre la mer et la ville, Stephen King, Theodore Sturgeon, Tolkien et les pochettes de disques l'amènent à traduire son amour de la lecture. Depuis, ses images qui mêlent la science-fiction, la poésie et le fantastique ornent les couvertures de romans, de jeux informatiques ou de films vidéo.
Il vit aujourd'hui dans la Drôme où il se consacre à l'illustration, à divers projets allant de la bande dessinée au livre illustré et… à la course à pied.

LA QUÊTE D'EWILAN

La première trilogie :

1. D'UN MONDE
À L'AUTRE

2. LES FRONTIÈRES
DE GLACE

3. L'ÎLE DU DESTIN

LES MONDES D'EWILAN

La deuxième trilogie :

1. LA FORÊT DES CAPTIFS

2. L'ŒIL D'OTOLEP

3. LES TENTACULES DU MAL

Le Pacte des Marchombres

La troisième trilogie :

1. ELLANA

2. ELLANA
L'ENVOL

3. ELLANA
LA PROPHÉTIE

Le Chant du Troll

... et sur le site

www.lesmondesimaginairesderageot.fr

Achevé d'imprimer en France en janvier 2011
sur les presses de l'imprimerie Hérissey à Évreux (Eure)
Dépôt légal : janvier 2011
N° d'édition : 5269 - 01
N° d'impression : 115813